有爱的青春陪伴者

岛屿日记

觅芽子 著

江苏凤凰文艺出版社

图书在版编目（CIP）数据

岛屿日记 / 觅芽子著. -- 南京：江苏凤凰文艺出版社，2023.7
ISBN 978-7-5594-7693-7

Ⅰ.①岛… Ⅱ.①觅… Ⅲ.①长篇小说–中国–当代 Ⅳ.①I247.5

中国国家版本馆CIP数据核字(2023)第075249号

岛屿日记

觅芽子 著

责任编辑	王昕宁
特约编辑	廖 妍 鲁 璐
出版发行	江苏凤凰文艺出版社
	南京市中央路165号，邮编：210009
网　　址	http://www.jswenyi.com
印　　刷	长沙鸿发印务实业有限公司
开　　本	880mm×1230mm 1/32
印　　张	8.5
字　　数	279千字
版　　次	2023年7月第1版
印　　次	2023年7月第1次印刷
书　　号	ISBN 978-7-5594-7693-7
定　　价	42.80元

江苏凤凰文艺版图书凡印刷、装订错误，可向出版社调换，联系电话025-83280257

001 / 序：司漂酒
属于他们的岛屿日记

017 / 第一章：沿闻屿
桑谭岛最自由的风

054 / 第二章：司漂
桑谭岛的司漂，我罩了

084 / 第三章：岛屿之外的世界
司漂，梦想晚点没关系，还有我呢

112 / 第四章：小醋萝卜头
你是校门口卖的醋萝卜

目 录

140 / 第五章：初吻
再没人像她的初吻一样，充满苦涩、绝望

169 / 第六章：昌京
司漂，昌京好吗？

210 / 第七章：秘密
我告诉你一个秘密，我爱你，爱了很多年

253 / 番外一：遇见你真好

262 / 番外二：一定要和你在一起

序：司漂酒
属于他们的岛屿日记

01

司漂觉得自己有些感冒了——

鼻子像是被一团糨糊堵住，呼吸的时候只能一个鼻孔用力，还有一个鼻孔时不时就"坏"了。

摄影棚里开了暖空调，吹得她整个人迷迷糊糊的，重心都在后脑勺上。

"愣着干吗，赶紧的。"

工作室的带带老师把司漂的相机拿到她面前的时候，她才从这混沌的状态获得片刻的清醒。

"调试机位，观察光线走向，监视器画面连接再复查一遍。"

爱丽丝踩着高跟鞋在片场来回，一边走一边重复着："司漂，知道你刚从非洲回来要倒时差，反应迟缓可以理解，但是我拜托你清醒一点。"

爱丽丝走到司漂面前，粉藕色的小套装把她的身型衬托得苗条。

"今天来的是 Blizzard（暴雪），是刚拿了亚洲联赛冠军的 Blizzard，你看看片场的小姑娘，哪一个不是心花怒放的？就你，跟个霜降后打蔫的茄子一样。"

司漂以昌京大学摄影联赛第一的成绩获得了去非洲拍摄野生动物公益项目的机会，回国后又凭借着在项目里的优异表现顺利地拿到了国内最具有代表性的摄影工作室"圆点"的录取通知书。

圆点平日里合作拍摄的人物都不是什么小角色，工作室的姑娘们什么样的人没见过。

拿着相机摁得多了,被拍摄者多天仙儿的相貌在姑娘们眼里,也就是个拍摄的工具人。

只是这次这位,却引得这帮波澜不惊的姑娘,兴奋地互相检查着对方的仪容仪表。

连发誓不为男人所动的爱丽丝说这番话的时候还抽空从包里拿出个气垫,对着小镜子补着妆。

"哎,等会儿你可机灵点。对了,让你做的攻略做了吗?他的性格、喜好你摸清楚了吗?"

司漂延迟地朝着自己的脖颈发送信号,她几乎是灌了铅的脑袋才重重地点了两下。

"有轻微洁癖,追求速度和效率,不喜欢别人碰自己的东西。"司漂说的这些,都是网络上各种 Blizzard 的报道里面随处可见的信息。

至于别的——比如他性子固执得像头牛,自以为是地对这个世界满不在乎,以及固执地留守桑谭岛……这些都是不为人知的只属于司漂的记忆。

"来了!"伴随着门口的一声惊呼,原本散落在摄影棚里各处的人都像是得到了什么指令一般拥向门口。

人群并没有遮住男人,司漂第一眼就看到了他。

耳边的喧嚣在她的世界里变成了岛屿旁随着引力涨落的潮水,眼前的世界仿佛套上了一层滤镜。

她看到近乎四年不见的男人就站在人群里。

他肩上搭了一件黑色的夹克,里头的白色 T 恤衣摆折成一角随意地塞进一条窄口的裤子里,一双黑色的靴子贴合着他的腿,十分帅气。

圆点工作室的创意总监走在男人身边,热情地跟他介绍。而那个男人却只是平视前方,也不知有没有听进去,只是时不时轻微地点点头。

几年不见,他的五官更凌厉了一些,头发比印象中长了一些。

现在的他少了野性,多了人气,或者说比从前更社会化,更世俗化。

爱丽丝看着无比淡定的司漂:"怎么,你不会不认识他吧?"

她怎么会不认识,不过她更熟悉"沿闻屿"这个名字。

Blizzard 这个英文名的确适合他,与其说翻译过来是暴雪,不如说他更像是一场流感,被他感染的人几乎无药可医。

直到今天,她都还没好。

许是直视更容易向猎物暴露狩猎者的方向，人群中的那个人的眼神朝这边看过来。

司漂低头，专注地检查等一会儿要送给女模特的拍摄道具。

一群人从她身边拥挤而过。

"拍摄部门准备。"爱丽丝指挥着三位已经严阵以待的摄影行家。

"小司，女模特的手花送一下。"

这样重大的拍摄自然不会落到司漂手上，她这次负责画面人物调整。

司漂拿起手花，手指抠着掌心，控制自己的眼神没往旁边看，将其递给了女模特。

"Blizzard，这是您的衣服。"助理说道。

那个男人随手把自己身上的套头 T 恤一脱，露出结实的胸肌和平坦的腹肌，只是暂露不到十秒，他接过助理递上来的深 V 白衬衫，伸手套了进去。

司漂仿佛用看不见的安全带天然地将自己与他隔离开来，仔细地打理着女模特的发丝。

"可以帮我整理一下吗？"旁边低沉的嗓音忽然响起。

司漂回头，是 Blizzard 在跟她说话。

她看了看他湿漉漉的头发随意地散落在额间，有些凌乱。司漂把真实的自己压在工作职业形象之下："稍等一下。"

司漂整理完女模特的造型，走到了 Blizzard 的面前，拿起一瓶发型定型液，干起了造型助理的活。

画面中央停放着一辆二十世纪六十年代美国街头的复古巡视车。

即便他坐在机车上，司漂也要微微踮脚才能摆弄到他的头发。

所幸他礼貌地半合着眼，全程没有突兀地跟她有任何的眼神碰撞。她放下戒心，专心地整理。

司漂第一次知道，原来他的头发长了之后是这样的又细又软。

"我的纽扣，像是扣多了。"他突然这么说了一句。

司漂下意识地随着他的话语朝他胸襟看去。他的锁骨像是凸起的山脊，蔓延在平坦的沙漠里，再往下，大片的小麦胸肌呼之欲出。

"刚刚好。"司漂冷淡地回了一句后，不再与他多言。

"各部门准备。"

Blizzard 随意地站在机车旁，身旁的女模特离他半米远，两人全程没有任何交流。

摄影师拍了几张之后，小声地跟爱丽丝说了什么。

爱丽丝在摄影机后面提点着司漂："男女主之间的故事感不够，你调整一下。"

司漂抿了抿唇，把自己从混沌的记忆里抽身，现场需要她把注意力放在工作上，更专业地处理。

她从监视器看了看刚才的成片，走了上去。

"黛比，可以麻烦你坐在机车上吗？"司漂和这个金发碧眼的国外著名模特商量着。

她穿着一身大码的男友衬衫，听了司漂的话，尊重摄影师的现场指挥，一只腿微屈抵着地面，一只腿落在黑甲面的重型机车上。

"Blizzard，"司漂保持着职业的笑容，"可以给摄影师一个侧脸吗？"Blizzard微微抬眼，没说话，倒是直接把脸扭了过去。

"靠近黛西。"

没错，工作室和杂志方要的就是这样的成片，毕竟，没有任何女生能抵挡住在拉力赛场上纵越沙漠的野兽眼里的欲望。

爱丽丝在场下看得心里"咯噔"一下。她知道司漂对画面有独到的见解才顺便让司漂调整一下拍摄主角，没想到司漂却直接这么说。

Blizzard是出了名的脾气不好，她刚想上去打个圆场，就看到原来没什么表情的男人突然站直了身体，用不大的声音说道："你希望我怎么做？"

司漂对上他的眼，不卑不亢地说："更让人想象。"

"你希望我这样？"他重复了一句。

"当然。"司漂回复。

如果司漂没有看错的话，他的下颌角微微颤了颤。她知道，他生气了。

他的眉眼之间有一丝不耐烦，继而，他转过身体把重心放在左腿上，半个身子坐在车子上。随着他身体前倾，右手顺势搂过那个外国女模特的腰，他轻轻一揽，她就跟全身的骨头都拆了一样，轻飘飘的，半个身体落在他腿上。

他骨节分明的手虚虚地放置在女模特的腰上，纵使是拥有无数拍摄经验的黛西此刻脸上也绯红一片。

他的鼻尖摩挲过女模特的睫毛，却始终保持着这样的距离，好像他们之间有无法越过的沟壑。

他没有再往前靠近半分，眼里的渴求却扫在司漂身上，仿佛要把她身上的每一根汗毛都召唤起来。

他的唇有意无意地停留在女模特的耳边，像是两个人再近一寸，那唇就要攀附上她细微的毛孔，包裹住她灵巧的耳垂。

Blizzard 半带迷离的眼睛还在看司漂。

司漂突然就想到了很多画面。

那滂沱的大雨里他甩掉自己的伞，突兀地闯入自己的世界，指缝交缠过她的发丝，用力得想要吞噬她。

"非常好。"爱丽丝的出声打断了司漂的回忆。创意总监连忙送上一瓶 Evian（依云），寒暄着辛苦了。

司漂从地上拿起工作室发的农夫山泉，来到摄影棚外面的走廊上，大口地呼吸着新鲜空气，喝着水拼命地把心中的燥热压下去。

摄影棚里头，摄影组的前辈们还对着刚刚自己拍的作品连连称赞。

镜头里的男人像豹又像狼，野兽的欲望从画面里呼之欲出，好像若不是他被神明戴上了脚镣，下一秒就要冲上前来把猎物撕碎，带血的獠牙连一片衣物都不会留下。

在场的摄影师们对这一还未有任何修整的原片赞叹不绝。

王摄："好，真的好。"

李摄："杂志方的人刚刚也在，表示很满意。这次，既拍到了难约的男神又给杂志交了差，这都是你的功劳啊。"

王摄摆弄着相机："瞧你说的，那不都是大家的功劳嘛。"他下意识地来回查看照片，突然发现了什么，他立刻把照片导入监视器。

放大 Blizzard 的瞳孔，王摄看到了他瞳孔里的人，这人不是刚刚那个叫司漂的新员工吗？

他不解地挠挠头，身体和灵魂，到底哪一个在这张照片里？

02

司漂吹了一会儿风，才转身回摄影棚。今天是专程为这位爷腾的场子，加上是周末，拍完了大伙今天的工作也就结束了。

创意总监颇为周到地安排了饭局。

托 Blizzard 的福，今天的免费晚餐，是见者有份了。司漂难受归难受，海鲜大餐总是要吃的。

创意总监陈墨在饭局上使了几个眼神，爱丽丝就去酒柜取了他存的名酒。

"Blizzard，这是我一个西班牙朋友自家庄园酿造的，据说这个牌子早年间专供欧洲贵族，我不会品酒，也不知道味道正宗不正宗，今日拿出来献丑了。"

司漂坐在离陈墨最远的地方，从餐桌礼仪来说，这自然是最不起眼的座位。

她"啧"了声，一出手就是贝加西西利亚。

陈墨抠得很，动辄五位数的酒也就配沿闻屿这种"神"，他们此等凡人也就看看，谁还敢倒啊。

司漂打开自己的手机耗时间，就等饭菜上桌。

沿闻屿用手挡过杯子，抱歉一笑："我不喝酒。"

陈墨的笑容凝固在脸上，他端起的杯子放也不是拿也不是。一旁的助理连忙解释道："不好意思陈总，闻屿哥为了训练，都是不沾酒精的。"

陈墨不解："喝酒不开车我当然知道，但非比赛时间也不喝酒吗？"

助理抱歉地笑笑："酒精会延缓一个赛车手的反应能力，不管何时何地，屿哥都是禁酒的。"

"是这样啊？"

"的确。"沿闻屿原本没什么表情的脸上终于有了一丝波动，他挽过一旁的茶水壶，"我以茶代酒。"

装什么大尾巴狼？司漂看累了。

陈墨眼见酒开不了局，用眼神递话给那个金发外国女模特。

黛比收到了信号，拿着自己的酒盏就走到了沿闻屿身边，笑道："Blizzard，合作愉快。"

沿闻屿没站起来，只是举杯碰了一下她的杯子："合作愉快。"

黛比开了局后，众人蜂拥上来不住地搭讪和笼络，作为第一个在国际联赛上获得 MotoTP 比赛资格的中国选手，他不管去到哪儿，都能引起极大的关注。

几杯酒下肚之后，就开始你来我往，觥筹交错。

沿闻屿的笑就荡漾在司漂身旁姑娘的酒盏里。

姑娘喝着喝着，一个不稳，风一吹身体就飘，偏要扶着他的肩头，才堪堪站住，低着粉红的脸呢喃着。沿闻屿也不躲，手指捏着那高脚杯的杯柄，眉眼含笑。

"狐狸精。"司漂小声啐了一句，用力地敲打着手机键盘。手机振动了两下，她却没有注意到有人从她身后走过。

她现在立刻就想走。沿闻屿算什么，他要散发自己的魅力就让他继续在这里散发吧，她也要去找自己的温柔乡了。

司漂收起自己的包，抬头瞄了一眼对面，狐狸精不见了。

司漂抓包的动作顿了顿，还是起身跟爱丽丝打了个招呼，先走了。

司漂在餐厅外面等车。餐厅有些偏僻，等了好一会儿也没人接单，倒是有一辆白色的阿斯顿马丁缓慢地朝着她靠近。

她打量了一圈，不认识这辆车的主人。

待车窗缓慢摇下来，车里的男人侧头，眼尾上扬地看着她："上车。"

司漂犹豫了两秒后，果断地坐上副驾驶。

"南溏公寓。"她随口报出一个地址。

驾驶室没了响动，车子停在夜里。

"司漂。"沿闻屿出声叫她。

司漂那种晕乎乎的感觉又涌上来。

他一字一句说得很清楚："不要装作不认识我。"

"我哪能不认识您呢？"司漂眼睛盯着手机屏幕，"您就是神话，是万千少女的梦。"

"司漂。"

司漂没有理会他，而是拿出手机迅速甩了个地址给栾筝：【来这儿，速度！】

末了，她还加了一句：【到了给我打电话。】

驾驶室里的人没说话，像是深深叹了口气后，才把身体从黑暗的牢笼里释放出来。

他伸出手薅着司漂的脖颈，有一下没一下地捏着她脖子后面的神经，让她那不知道因为什么原因而燥热的心跳得更快。

司漂厌烦自己这被他撩拨的心跳，她对上沿闻屿看不出情绪的眼睛。

"走不走？不走我下车了。"司漂说完，不给他反应的时间，解开安全带从车里下来。

刚关上门，她的手腕便被沿闻屿攥住，他高大的身影压迫着她："我说的是过去，司漂，是过去？你不要过去了吗？"

"过去?"司漂笑笑,"我跟过去不一样了。"

　　"倒是你——"司漂试图把自己的手从他的手里拿出来,"你跟过去一模一样,走到哪儿身边都是女孩子。"

　　沿闻屿抓着她的手一松,有些无奈地说:"司漂,我单身。"

　　"天哪!这是什么天大的稀奇事。"她不在乎地耸了耸肩,"可跟我有什么关系呢?"

　　司漂的手机响起,她往车后一看,栾筝给她看过的照片里的那个男孩子正四处张望着。效率可以,司漂朝他摆了摆手。

　　"看见没?"她指着车后面叫他的男人,对沿闻屿说,"我不单身。"

　　司漂刚刚说完这句话,猛地就被一股力量向前攫去。她下意识伸手扶住车前的后视镜,却扶了个空。她以为自己会摔倒,却被沿闻屿的大手用力一托,她整个人都倒在引擎盖上。

　　司漂不可置信地看着他,又看了看朝他们快步走过来的男人。

　　"专心点。"沿闻屿用手掌拢过她的脑袋,迫使她正面对着他。

　　他覆上她的唇:"让他看好了,你现在单身了。"

03

　　司漂刚做的裸粉色的指甲不由得掐住自己的手心,她偏头,从他的桎梏里挣脱。沿闻屿皱了皱眉头,似是不满她的不配合,用虎口卡着她下巴,迫使她继续。

　　他含糊地将"别走"两个字揉在那个不合时宜的吻里。

　　"沿闻屿!"司漂用力地推开沿闻屿。他向后退了几步,稳了稳身体,才缓慢地看向司漂。

　　她从引擎盖上下来,反手绾起自己的头发,从被他攥红的手上拿下一根黑色的皮筋,利落地扎了起来。

　　"你再这样,我就报警了!"她瞪着眼睛看着他。

　　站在远处的男人见他两个终于停下来,明知不合时宜,但探寻八卦的心还是让他走了上去。

　　没走几步,他就看到站在司漂对面的那个男人一个要把自己剜死的眼神。

　　司漂也注意到了这边的响动,她走上前,拉起这位"照片里的人",直接就从沿闻屿面前走了。

齐闵刚好在附近，又收到栾筝的微信，马上就奔来见他的"天使小姐姐"。他对司漂这种漂亮又古灵精怪的姑娘有好感，缠着栾筝要她微信要了许久。好不容易今天她松了口，他才开开心心吹着口哨过来，却看到眼前这一幕。

司漂一上来就拽过他的手。齐闵瞄了眼沿闻屿，有些不敢跟沿闻屿直视，又觉得这个人有些眼熟。

他跟着在后面笑："喂，小姐姐，你脚踏两只船这么明目张胆？"

司漂把人跟风筝一样牵了好久，才放开齐闵转头道："今晚不约。"

齐闵耸耸肩："我今天可是拒绝了别人。"

"现在扯平了，你也被人拒绝了一次。"

"所以我拒绝别人一次，你拒绝我一次，扯平了？你是这样算的？"

司漂忙着在各大打车平台一顿操作，头也没抬："下次补偿。"

"我不接受。"他在那里赌气道，"我这样的条件被拒绝，多丢面子。"

司漂听到后面传来的马达声，心下突然就慌乱起来，果然，沿闻屿打着车前灯明晃晃地对着两人。

司漂用手臂遮挡着脸，低头看着手机上越来越近的司机位置："走不走，再不走你会死。"

齐闵插在口袋里的手还没有拿出来，下一秒，那原本在车上的男人开门下车径直走过来，而几乎是在同一瞬间，司漂钻进了一辆出租车里绝尘而去。

"嗨。"齐闵看到沿闻屿打量他的危险眼神后，不由自主地把揣在兜里的手拿出来，下意识地挥了挥。

"别误会。"齐闵摆摆手，朝司漂一骑绝尘的方向努努嘴，"你也看到了，我就是个备胎。"

沿闻屿没有费时间与他周旋："你最好跟她没关系。"说完跟着司漂离开的方向而去。

齐闵扯了扯嘴角，拿起电话，满脸委屈："喂，栾筝姐。"

"齐闵，你接到司漂了吗？"

"您可别说了，不知道从哪儿冒出来一小哥。"齐闵皱了皱眉头，不对，他一定见过那人，是了，最近在电视上经常看来着。

"我想起来了。"齐闵，"那小子不是 Blizzard 吗？"他还因为 Blizzard 的完美进弯迷恋过一段时间的摩托公路赛。

"什么?"对面的声音明显颤了颤,一时半会儿没了声响。

"竞争对手虽然强大,但我有十二分的信心。"齐闵信誓旦旦地说道。

"喂?筝姐,你在听吗?"

许久,那头才突然有些紧张:"司漂呢,她去哪儿了?"

奥泰房产的华东区经理穿着一身熨帖的西装,在奥泰开发的玉兰春墅小区业主委员会贵宾会议室里,焦躁地盯着窗外路过的人影,企图找到他想看到的人。

一旁的助理也着急地盯着门口的动静,他多次对上腕表的时间后,终于按捺不住地说:"陈助,Blizzard 到哪儿了?"

陈译明显感觉到空气都凝固了,他左等右等都不见沿闻屿回来,只能跟房地产商打着哈哈。

"快了快了,我再跟他确认一下。"

他一边应付奥泰的人,一边左翻右翻着手机,翻到额头冒汗了也不敢再打一个电话。

奥泰的华东区总裁听说沿闻屿打算定居在昌京,直接把传闻中有钱也买不到的玉兰春墅的一套别墅送给了他,不就是希望下次车队赛上能挂上奥泰的赞助嘛。

奥泰的人说了很多次,最后沿闻屿没白要房子,按照市价买了套。

这一举动倒是让陈译很不理解。沿闻屿这些年训练、比赛一直在换地方,对住的要求不高,房子要么是车队安排的,要么就是在酒店,沿闻屿会买房子定居下来,倒是有些出乎他的意料。

陈译一早就给车队打电话了,车队那边说沿闻屿今天请假了。

沿闻屿难得请假,陈译给沿闻屿的生活助理打电话,才知道他接了个什么杂志的拍摄。

平日里让沿闻屿去接受个记者的采访都懒得去,更别说让他去拍什么时尚杂志。这一出又一出的反常,很是让陈译费解。

沿闻屿的电话一直打不通,陈译只得再给生活助理打电话,很快就接通了。

"喂,小张,屿哥那儿的局结束了没?"

"屿哥早走了,按照距离算他应该半个小时前就到家了。怎么,屿哥没回来?"

半个小时前就该到家了吗？陈译一直守在楼下，他确认连只苍蝇都没有飞进去。

"陈助，Blizzard 既然有事，不如我让人把家具搬进去吧。等到他有空的时候，我再来恭贺他乔迁之喜。"奥泰的项经理依旧保持彬彬有礼的样子，但显然意识到再等下去不是明智之举。

"唉，也只能这样了。"陈译没法子。他看了看摆了一地的家具，又想到屿哥家什么都没有的样子，让人再搬回去似乎有些太不近人情了。

陈译用钥匙开了门，一群人开始陆陆续续往里头搬东西。

奥泰的项经理是个有情趣的人，让人定制了一个全自动化的鱼缸，鱼缸里卧了条通体雪白的小鲨鱼。

他打听过，沿闻屿就爱这些奇奇怪怪的动物。这鲨鱼金贵得很，算是投其所好了。

项经理打算将那鱼缸摆在卧室最显眼的地方，这样不管沿闻屿在客厅沙发里还是在卧室里都能看到这条鱼。

只是这最显眼的地方，却放着个其貌不扬的玻璃柜子。

项经理想让人把玻璃柜子移开。他这一指挥，原本淡定从容的陈译呼叫着跑了过来："我的妈呀，不能动。"

他阻拦着众人："这可不能动，要是动了它，屿哥会'杀人'的。"说完，他蹲下身体，把脸贴在玻璃上，仔细地搜寻着什么。

项经理见到陈译这样，也不由得蹲下身体。这时，他才看到，这不是个普通的玻璃柜，而是个恒温箱。

恒温箱里面有一根接近枫叶色的木条，约莫他手臂那么粗。他端详着，木条却开始动起来。

"乖乖，醒了。"陈译自说自话。

项经理眉头一皱，换了个位置才发现，那木条上躺着一条大约他一个手掌那么长的小蜥蜴。

项经理看陈译那紧张的样子，就知道这不起眼的小蜥蜴家庭地位不低。他挥挥手，让人把鱼缸挪换了个位置。

沿闻屿从饭局上出来后，心中烦躁，直到去附近的山路上来回兜了两圈后，才不耐烦地松了油门回了家。

跟赛场上 300 千米 / 小时的时速比起来，现实生活里的规则太多，他没开尽兴，烦躁感不减反增。

到家之后，沿闻屿发现陈译还没走。

陈译本来打算等到沿闻屿回来之后跟他清点一下今天项经理送过来的这些家具。只是沿闻屿半分眼神也没有落在这些东西上，跟没看见似的随手脱了有些束身的 T 恤往浴室走。

"屿哥。"陈译叫住沿闻屿。

"奥泰的人今天送了家具过来，对冠名的事情咬得很紧。"陈译在玄关的茶几处翻弄着什么。

"知道了。"

"不早了，你早点休息。"陈译把茶几里拿出来的香熏点着。

熟悉的味道引得沿闻屿侧头看过来，他皱皱眉："别点了，没什么用。"

"听医生的。"陈译把香熏放在通风处，"车队医生说有助于神经放松，你老这么失眠也不是办法。"

"知道了。"沿闻屿揉揉太阳穴，不再与陈译多言。

陈译走后，沿闻屿从衣帽间随手拿了浴袍，进了浴室，打开淋浴头。从头淋到脚的冷水像是一场夏夜的大雨。

沿闻屿闭着眼睛。他的脑海里不断地闪现司漂的样子。

她细密的长发像是蓝水湾里的海藻，白皙的双腿浸染着海水的生命力，眼里有一面平静的湖。

他总能从那里看到无所依存的自己。

早春的冷水带着寒意，一如从前的那一场相见。

沿闻屿畅想过很多次跟司漂的相遇，或是热烈相拥，或是相顾无言，却没有一个场景像今天晚上一样。

明明交织攀谈却相隔千里。

车队医生开的助眠香熏对他来说根本没什么用。沿闻屿还是翻来覆去的睡不着，他起身把自己埋在客厅的沙发里，对着恒温箱里的火色蜥蜴发呆。

许久之后，他翻开酒柜给自己倒了一杯红酒。

他隔着红酒荡漾的波光，越过玻璃杯里灯光的倒影，眼神落在那张被他挂在房间中央的照片上。

司漂把短 T 恤捋起，在腰窝处系了个结，纤细的腰肢引得他的目光又一次回旋而上。

他又看到了脆弱的司漂，她不生硬地抵触和抗拒着自己，柔软得像是海里的蓝光水母,长长的头发披在身后,出海后又幻化成人形。

04

司漂把包往吧台一放,动静就引得"暮色"新来的调酒小哥频频回头。他甚少在灯光炫霓的夜色里看到这样清纯干净的五官。

"喝点什么?"他递过菜单。

司漂扫了一圈,还是老样子,没什么新品。她转手把菜单合上,"Islay的Whisky(艾雷产的威士忌)。"

"不需要加点别的?"调酒小哥笑笑,似是带了点搭讪推荐道,"加点酸甜的口味会更适合你,更像夏天的海。"

夏天的海?

司漂昏沉的大脑里开始出现此起彼伏的海浪。

司漂犹豫了一会儿,指尖推过菜单,过了一会儿,才闷着声音说道:"加点桂花酒酿吧,你们家特有的。"

调酒小哥有些意外。桂花酒酿是他们家特色,翻遍昌京都找不出第二家,他意外的是一般小姑娘很少会在他们家点桂花酒酿作为辅酒的。

品酒如品人生,古法手作的桂花酒酿太厚重,不适合都市人轻快明亮的夜生活。

高脚杯被推至司漂面前,她从澄澈的酒盏里看到倒映在液体里的自己。

司漂举杯抿了一口,她许久不曾喝到这个味道了。

明明说过不喜欢,不想要,却还是不由自主地穿过半个城市,在夏季的闷热角落里独自沉醉在桂花酒酿里。

司漂第一次喝到这个味道,是在桑谭岛靠海边的一家十几平方米的小酒吧里。

那天她学着沿闻屿的样子,叫了一杯那里的特调——"自由"。

可是第一次对酒精的尝试还是让她的喉头觉得不适,辛辣上脑的感觉呛得她眼泪鼻涕横流。

沿闻屿起先端着个杯子低低地笑,笑到后来索性放下杯子捂着肚子趴在桌子上放肆地笑。

司漂红着个眼,声音带着委屈和不解:"这么难喝的酒,你也要天天来喝?"

沿闻屿笑着指了指她的酒杯:"哪有人像你这么喝酒的,一口全下,舌尖连酒意的五味都体会不到，当然少了许多快乐。"

沿闻屿到最后也没止住笑，最后端着她的酒杯，跟吧台的小哥说了什么。

等到他再回来的时候，手上就换了另一杯调好的鸡尾酒："他家的'自由'几乎是纯的桂花酒酿，度数太高，不适合你。"

司漂目光嫌弃地落在那杯重新调出来寡淡的鸡尾酒上，嘴硬道："适合，那杯太寡淡。"

沿闻屿扫过吧台上的酒，最后落在一瓶 Whisky（威士忌）上，抬眼和老板示意了一下。

沿闻屿将量酒器里的酒顺着吧匙的旋转处往下倒转，又往还未镇定的液体里投入两块晶莹的冰块，最后将通体带绿的桂花酒酿匀入酒盏中，动作连贯，一气呵成。

他从吧台后面把调好的酒推出来："现在不寡淡了。"末了，他还是嘱咐了句，"慢点喝，后劲大着呢。"

司漂抿了一口，醇厚的桂花酿没有甜味，反而在威士忌的作用下，把米酒的苦涩去了，只留下酒香。

她有些好奇地问："这酒叫什么？"

沿闻屿抬了下眉毛："没名字，我临时发挥的。"

"要是真想叫什么，"沿闻屿补充道，"那就叫它——'司漂'吧。"

离开桑谭岛后，司漂再也没有在这个世界上喝到过"司漂酒"了，沿闻屿特地为她一个人调制的酒。

唯有这一家"暮色"，司漂还能找到差不多的桂花酒酿。

只是不知道为什么，明明同样的配方，这调酒小哥调制的口味却和记忆里的差这么多。不仅口味不一样，就连浓度也不一样。

从前在桑谭岛上，司漂贪嘴，喝了两三杯也没什么事，今天喝完一杯，就开始头晕目眩。

"司漂。"司漂听到有人叫她。她垂落在地板上的目光看到一双黑色的皮鞋，再往上看，黑色的直筒休闲长裤，干净的雾蓝色衬衣，打理得一丝不苟的额间碎发。

"你怎么在这儿？"司漂托着脑袋，眯着眼看向祁垵。

"栾筝说你手机关机。"祁垵耐心地解释道，"问我知不知道你在哪儿，我来'暮色'碰碰运气。"

司漂下意识地摁开了自己手机，果然没电了。

"这就回去了。"司漂从吧台椅子上坐起来，一个没稳住，身体往旁边趔趄了一下。

祁坡扶了一把，碰到她手指的一瞬间，才发现她身体滚烫，有些不对劲。

"感冒了？"医生的职业素养让他敏锐地发现了司漂的不对劲。

"啊，可能有一点。"司漂正了正自己的身体。

祁坡望了望她身后已经空了的酒杯，叹了口气："感冒了不吃药却出来喝酒，你是不是太不尊重感冒病菌了，还是太相信自己的免疫系统？"

"我没喝多，就抿了一口。"司漂受不了祁坡从生物学角度上对她的抨击，勉强支撑着身体跟着祁坡往外走。

祁坡摁了摁车钥匙，把人往副驾驶一塞，又从后座拿了件自己的衣服，盖在司漂身上，这才朝她家方向开去。

他戴上蓝牙耳机，给栾筝回了个电话。等到他的车子停到小区楼下，栾筝早早在那里等着了。栾筝一边数落司漂，一边掏出钥匙开了门。

司漂倒头就睡，迷迷糊糊地在说些什么。

祁坡找出了司漂家里的药箱，让栾筝给司漂量了温度。

栾筝穿着双拖鞋，大惊失色地跑过来："烧到39℃了。"

祁坡："她喝酒了，退烧药和消炎药暂时不能吃了，先用冷毛巾物理降温吧。"

栾筝冲到洗手间，把毛巾打湿又冲回房间。

司漂小声嚷嚷："栾筝，你好吵哦，走来走去的。"

栾筝当下扔毛巾的心都有："你这个白眼狼，要不是你我愿意在这里跑来跑去？你说你这个人，你说你都烧成这样了，你去喝什么酒，这下好了，药不能吃了，你就难受死你自己吧。"

说归说，她手里的毛巾还是落在了司漂头上。

司漂费力地眨了眨干涩的眼："祁坡还没走吗？"

"没呢。"栾筝扶着她起来喝温水。

"他今天不用值班？"

"还不是为了你这个祖宗，听说昨天他在科室忙得上一天一夜没合眼了，一结束收到我的消息就出来找你。"

司漂嘟囔："那你跟他说干什么，我就是嘴馋去喝个小酒，不是也没惹祸吗？"

栾筝的脾气"噌"地就上来了:"你手机关机啊大姐,我不找他我找谁,我找谁去找你,我找沿闻屿去啊?"

司漂一听沿闻屿,顿时没了声响。

空气里凝聚着一股诡异的安静,两人都心照不宣地保持安静。

栾筝意识到自己说得不对,懊恼地捶了捶自己的太阳穴。她只得耐着性子,叹了口气,坐在床边:"司漂,你老实告诉我,你今天是不是见到沿闻屿了?"

司漂闭上眼睛,点点头。

栾筝叹了口气,自说自话:"也没什么,回来就回来吧,这么多年了。"

她朝司漂绯红的脸望去,看到了灯光落拓在睫毛下的那团阴影,这让她想起很多过去。

司漂的过去,都被她抛弃在桑谭岛最后一班轮渡的船票里,唯有在司漂不说话的时候,栾筝才能恍惚看到当年司漂的样子。

安静轻盈得像一团天边的云。

第一章：沿闻屿
桑谭岛最自由的风

01

七年前。

早春的倒春寒，让从北方来的司漂还穿着羽绒小背心，但自从登上岛后，湿热的空气已经把她焐得出了一身汗。她还不太习惯这里的天气，风带过来的暖意使得她的刘海粘在了额头上。

走在司漂前面带路的老刘却完全没有感知她的不适应，只是一直在前方介绍着这个陌生的校园。

"我姓刘，你以后喊我老刘就可以。"

司漂木讷地点点头："好的，刘老师。"

"这会儿贸然进去不好，我先带你逛逛。"

司漂乖巧地在后面跟着。

北方的校园里是满目的文昌槐，这会儿早春只剩个树杈子，细看才能看到藏在似是枯木里的春色。

北方的春天像是一场惊喜。

不像这里，岛上的树木永远青葱翠绿，乍一看生机勃勃，实则缺少四季的照拂。

操场旁边到处都是高大粗壮的棕榈，司漂盯着看了一会儿，分不出它和椰子树的区别。

"这块就是教学楼，前面是宿舍楼，不过你妈妈说你不住校。"

017

老刘扶了扶自己有指甲盖那么厚的近视眼镜："就凭你妈妈和我的同窗情谊，你以后有什么事情都可以直接来找我。"

"谢谢刘老师。"

"叫我'老刘'。"老刘坚持不懈地纠正她，"不过说来很奇怪，昌京的教育资源比我们这儿好了不止一点点，你妈妈怎么突然让你转学？"

司漂把被汗沾湿的刘海捋到一边："我妈说我去哪儿都一样。"

老刘愣了愣，他想到了司漂妈妈给他发的那个成绩单，才点点头："这倒是。"

他满意地笑笑："我桑谭中学又多一学霸。"

司漂有些无趣地跟着老刘，其实学校的平面图她刚刚在门口看了一眼就全部记住了，所以不用老刘介绍，她也能说出来每幢建筑的用途。

走了一会儿，司漂终于看到了除了她和老刘之外的人。

后勤楼后面的矮墙脚下，一个红头发的男生从矮墙那儿探出半个头，而后他的身体像是被什么顶了一下，紧接着整个人都翻倒过来。

伴随着"哎哟"一声，男生整个人都摔倒在地，他连忙从地上起来，揉着自己刚刚先落地的手肘。

随即传来的是帆布鞋和水泥地板接触的声音。

一个十八九岁的少年从墙后面翻过来，他落地的姿势优雅，驾轻就熟。

远远地，司漂看不清他的脸，只看到他单肩背着个包，一手还拿着另一个黑色的包，递给摔在地上的那个微胖的红头发的男生。

"下次迟到了可别再叫我带你进来。"

老刘似是没看见，自顾自地带着司漂朝那两人越走越近。

走近了司漂才注意到，其中那个高个儿男生很帅。

寸头，上挑的丹凤眼上是一截浓密的断眉，皮肤被海风熏成小麦色。

他突然抬眼，对上司漂的目光，然后漫不经心地一扫而过，在她身上停留的时间，不过半秒。

仅仅是半秒，司漂就觉得耀眼的太阳把她的脸晒得通红。

老刘也注意到了前面的两人："遇到熟人了。"

那边的小胖郭凡似乎看到了老刘，微微有些紧张地用手肘捶了捶旁边的人："屿哥，刘玄奘来了。"

这头司漂也有些犹豫。

老刘看着站在一旁不敢动弹的司漂，想着她应该是被郭凡那一头红发给吓到了，忙宽慰她。

"别担心，他们都是很和善的人。"

她觉得老刘近视的度数可能比她想象中的还要高，他是从哪里看出来一个红发微胖少年和一个凌厉高个儿少年跟"和善"两个字沾到关系了？

未等司漂说上什么，老刘已经走到两人面前："你们两个在这里做什么？"

"老刘，回去了。"那个高个儿男生说道。

郭凡走过老刘身边的时候，看到了在一旁默不作声的司漂："乖乖，老刘，这是你女儿吗？"边摇头边咂嘴，"好家伙，小姑娘长得挺水灵哈。"他欠揍地凑到老刘面前，"老刘，你还挺有福气的。"

"扯。"老刘数落他，"能不能严肃一点，成天没个正行的。"

桑谭岛虽不大，但岛上有自己的学校。

老刘挥挥手，示意司漂过来。

司漂隐约地感受到空气里有一股别样的味道。

"虽然司漂是你们学妹，但是她这种对学习一往无前刻苦努力继往开来的精神，真是你们应该有的精神！"

"行了。"

司漂听到一声低沉的笑，她抬头，那个一直不说话的男生莫名地笑了下，像是受不了老刘的啰唆，随意丢了句话想要搪塞他："是要向她学习。"

"对，你有这样的觉悟，我很高兴。"司漂觉得老刘显然不是很能察言观色的样子。

他把司漂往人前推："司漂，来打个招呼。"

局促的司漂被老刘推到人前，眼前两个男生正意味不明地看着她。

尤其是那个高瘦的男生，完全没有要和她交朋友的意思。

"快啊。"老刘催促道。

司漂才怯生生地伸出手："你好，我是司漂，以后相互学习。"

司漂觉得自己的手停在空中有半个世纪那么久。

那头的人突然弯了身体。

司漂的眼前倏然出现一张帅得无可挑剔的脸。

"哦？互相学习？"

她感觉自己鼻子上的汗要克制不住地往下落，落到归属于他的地盘里。

等到人走后，司漂才大口地喘着气。

"走吧。"老刘转过身来，对司漂说过，"去办公室坐会儿，等下我带你过去。"

司漂跟着老刘来到了办公室，办公室里面只有一个女老师。

老刘到办公室之后也开始专注自己的事情，司漂有些无趣地打量着四周。

脱漆的墙角连接着被鞋印子磨得反光的水泥地，司漂在上面看到了模糊的自己。

她脚尖往前伸了伸，想要更清楚地看到自己的五官，却在那光洁的地面上看到一只蚂蚁。司漂看了看周围，她脚边有一些泥土渣屑和些许玻璃碎片。她猜测是谁不小心打碎了植物的玻璃瓶又没有清扫干净，才让这只蚂蚁胡乱撞跑。

她立刻反手从书包的侧袋里拿出一个带着诱因道的小扁盒子，右手又拿了把直尺，蹲下身体。

她一边用尺子拦截蚂蚁的道路，一边又用小盒子引导，直到蚂蚁成功进了小盒子里。

司漂站起来，把它放回窗边的另一盆植物里。它顺着草叶子爬了会儿，才消失在根茎里。

司漂透过窗玻璃，打量着这个陌生的世界。

一天只有一趟来回的轮渡，不方便的交通环境，湿热得让人不适应的空气，以及她再也找不到的人，都成了这场乔迁付出的代价。

她的眼神落在窗户的倒影上，岛上的天气多变，刚刚还多云这会儿开始下起了雨。

她又从玻璃窗上看到办公室挂着的钟表。打起精神来，司漂在心里鼓励自己。

她正要把手边的小扁盒子放进书包里的时候，突然看到对面的教学楼里，出来一个人。

他晃晃悠悠地走到门口，岔着腿靠在墙上，把书本抵在脑门上，开始闭目养神。

司漂一眼就认出了他，这不就是刚刚那个人嘛。他浑身的那股劲，实在是万里挑一。

不一会儿，先前遇到的红毛小哥似是在里面跟老师大吵了一架，颇有架势地把自己的桌椅也搬了出来。

红毛小哥拖着个桌椅,对着教室说了些什么司漂听不清,但是看样子不会是什么好话。

等到红毛小哥把桌椅都挪出来以后,那人才慢悠悠地把椅子拉出来,长腿一迈,双手一盘,直接靠在桌上,睡了过去。

高楼上少年随心所欲地来了场回笼觉。

"走了。"老刘出声打断了司漂,他抬了抬自己的腕表。

司漂跟着老刘拐过一个回廊,她匆忙地往对面瞥了一眼,靠在桌子上的人安然入睡着。

下课铃响起的一瞬间,老刘像是接回了数学老师的接力棒一样,一刻不差地出现在教室里。

"上课之前,我先跟大家介绍一下。"老刘清了清嗓子。

"老师,拜托,现在是下课时间。"

老刘也不管下面闹哄哄的,接着自己的节奏,把银灰色的保温杯从桌子底下拿出来,拧开喝了一口枸杞茶。

司漂有些尴尬地站在讲台边,她不知道该怎么处理眼前的场景。

"行了!"突然一个中气十足的女声传来,"老师介绍呢,你们干什么呢!"

司漂看到人群里站起来一个扎着高马尾的女生,她一拍桌子起来,走起路来,马尾一颤一颤的。

"你叫什么?"

司漂还没有反应过来,怔怔地看着眼前这个女生。她有一双细长狭窄的眼睛,配着她浓密的剑眉倒像是江湖中杀出来的女侠。

"快点,大伙都等着下课呢。"她在司漂旁边小声说道。

司漂一瞬间理解了,她用最简单的方式介绍了自己:"大家好,我叫司漂。"

"好的。"那个女生连忙接在司漂后面说了一句,"以后司漂就是我同桌了,我会好好照顾她的。"

老刘摆摆手让他们下课了。

司漂跟着女生回了位置。

女生的名字不太好记,姓栾名筝,是个跟她性子不太像的名字。

司漂跟栾筝道谢,她大手一挥:"甭客气。"一开口就是老北方人了。

"书都帮你领了。"栾筝打开课桌的翻板,司漂才发现桌子里面全是书。

看着司漂略显惊讶的眼神,栾筝得意道:"怎么样,厉害吧,本女侠一早就知道会和你有这段孽缘。"她学着言情话本里文绉绉地说道。

"这你都知道?"司漂疑惑。

"其实是我实在是闷得慌问能不能给我个同桌,老刘被我整烦了这才偷偷告诉我。"

栾筝:"你原来在哪儿上学?"

"昌京。"

"乖乖,那是个好地方。"栾筝帮着司漂整理着,"一看你就知道。"

司漂从抽屉里探出那双漂亮的眼睛:"知道啥?"

"一看你的气质就像是大城市来的,怎么说呢,书卷气重,不像我们浪里来船里去的,黑得跟蚯蚓一样。"

栾筝把自己的手臂拿过来跟司漂比较,这摆在一起一看,两人差的不是一个色号。司漂不好意思地笑笑,收回自己的手臂,用原来卷起来的袖子藏住自己白皙的手臂。

栾筝是个一说起来就停不下来的性子,司漂成功知道了门口的保安大叔暗恋食堂的一枝花阿姨。

栾筝突然凑过脑袋来,神秘地说:"你什么事都可以问我。"

来上课的英语老师突然清了清嗓子:"上课了,注意力都收收。"

英语老师的目光直直地看过来,一群同学都好奇地把头抬了起来,顺着老师的目光看了过来。

后排的男生提高了音量,嚷嚷道:"是哪个女生这么兴奋啊?"

台下一阵哄笑。

司漂的脸立刻红得像快要浸入海里的夕阳,她低着头不敢看任何一个人的表情。

"笑什么笑。"栾筝反驳着。

那男生得寸进尺地嘲笑:"干什么,栾筝,你自己上课讲话有错在先,见了大城市的转校生就这么上赶着了?"

英语老师看着这群青春期的孩子,头痛地维持课堂秩序:"安静,再吵下课来办公室,我们面对面聊。"

司漂有些担心地看了看栾筝,她脸红成一片。

下课铃响起,司漂正想跟栾筝说点什么,栾筝却像一根蓄势已久的弹簧一样，猛地从椅子上弹坐起来。

司漂伸出的手还没来得及收回来，栾筝人就已经走到最后一排那个男生那里了。

他个子高，穿了件耐克的外套，手里抱了个篮球正准备往外冲。

栾筝伸手拦住他："猴子，你说什么呢？"

她这不小的动静立刻吸引了刚刚还睡意昏沉的那帮同学。

"我没空理你。"那个叫猴子的男生蛮力地用手肘把栾筝撞开，目视前方想要往前走。

"你！"栾筝被他气得说不出话来，只是伸出一只手指着对方的身体僵硬在原地，眼睛里止不住地冒着泪花。

四周传来一阵嘘声，大伙睡觉的睡觉，上厕所的上厕所，任凭栾筝愣在那里，却无一人上去安抚。

司漂无措地看着栾筝，正要起身去安慰她，栾筝却抹了眼泪快步走回来。

栾筝踢开桌子的动静很大，趴在书桌上，把头埋在臂弯里，身体一颤一颤的。

司漂想要伸出拍拍栾筝的手凝在半空，她思忖了一会儿，安静地转身，拉开自己书包的拉链，从鼓鼓的书包最底下，伸手掏到一个长方形的盒子。

她四下看了一圈，无人注意到她小心的动作。

司漂从草稿本上撕下一页纸张，快速地用红笔写下几个潦草的大字，在后排同学回来之前，连忙折叠好，继而，她把东西放在身后，佯装去上厕所。

司漂走到教室后排，站在那里快速瞥了一眼。教室里扎堆的人都在笑闹，慵懒的人在睡觉，没有人注意到她的小同桌，正低头在那里啜泣。

她装作不经意地走到猴子座位上，把身后的东西快速投递，下意识地吞咽了一下口水，走出了教室。

上课铃响起，后排的男生才不紧不慢地走了进来。

"妈呀！"后面传来一声惊叫。

老刘扶了扶眼镜，也跟着众人的目光看去。平日里打不怕骂不怕的李成候同学正惊恐地退到角落里，几乎都要跟垃圾桶、扫把堆粘上了。

他像是被钉在了那里，紧张到额头青筋乍起，鬓角边密密匝匝地沁出了一层汗，嘴唇颤了颤，古怪的声音才从他变声期的喉咙里传出来。

"刘老师……"他几乎要哭出来。

老刘连忙从讲台上大步走下来:"怎么了?"

猴子像是找到了救星,一溜烟地往老刘身上贴去。

老刘提高声音给他壮胆:"男子汉大丈夫,什么东西能把你吓成这样!"

猴子扭过头,迅速扫了一眼之后,又立刻把头转过去,结结巴巴地说:"我抽屉里。"

老刘心生疑惑,走到他桌子前面,趴下身体去看,这一看,把他吓得不轻。

凌乱的桌肚里盘着一个一指头宽,黄斑褐底的螺旋形状的东西。

它卧在底下的纸张上,用红色的字样写着:

Medusa is watching you.

(美杜莎盯着你呢。)

老刘也是第一次遇到这种场面,他把周围的同学遣散开,又连忙让班长把保安室的保安队长叫来。

胆小的女同学吓得抱在一起,似要哭出来。这一番闹腾吸引了原来趴着哭的栾筝,她顾不得眼睛红,问司漂:"怎么了?"

"猴子的抽屉里有蛇。"司漂托着脑袋,语气一点都不惊讶。

"呀?"栾筝害怕地把手缩在一起,"蛇怎么跑到他抽屉里去了?"

老刘想要找个什么称手的工具,却发现这蛇有点古怪。照理说他们闹出了这么大的动静,这蛇不应该如此安稳啊。

他用扫帚柄捅了捅桌子,引得一旁的同学连连尖叫。

这蛇却还是没动静。老刘心生古怪,大着胆子把里面那张写着古怪英文的纸拉出来,连带着里面的蛇也很轻易地落下来。

等那蛇落地后,众人才看清这就是层干枯的蛇皮。

只因为蜕皮的时候处于一个安稳的环境,所以蛇皮从头到尾都保存得完好,放置在光线不充足的抽屉里,很容易就让人误以为是真的蛇。

"好了。"老刘出声阻止,"李成候同学,你回到自己的位置上去。"

"不!"猴子拼命摇头,"我不要去坐那里,我要回家!"

猴子抱着老刘的手不放,老刘没了办法,只得先把他带到办公室让家长把他接回去。

同学们虽都回到了自己的座位上,可是大伙的心都七上八下的。

栾筝也不解地跟司漂分享着:"猴子在班级里老专横了,没人敢跟他叫板的,谁啊胆子这么大,竟然敢在他抽屉里放蛇皮。"

"管他是谁呢。"司漂轻飘飘地说了一句,"你就说有没有出气?"

"嗯!总算有人能治治他,出气!"

放学的时候,栾筝约司漂一块走,司漂却说自己还有点事。等到教室里的人都走完了,她才连忙跑到垃圾桶边上,也不嫌脏地四下搜索些什么。

找了半天也没找到,她这才丧气地想起来,老刘嫌弃碍眼,直接让人丢去垃圾场了。算了,反正那也是小黄豆不要了的,它不也有新皮肤了嘛,丢了就丢了吧。

司漂安慰了自己一顿,这才拿起书包,出了教室。

她伸出手腕看了一眼手表上的时间,距离王贞下班买菜回家只有半个小时了。司漂抬头望了一眼阴沉沉的天空,加快了脚步。

司漂并没有直接往家的方向走,她从学校后门出来后,直接往反方向走。

岛上的天气多变,她担心小黄豆和小狮子受不了这湿热的空气,她得赶在王贞回家之前先去看看。

天色微微有些晚了,司漂走过一片榕树,突然起来的风从榕树的缝隙里灌进来,簇拥着枝丫、树冠拥挤地咆哮着。

她缩了缩身体,暗骂了一句鬼天气,加快了脚步。

她长吁一口气,朝她的"基地"方向跑去。

绕过三个路口后,来到一个废弃的工厂,司漂从书包内侧掏出来一把钥匙,对准侧边上的小铁门。

这个地方是司漂舅舅托人给她找的,工厂荒废已久,无人问津,她把东西藏在这里,正好。

只是快递送过来的时候,箱子电路里的几个零件损坏了,岛上没有地方买到这样的零件,司漂不确定在她上了一天课的时间里,恒温箱有没有失效。

她迅速跑到窗帘旁边的白色箱子处,首先检查的就是恒温箱的电路是否连接通畅。

好在废旧工厂虽然废弃,但电路一切稳定,恒温箱上显示箱内温度是

38℃。

司漂打开恒温箱的盖子,箱子里面炙烤的沙石上卧着一截枯木,枯木下面正躺着一条火红色的扁形的小蜥蜴。

听到响动,它把肚子全部贴在砂石上,脑袋上的鳞片张开来,像一头威武的小狮子,向入侵者发出警告。

"小狮子?"司漂轻声叫唤它。

小狮子听到了熟悉的声音,似是辨认出是司漂回来了,顺着枯木往上爬,扬着头,摆着爪子跟她打招呼。

摆手是鬃狮蜥特有的一种行为,含义是"示好"。一般较为弱小的鬃狮蜥会向自己崇拜并且依靠的强者做出这种像人类一样互相打招呼的动作。

它大大的脑袋配上节奏感十足的小爪子,傻乎乎的样子把司漂逗乐了。

司漂从一旁的小盒子里投掷几只蟋蟀和面包虫进去,又在绿叶菜上撒了些维生素,也一并送了进去。

喂好小狮子之后,司漂蹲下来查看小黄豆的情况。

司漂看到恒温箱上的温度标识出现红灯的时候,心下一凉。她打开盖子,没有听到小黄豆躁闹的声音,这让她有些不安。

果然,小黄豆安安静静地盘在那里。没有了它赖以生存的干燥环境,这条仅完成一次蜕皮的球蟒闭着它的眼睛,头无力地垂下。

司漂握着盖子的手久久没有放下来。

海浪把欲来的风雨埋藏在海的呼啸声中,海上的鸟儿纷纷归巢,一个不小心,闪电和雷鸣就会把海上骄傲的鸟儿折成两半。

一场象征着变数的雨就要下了。

司漂找了个地方,把小黄豆埋了。

她就知道,这场迁徙要付出的代价,远远不止如此。

司漂到家的时候,大雨紧随其后地落下。明明才开春没多久,小岛上的雨地里就隐约传来夏日里才有的泥土味道。

司漂关上门,客厅里没开灯,厨房里有人在忙碌着。

听到声响,王贞拉开厨房门,给了一个淡淡的笑容:"回来了?"

"嗯。"司漂回道,把书包拿回自己的房间。

"先吃饭吧。"王贞端着一盘菜出来,叫住她。

司漂洗手，帮忙端菜，添碗。

"学校放学这么晚？"王贞舀了一碗当归党参老鸭汤递给司漂。

"放学后去领了新课本。"司漂往嘴里扒拉的动作一顿，含混不清地说道。

司漂抬头看了一眼，又补充道："妈，我今天认识一个很好的女孩子，她是我的同桌，她人很好，性格……"

"吃饭。"王贞打断她，"小漂，妈妈怎么跟你说的，你来桑谭岛的初衷是什么？"

王贞给她的碗里塞了一只鸡腿，司漂的碗里几乎都要放不下。

"况且，桑谭岛上的人以渔业和旅游业发家，有的人一辈子都困在这个岛上，那眼界能到哪里去？妈妈就希望你，心无旁骛地好好学习。"

王贞放下碗筷，从柜子上面拿下来两套卷子："我问我之前在昌京教高中的同学拿的，说起这个同学，当初在学校里的时候学习还差我一截呢，我应该也可以带你。今晚就当是个测评，看看你的水平怎么样。"

"知道了。"司漂小声地说道。她看着自己碗里的鸡腿，觉得有些油腻没了胃口，筷子不由得往外扒拉着那鸡腿，一时间力道没控制住，那鸡腿突然就滚出了碗口，落在桌子上。

"不要浪费食物。"王贞皱着眉头，她抬头看了一眼墙上的钟表，"你已经吃了十分钟了，快一点。"

王贞突然又说道："上下学也挺浪费时间的，要不给你买个自行车，你骑车上学，或者说我上班前先送你去学校……"

"不用了，妈。"司漂连忙阻止，"我走着去路上还可以背单词。"

王贞这才作罢："这倒是，走着背单词是个好法子。"

见王贞不再打自己上下学的主意，司漂这才舒了一口气，要是真让她送，自己岂不是没了时间去看小狮子。

司漂看着墙上的钟表，随便往自己的嘴里扒拉了几口饭，草草解决。

王贞看着她剩下的半碗饭："怎么了？是最近胃口不好吗？"

司漂点点头："有一点水土不服。"

"正常的，过两天就好了。你这孩子就是身子骨弱，缺少锻炼。"王贞轻松地说道，自己收了碗筷去了厨房。

司漂拿起自己的书包，进了房间。

她拖着书包，走到摞满厚厚教辅书的桌子旁，瘫坐在椅子上，把脖子靠在椅背上，抬头看着天花板。

看到她听到客厅里王贞的声音再次响起："小漂，抓紧哦。"

许是今天一天太过劳累，司漂觉得自己没什么精力，趴在还带着印墨味道的试卷上，放空自己。

司漂从椅子上起来，搬开书桌，从书桌和墙壁的缝隙里，掏出来一本牛皮防水封面的笔记本。

她翻开笔记本，用娟秀的字体充满仪式感地写下几个大字——

　　逃逸之旅。

再翻开一页。

　　3月6日 天气晴转雨
　　第一名的尽头在哪里？
　　熬到十八岁之后，就可以决定自己的人生了吧？
　　那我的十八岁呢，怎么还不到？

司漂低垂着脑袋，在纸上涂涂改改，听着对面放着风靡大街小巷的歌，透过玻璃窗看到那些摇曳在雨水里的浮光掠影，那是别人家饭后团聚的电视屏幕里投出来的人间暖色。

司漂望着那些出神。

耳边传来一阵急促的马达声，司漂被声音吸引，还未来得及看清，一道黑影从她窗前驶过。

紧接着后面跟着此起彼伏的鸣笛，司漂看清楚了，那是一支摩托车队。在小岛的夜里，如同自由的叛逆者，刺破黑暗，制造躁动。

02

后来的几天跟第一天比起来那可就平静太多了。

在学习上，司漂能轻易地适应和跟进，只需要白日里跟着学校老师的进度，到了夜里完成王贞布置的作业，日子也就一天一天地过去。

每天放学后去破旧小工厂喂小狮子是她唯一轻松自由的时间了，但也因为小工厂的存在给她的生活造成了些许的不便利。

今天老师拖堂放学本就很晚,小狮子又特别黏人,司漂从工厂到家的路线需要经过学校,她回程时,街边的路灯已经陆续亮了起来。

司漂低着头,快步地往前走。

她走得太快没有注意前面的动静,恰在校门口的位置,却迎面和一个人撞了满怀。

她摸了摸自己的额头,抬头向上看,却看到一张熟悉的脸。

沿闻屿今天没有穿校服,穿了条军绿色的工装裤,裤子塞在半筒机车靴里,上身套了一件黑色的宽松圆领T恤。

沿闻屿见到司漂后,搭住她的肩把她转过身来,迅速在她书包里放了什么东西。

司漂听到教导主任扯着嗓子喊:"站住!"

沿闻屿闻声停下来,侧过身体来,看着教导主任。

"怎么了李主任,我放学也违法吗?"

"拿出来!"教导主任跑到他面前,比他矮了半个头却依旧高声呵斥。

"拿什么?"沿闻屿疑惑。

"手机。你别以为我没看见,学校明文规定不能带手机,拿出来,我没收。"

"哟。"沿闻屿鼻子里哼了一句,"您这就冤枉我了,我可真没有。"

"没有?"教导主任皱着眉头,从上到下把他打量了一番。

"不信?"沿闻屿张开双臂,"您搜?"

教导主任有些疑惑地盯着沿闻屿看,这么坦荡?他让沿闻屿自己掏口袋,发现还真没有才离开。

沿闻屿这才拉过司漂的包,从她包里掏出他刚刚放进去的东西。

司漂扭头看到,真是一部手机。

"谢了。"沿闻屿拨弄着手机,像是给谁发消息,头也不回地说道。

"不、不谢。"司漂下意识地摆手。

沿闻屿发完了信息之后,发现前面的人没挪地方,眼神落在她那只大大的书包上,想起他刚刚伸手摸到的那几本厚厚的教辅书。

"才放学?"沿闻屿收起了手机,往前走了几步,又停下来回过头说,"不回家?"

"回!"司漂这才反应道,忙跟上来。

沿闻屿个子高,迈的步子大,司漂要小跑才能跟得上他。

路灯把他的身影拖得老长,长到恰好落在司漂脚尖。司漂把握着距离,丈量着和影子之间的距离,近了怕踩到他的影子,远了怕跟不上他的脚步。

走着走着,那影子不动了,司漂抬头才发现离他们不远处,有一伙人。

前面有几个小混混扮的人,穿着具有海边度假风的黄绿色沙滩拖鞋,聚在那里有一搭没一搭地嬉笑着。在他们中间,还蹲着个姑娘,身旁的小混混各自聊着天看似完全忽视那个姑娘,却一下没一下地踢着她。

沿闻屿停下脚步,侧身跟司漂说:"跟紧点。"

司漂连忙攥紧自己双肩包的肩带,跟在沿闻屿后面。

桑谭中学的后门口是酒吧一条街,司漂每次经过那里的时候都皱着眉头跑开,生怕听到留着杀马特发型的小哥吹口哨的声音。

不过,今晚她跟在沿闻屿的后面,倒没觉得那些小混混有多可怕。

他们经过那堆人的时候,沿闻屿没有犹豫径直往前走着,甚至连眼神都没有分过去。

倒是司漂,没忍住往姑娘身上看了好几眼。

那个姑娘蜷缩在那里,身上的白裙子脏脏的,长长的头发覆盖住她的脸,她抬起头和司漂对视上,眼尾泛红,像一只流浪在街头的小狗。

司漂突然就走不动道了,她望了望沿闻屿的背影,犹豫了一会儿,没追上去。

"看什么看!"梳着小分头的男人看到背着书包停在他们面前的司漂,板着脸凶道。

另一个挺着啤酒肚的男人把小分头男人挡开:"对小妹妹温柔点,怜香惜玉懂不懂?"

他用手撑着膝盖,试图把自己有些壮硕的身体弯下来,堆着脸上的肉笑道:"小妹妹,是不是找不到回家的路了,哥哥陪你玩好不好?"说完,他的大手就要伸过去。

司漂找准了机会从他腋下穿过,抓住姑娘的手,也不管那姑娘脸上错愕的神情,拼命地往前冲。

那肥脸大哥一声啐骂,忙使唤人:"还愣着干什么!还不快追!"

司漂头也不回拼了命地往前跑,跑到她书包里的铅笔盒全开了,所有的笔"咕噜咕噜"地滚出来,在她的书包里发出些"叮叮当当"的响动,在夜里紧张得像一场战歌的BGM(背景音)。

跑着跑着,司漂终于看到了沿闻屿的背影。

"屿哥！屿哥！屿哥！"司漂也不管三七二十一，学着郭凡的样子叫沿闻屿"屿哥"。

沿闻屿听到声响，回过头来。

她齐耳的短发跑起来像是海里一上一下的水母，那滑稽的样子引得他发笑，这会儿她还拉着另一个人着急忙慌地跑过来。

"怎么了？"沿闻屿停住脚步在原地等，眉眼弯弯的，似是在笑。

司漂跑得上气不接下气，原地缓和了一会儿才说："快跑！后面有一群人在追我！"

司漂脑门上全是汗，她细密的发丝全都粘在额头上。她不断地往后看去，果然那一帮人追上来了。

司漂哆哆嗦嗦地重复着："屿哥，救命。"

沿闻屿看了看她的样子："知道怕还多管闲事？"

手机响起，沿闻屿将其放在耳边，问道："凡子，到了没，赶紧的。"话音刚落，转角处就传来一阵马达的轰鸣声。

紧接着，排列整齐的几辆摩托刺破黑夜，带着不属于这个小岛的暴躁，轰着油门，齐刷刷地来到司漂身边。

司漂顿感自己的书包一轻，紧接着她整个人就向后倒去。她试图保持身体平衡，却觉得脚下一虚。

沿闻屿用手掌托着她两只瘦弱的手臂，像是举着团棉花似的把她安放在了其中一辆摩托车的后座上。

司漂坐到车后座的时候，连忙转身，沿闻屿截住她的话头："你这小短腿哪有车子快？"

车子前面是刚刚摘了头套的郭凡，他摆弄着自己的红发，做出一个风情万种的表情来："小学霸，哥哥帅不帅？"

司漂认真地摇了摇头。

"哎，你这小孩……"郭凡明显不悦，似要争辩。

"那个……"站在一旁的姑娘红着脸，着急地磕磕绊绊地说着，"可以也带我走吗？"

司漂这才回过神来，看着临近的那群人，忙拉着郭凡："凡子哥，带那个小姐姐走吧。"

郭凡给司漂的感觉跟沿闻屿给她的感觉完全不一样，比如现在，她就能轻易地对着郭凡说着请求，却半个字都不敢跟沿闻屿说。

郭凡耳根子软，听小姑娘说话觉得悦耳，说："行，你就带上吧。"

"屿哥？"郭凡看了看身后逐渐追上来的人，他这不紧不慢的脾气也有些受不了。

沿闻屿耐心地套着手套，把手套周围的一圈魔术贴解开又合上，才不痛不痒地吐出一句："又不是我救的。"

身后的小姑娘听到这话后，把嘴唇咬得血红血红的。她眼睛湿漉漉的，若有所思地背过身去，停了几秒之后反而朝着那群人追来的方向走去。

司漂看得心里难受。

"上来吧。"沿闻屿出声道。

那姑娘听到这话后，立刻转身，眼里晶亮一片："真的吗？"

"再不上来就真的走不了了。"沿闻屿扣好自己的安全帽，转身对她说。

车子比较高，那姑娘横跨过去，奈何身体不够高，踮着脚都有些歪歪扭扭没有成功。

沿闻屿伸手，随手搭住她的腰，把她往车上一揽，她随即落座在了他的后座。

司漂觉得她的腰肢纤细到不堪一握，白色连衣裙腰身上还有一处别致的设计，露出两个浅浅的腰窝。

沿闻屿发动车子，车子直接飞了出去。坐在后面的姑娘受到了不小的惊吓，大叫一声缩在他身后。

车队里的其他人陆续出发。

司漂没有往后看，她知道那群人已经被甩在了身后。

她抓着郭凡的衣角，看着前面沿闻屿骑的那辆橙黑色的 KTM 越野街跑。

前面的人像是一头黑夜里的狼，弓着身体潜伏在夜里急速前进。后面的少女穿着一身白裙，她曼妙的身躯是少女藏不住的秘密，裙摆在夜里翻飞舞动，像极了蝴蝶春嬉的翅膀。

司漂看了看自己身上肥大的校服衣裤。

"小朋友！"郭凡在前面叫着。

"等你跟我们一样，满十八岁了，就能骑摩托车了！"

司漂看着前面远去的身影，只听到耳边海风的呼啸，过了好久，才点点头。

夜里的灯光从椰树的缝隙里透过，在快速倒退的景物里化成一道道荡漾的水波。

车子穿过幽暗的隧道，驰骋在环海公路上。

司漂收回分散在沿闻屿身上的目光，专心地感受着片刻的自由。

这是她第一次坐在机车后面迎着海面吹来的风，那景物消失的速度快得让她的心都在悬浮。

驾驭这大东西的少年们不过比她大几岁，但他们不用被框在成堆的书本后面，不用被框在到点回家的约定后面。

海浪冲蚀着海崖洞，把坚硬的岩石雕刻成自己想要的样子。

司漂感觉风能从她的指缝中溜走，她想大声喊出来，甚至还想站起来挥着手，试着勾一勾垂落在天边的云。

司漂从未觉得自己的心如此轻盈，好似长了对翅膀，无拘无束得像能随时飞走。

车队在断崖处停下来。

停好车后，郭凡搭了把手让司漂从车上跳下来。她这才发现，这断崖路旁边已经等着好几个人了。他们各自倚在车子旁边，听到声响后就过来打招呼。

为首的那个男人穿着米黄色皮夹克，头发许是受了帽子的压迫稍稍凌乱，五官倒是柔和，走上来就搭着沿闻屿的肩膀说些什么，看上去两人关系很要好。

"怎么样，我新搞到手的KTM的RC系列，水冷引擎，起步爽不爽？"

沿闻屿把帽子摘下来，挂在摩托车的反光镜上，笑着点头："不得不说，还真不错。"

"我就说嘛！"那男人听了沿闻屿的肯定，脸上的兴奋藏不住，"你就说兄弟我讲不讲义气！"

"老柴！"郭凡一脸不爽地打断道，"车子可是我叫人去提的，轮渡是我家老爷子派过来的，你别一个人把功劳邀完了！"

"别，没有你我也能把车弄到手，我这是给你个机会让仗着轮渡是你家开的臭显摆一会儿。"

那个叫老柴的男人回讥道。

两人你一嘴我一嘴地吵个没完，周围的人没一个想劝的样子。

沿闻屿蹲下身体，用食指指腹揩测着胎纹深度："行了，都有功劳，今晚请你们吃饭,管够。"

这话一出,郭凡才算是给了沿闻屿一个面子,最终把自己满腔的脏话化作一个大大的白眼。

老柴对着郭凡"喊"了一声之后不恋战,他转头看到了站在一群男生后面的两个姑娘。

"哟,屿哥,什么情况啊?"

老柴上下打量了一番站在司漂前面的那个姑娘:"谁啊,不介绍下?"

沿闻屿没抬眼,继续检查着车身上的零件,不知出于什么缘故,司漂看到他嘴角浮起一抹坏笑。

"你想认识?"他意味深长地反问了一句。

"算了吧。"老柴调侃着,讪讪地摇了摇头。他注意到姑娘后面的司漂,"这个,我想认识。"

司漂下意识地往后退了两步,把手藏在袖子里,被他没距离的动作吓坏了。

沿闻屿从车身后面站起来,掸着手笑道:"滚,人家还是小朋友。"

郭凡把老柴拉到一边,安慰着司漂:"别理他。"

司漂看着郭凡的那头红发无言。

"行了。"沿闻屿从身后那群人谁的袋子里拿了两罐雪碧,一罐给了那个姑娘,另一罐递给了司漂,又拿起两罐分别丢给了郭凡和老柴,"说那么多话口该渴了。"

沿闻屿自己也拿了一罐雪碧,直接坐在向外凸出的海岬边上,对月大口吞咽着。他手上一滑,雪碧从岬边跌落,落入大海里。沿闻屿皱皱眉头,撩开上衣,往海里纵身一跃。

一直注意这边动静的司漂连忙往前查看,巨大的浪花将他吞噬。

"有人落水了!"司漂惊呼。

"淡定淡定。"郭凡拿着雪碧过来,指着沿闻屿消失的那片海域,"这小子七岁就会泅海了。"

司漂的眼神又落在沿闻屿留下的衣服上。她犯迷糊了,哪有人落水之前还会把衣服先脱了呢。

司漂小心地往前探了探头,往下一看都能让她腿肚子打战,这垂直高度少说也有好几米了。

司漂扶着自己的身体学着他们的样子坐在礁石岸边,脚下悬空的感觉让她觉得有些害怕，又扯着自己的校服裤子往回缩了缩。

司漂见海面依旧没人出现的迹象，又见一群人各自聊着，无人在意沿闻屿回来了没有。

司漂终于还是有些着急了，她扯了扯郭凡的衣袖："凡子哥，沿闻屿会不会出事？"

"屿哥？他早回来了。那儿呢。"司漂朝着郭凡指着的方向看去，只见沿闻屿站在一群人中间，衣服也都穿戴整齐了。

见司漂不解，郭凡解释道："底下有个废弃集装箱，平时我们当临时集合点，有日常用品。"

司漂点点头。

沿闻屿从人群中侧头看过来，司漂连忙把眼神移回到手上的易拉罐上。

她没留指甲，用手指头掰开易拉罐的拉环还真不是一件容易的事。

司漂正打算找个称手的工具借力，却看到那个姑娘也对着绿色的易拉罐拧着眉头发呆，看样子她也打不开。

司漂加快了搜寻工具的节奏，却见那个姑娘拿着易拉罐跑到了沿闻屿身边。

月色把她的轮廓衬得柔美，白色的裙摆上像是染了一层光晕。司漂能看到她脸颊上的那抹绯红。

司漂也走上前去。

"那个——"司漂指了指沿闻屿手里的铝环，"能给我吗？"

沿闻屿看了看自己欲丢入垃圾桶的铝环，扬了扬手："这个？"

"嗯。"司漂点点头。

沿闻屿挑了挑眉："你要这个做什么？"

做什么？司漂迅速搜索了一下自己的脑子，她根本没想过拿了做什么，就是想要而已。

她敲了敲自己的脑袋，随便说道："卖钱。"

"卖钱？"沿闻屿皱了皱眉头，"你收破烂？"

"嗯！"司漂坚定地点头。

最后，沿闻屿不仅把易拉罐的铝环给了她，还把他们这群人喝完的易拉罐踩扁了装进编织袋里给了她。

一行人站在海边高高的断崖公路尽头，听着海浪从黑夜里奔涌而至，冲碎岸边掉落的礁石。

司漂额前的刘海被海风掀起,她用手掌盖了盖。

"走了。"沿闻屿抓起头盔,对着后面的一群人说道。

"走走走。"老柴轻踹着在岸边蹲着的几人的小腿肚子,"屿哥喊你们吃饭。"

沿闻屿将头盔戴好,转头对着司漂的方向说:"凡子,你送她们回家。"

"什么?"郭凡看了一眼司漂她们,"为啥还要送回家?你们晚上有事吗?"

沿闻屿:"赶紧的,十分钟的事。"

郭凡看着两个姑娘,都是安安静静、柔柔弱弱的,他皱了皱眉头:"行吧,我送。"

"我跟你们一起走。"那个高个姑娘突然出声,"我不着急回家。"

郭凡来了精神:"小学霸也跟我们去吧。"

"我……"司漂犹豫着措辞。

郭凡逗她:"小妹妹,想好了吗?"

"凡子,"沿闻屿语气重了些,像是有些不耐烦,"送她回家。"

"行了。"郭凡拎着司漂的书包,"走吧,小学霸。"

司漂低着头,咬了咬嘴角跟上。

郭凡扣好帽子:"小学霸,你家在哪儿?"

司漂抓着郭凡的衣角,弱声道:"城头巷的尾道口那棵树下。"

郭凡听笑了:"你这地址报得,不知道的人还以为你是什么动物成精了。"

"这样好找些。"

"行咯,你坐好,我开得慢些。"

车子发动,司漂余光瞥了一眼沿闻屿他们。

自己想去吗?

司漂不知道,她没法融入这个圈子里。

桑谭岛不大,溜了圈就到了司漂住的那个小区。

"谢谢。"司漂下车后,把抱在怀里的书包拿下来背在背上。

"甭客气。"郭凡摆手,"上去吧。"

司漂点头之后就走了。

郭凡看了看她瘦削纤细的身影,叹了口气:"小学霸。"

"嗯?"司漂回头。

"他吧,熟悉了就好。"

"知道了。"司漂扭头,蹬着小区破旧楼道上楼。

司漂推开家里的铁门,家里安静无人。她摸黑找到了玄关旁的灯,把自己的鞋子脱下来放好后就直接回了自己房间。

司漂从包里拿出卷子,今晚的作业还没做。

庆幸在学校的时候她已经做了一部分,剩下的不算多。她抬眼看了看钟表,已经九点了,随即埋头,专心书写。

等作业写完的时候,时针已经指向了十点,司漂揉揉脑袋,从柜子上拿出了高一的化学书。

她翻开书,从书的夹缝里拿出一张写得整整齐齐的表格,对着上面的元素表发呆。

这么多要学的东西,高中应该很忙吧?

她侧着头伏在桌子上,看着越来越模糊的元素表。

郭凡会背吗?沿闻屿会背吗?

今晚那些叫嚣着已经成年却稚气未脱的少男少女,他们都背下来了吗?

司漂思来想去,没了学习的兴致,她把藏在书桌缝隙里的日记本拿出来。

> 桑谭岛夜里的风比白日里凉快。
> 今天是我第一次看月光下的海浪。
> 月光明亮,海风轻柔。
> 我遇见了一群自由的人。

窗外一阵风吹来,吹得少女放置在窗口的本子纸页"哗啦哗啦"响。

司漂一字一句地在本子上继续写道:

> 希望我也能像他一样,成为风一样自由的人。

03

那天晚上之后,司漂在学校后门的那条道上,再也没有看到过沿闻屿。

栾筝跟司漂混熟了,休息的时候都会把自己偶像的照片分享给司漂。

"小司司，他今天发自拍了！好帅啊。"说完，栾筝抓着司漂的胳膊使劲晃，把自己的手机凑到司漂面前。

"低调点，当心被老刘没收了。"司漂没停下手里的动作。

"嘿嘿，我低调着呢。"栾筝把自己的手机往抽屉里一塞，"司漂，咱俩加个QQ，周末带你出去玩，桑谭岛私人导游。"栾筝拍拍自己的胸脯。

司漂停下了草稿纸上的计算过程，重新翻开一页，写下一串数字撕下递给栾筝。

栾筝用手机一通搜索后皱了皱眉头："司漂你是不是给错了啊，我没搜到啊。"

"谁说这是我QQ。这是手机号。"司漂把最后一个数字填完之后，终于放下了手中的笔，"我没有QQ，你有事可以给我打电话或者发短信。"

"老年机？"栾筝睁大了眼睛。

"土吗？"司漂不好意思地笑笑，"我觉得还行。"

"那你平时除了读书都干啥？"

司漂托着脑袋："我有个照相机，没事我会出去拍拍小动物。"

"哇哦，那你酷毙了。"

司漂惊讶："这就酷毙了？"

"我听说玩相机很烧钱的，你爸爸妈妈真好，支持你买相机。"

司漂想了想王贞，嘴里和心里都感觉涩涩的。她绕开了话题："我们快走吧，等会儿要迟到了。"

"快走，去晚了会被罚跑圈。"说罢，栾筝就拉着司漂往楼下冲去。

体育课刚开始是热身，接下去就是自己去领运动器材自由活动了。栾筝跑了两圈，气喘吁吁地拉着司漂去小卖部买水。

经过露天篮球场的时候，司漂听到一阵喝彩声，一群他们班的同学在那里凑热闹。

栾筝拉着她的手就过去凑热闹。

篮球场上很热闹，靠近她们这边的那堆人，司漂认得，是由他们班和隔壁班的几个男生组成的。

"是隔壁班的祁垵啊！"栾筝指着那个男生说道。

司漂朝着栾筝手指的方向看去，祁垵是栾筝经常提到的那个男孩子。他待人谦和，成绩优秀，家境优渥，司漂听栾筝说他是很多女生理想中的白月光。

祁埃一个漂亮的转身，假动作躲开了对面的阻挡。

司漂没想到平日里看起来斯斯文文的他，上了球场却干脆利落一个扣篮直接得分，杀了对面男生一个下马威。

"哇！"栾筝冒着星星眼跟着人群一起喊叫。

司漂不怎么懂篮球的规则，但这场上的比赛氛围实在是太浓重，勾得她也有些暗自紧张。

最后是祁埃来了个三分投篮完美落幕。

"耶！"连淡定的司漂看到这完美的投篮弧度都要小小地欢呼一把。

"真丢脸。"司漂听到远处传来一阵熟悉的声音，她眼珠子一转，果然看到了郭凡还有梧桐树下的沿闻屿。

沿闻屿身侧还站着一个姑娘。

她的身高到沿闻屿的下巴处，巴掌大的脸上是一双无辜的眼睛，里头像是有一汪泉水，那眸子里倒映的水光永远给人一种楚楚可怜的感觉。

是她啊，那天和她一起逃跑的姑娘。

树荫下的姑娘手里攥着一瓶矿泉水，眼神是期待又炽烈的。

沿闻屿今天戴了顶帽子，低头摁着手机，喉头滚了滚，似是觉得渴，才随手从旁边姑娘的手里抽走那瓶水。动作连贯随意，像是一个习惯。

喝完之后他拧着瓶盖，旁边的姑娘踮起脚说了些什么。周围太吵，沿闻屿低头靠近她，仔细聆听了一会儿，点点头。

司漂从她脸上看到了笑容，像是春雨过后的海棠花，绽放在一片绿荫后面。

司漂正要转头跟栾筝说的时候，原本站在沿闻屿旁边的姑娘被吓得坐在地上，身边的篮球滚了两圈，才勉强停了下来。

她捂着脚，显然是被砸到了。

几个少年跑过来原本是想道歉的，但是看到了一旁没什么神情的沿闻屿，便知道这姑娘是他带来的。给她道歉就是给沿闻屿道歉，几个男生你看看我，我看看你，谁也不服气。

沿闻屿感觉到周围安静下来，才把手机放回裤兜里："道歉不会？"

对面刚刚砸到人的少年捏了捏手心，低头不语。

沿闻屿捡起一旁滚落的球，那球乖巧地在他指尖转动了两圈之后，被他随意地托在手心里。

"哑了？"他来到那个抢球的少年面前，手掌一下一下地掂着球。

那个抢球的少年脸色涨红，拉扯着脖子上明显的青筋，直直地看着沿闻屿，一副不服气的样子。

"行。"沿闻屿点点头，转过头往后走了几步，"那就以牙还牙。"他耸了耸肩膀的一瞬间，球飞了出去，朝着那抢球的少年过去。

早在一旁围观的祁垵一个箭步挡在那个男生面前，用手掌和手肘当作接触面，生生地把球推了出去。球砸到他的胳膊肘，发出一声闷响，又换了个方向弹开，朝着人群里砸去。

司漂抬头的那瞬间，那球已经来到了她的面前，她下意识撇过头去，用手遮挡。几乎是一瞬间，她的额头一阵阵胀痛，她没挡住，球擦着她的额头而过，当即就红了一块。

"司漂！"栾筝立刻上来扶着她，"怎么样？"

司漂眨了眨眼，摸了摸自己的额头，那儿起了个小山丘。

"不好意思啊。"祁垵连忙上来道歉，"要不要紧，我送你去医务室。"

司漂轻轻晃了晃脑袋："不用了，我不要紧。"她摸索着抓过栾筝的手，"栾筝，你陪我回去好吗？"

"好的，好的。"栾筝连忙答应，回头对另一位同学说，"帮我们请个假，我陪司漂去休息了。"

栾筝带着司漂越过人群，司漂跟在栾筝后面。司漂抬头的时候，看见沿闻屿眼神淡漠地朝这边扫过来。

司漂微弓着身体，用手挡住那似是被一阵火燃烧过后的伤口，从人群中狼狈地离开。

一旁的郭凡挠挠头，皱着眉头确认了一番，对着沿闻屿说道："屿哥，这不是小学霸嘛，被你打伤了。"

沿闻屿淡淡地投过去一眼："你没看见是那小子弄伤的吗？"

郭凡讶异地看了一眼沿闻屿，又不解地看了看祁垵，最后自我解释道："也是。"

沿闻屿看了一眼司漂，片刻后对着郭凡说道："走了。"

栾筝带着司漂上楼，扒拉开她的刘海后，对着她的额头吹着气："还好还好，没伤着眼睛，这多危险啊。沿闻屿真的好没礼貌啊，连句道歉都没有。"

栾筝再次检查了一下司漂的额头，确认没有事才舒了口气继续说道："其实我刚刚可担心祁垵跟沿闻屿争执起来，沿闻屿不是那种轻易罢休的人,沿闻屿虽然是比祁垵帅一点,可要是真说靠谱我还是站祁垵的。"

"为什么?"这不像极度颜控的栾筝能说出来的。

"很明显啊,祁垵成绩好,家世好,对人又谦虚有礼,以后一定能成为一个特别优秀的人。反观沿闻屿,没有什么拿得出手的一技之长,更不要跟祁垵比家世了,我又不是那种没脑子的小女生。

"偏偏他这种玩世不恭、游戏人间的样子还招小女生喜欢。"

栾筝有模有样地解释道:"而且喜欢他的女生那么多,但他好像从来都没有跟谁不清不楚过,那说明他谁都不喜欢,这样的男孩子以后一定很伤人的。"她回头看到司漂震惊的表情,"乖宝,没事吧?"

司漂收回自己有些呆滞的目光,摇了摇头:"就是第一次听说……"

"不过沿闻屿对兄弟还挺讲义气的,就是可怜咱们的小司漂被连累受伤了。"栾筝从书包里掏出一面小镜子给司漂,司漂看了看自己的伤口。

"没啥事,就是肿了点。"

栾筝又从自己的口袋里掏出一只淡蓝色的条纹发卡,别在司漂头发上。

"把刘海掀起来吧,别闷着伤口了。"栾筝叹了口气。

司漂点点头,额头上的伤口火辣辣地痛。

傍晚放学的时候,司漂照例往学校的后门方向去,却在那儿看到了祁垵。他个子很高,身材偏瘦,衣着干净,窄窄的单眼皮充斥着少年才有的青涩感。

他手里正拿着一支药膏。

墙角的小卖部门口——

郭凡拆着自己的旺旺碎冰冰,一边拨着塑料壳一边骂咧咧:"这天气也太诡异了,这还没到五月份就热成这样。"

"你要不?"郭凡拿着冰棍,习惯性问沿闻屿。

见沿闻屿没出声,郭凡朝他看去,发现他在看学校后门墙角跟树荫下的两人。

郭凡看到祁垵把手里的东西递给司漂,两人的对话也听得清楚。

"司漂,今天不好意思,你没事吧?这个药膏是我问医务室医生要的,你拿着擦吧。"

司漂有些惊讶于祁垵拿药膏来给自己道歉:"你知道我名字?"

"我后来问了你们班同学,他们告诉我的。听说你刚到这里不久,以后有什么事情都可以来找我,帮得上忙的我一定帮。"

栾筝说得没错,这个男孩子干干净净又心地纯良。换作别人说这番话,更像是客气的套话,而他说这番话却让人感受到他真是这么想的。

司漂礼貌地笑着,点点头:"谢谢你。"

祁垵眼神落在司漂的额头上,面露难色:"可能你回去之后,得找个冰块敷一下消消肿。"

郭凡不自觉地点点头,这话在理,那大土包,怪难看的。

"屿哥别看了,两个小孩道歉原谅呢。"郭凡说道,"走吧,老柴还在等我们呢。"沿闻屿却先一步行动起来,还直接捎走了他手上的冰棍。

"哎,你干啥去?"郭凡看着沿闻屿朝司漂的方向走去,又看了看他手里拿着的冰棍。什么情况?

郭凡跟着沿闻屿快步过去,只见他走到司漂身后,轻轻拉了一下她的书包。那像棉花一样软的姑娘就被迫仰起绯红的脸颊,她惊讶地看着沿闻屿,眼里有一层湿漉漉的水汽,像是气温骤变后结成的雾。

"拿着。"沿闻屿把碎冰冰塞到了司漂手里。

司漂无措地看着他。

"快拿着。"他看了看司漂头上那个正待冰敷消肿的大包。

"好。"司漂感受到他语气里逐渐消失的耐心,连忙把冰棍接过来。

什么意思?她思忖了片刻后,连忙用手把冰棍中间扭断,掰成两段后,放了一段在嘴里吮吸。

沿闻屿眉头一蹙,就连随意垂落在口袋里的手都下意识地攥紧。

司漂看到沿闻屿不解的目光投过来,表情仿佛是在说:你的眼力见呢?

司漂立刻把手里的另一段递给他:"你要吃吗?"

郭凡看到沿闻屿黑着脸走开,他觉得这两人一定是疯了,一个敢给,一个敢接。

沿闻屿这种反常的表现让郭凡很不解,他连忙跟上去:"咋回事啊,你关心人家啊?"

沿闻屿走在前面,说得轻巧:"不是你说我把人家弄伤了的吗?"

"那你这算是啥?道歉吗?"

沿闻屿从裤袋里掏出了车钥匙,食指绕着钥匙圈:"我单纯看不惯那小子'中央空调'的样子。"

郭凡耸耸肩，一脸蒙，这是啥意思？

栾筝第二天听司漂复述了这个事情后，差点惊掉下巴。
"所以最后冰棍呢？"
"我吃掉了。"司漂眨着无辜的眼睛。
"你当着祁垵的面吃掉了沿闻屿给你的冰棍？"栾筝再度吃惊。
司漂被她咋咋呼呼的样子吓到了："有什么问题吗？"
"有问题，这里面的问题太大了！"栾筝话说到一半，捂着嘴惊恐地看着司漂，仿佛在看一个陌生人，"你不觉得这事有古怪吗？"
"哪里古怪？"
"你说，当祁垵说你得找块冰敷脸的时候，沿闻屿出现了，还把冰棍给你了，他是不是要你敷脸的意思？"
"会吗？有人会有这么奇怪的脑回路吗？"
司漂不觉得栾筝的判断是正确的，但是她又觉得沿闻屿那样的人做什么都不奇怪。

放学后，司漂急匆匆地往那个废弃工厂赶去，王贞给她留言说让她早点回家。

司漂低着头匆匆地走着，却听到后面一阵嚣张的机车响动，她下意识地侧过身去。

沿闻屿像头豹子一样飞驰而过，像她藏在床底下的野生动物画集里的黑豹，肆意嚣张。

夜里，司漂在床上翻来覆去睡不着。
"司漂？"王贞的声音突然在门外响起。
门"吱呀"一声开了，司漂听见王贞疑惑的声音响起："怎么回事，还没睡着？"
司漂躲在被窝里，紧张得连大气都不敢出。
门最后还是关上了，司漂把头从被窝里伸出来，叹了口气。
她把手并在一起放在被子上，对着天花板发呆。
沿闻屿这样的人，也会和她一样，在逐渐长成一个成熟的成年人过程中，总是心事重重，纠结难安吗？
第二天一大早，栾筝明显就感觉司漂不太对劲。整个人明显心不在焉，这会儿又靠着桌子，对人爱搭不理的。

"司漂，你咋啦？"

司漂闷闷的声音传出来："我昨晚没睡好。"

她没有向栾筝明说她失眠的真正原因，她下意识地隐藏了这里面会让人遐想的深意。

没过多久，司漂在一个阴雨绵绵的周末找到了即将倒闭的音像店。

老板躺在摇椅上睡午觉，这年头网络开始普及，电影院横生，也就老片爱好者还会来他这里租录像带。

老板奇怪地看了看眼前乖乖巧巧的司漂："要什么？"

"老板，你这儿有港片吗？《古惑仔》？"

老板看了司漂一眼，从高高的货架上拿出一摞："都在这儿了。"

司漂翻了一圈都没看到，说："没有，老板。"

老板又瞟了一眼，随手也开始翻了翻。

"是谁借了没还吗？"老板自言自语。

翻了一通之后他也放弃了，随意指着最上面那张碟说："《古惑仔》不适合你，这个适合你。"

司漂随之看去，最上面一张碟是一个黑发汗湿、穿着牛仔外套的男人坐在一辆街跑机车上，后面是穿着婚纱赤脚奔跑的姑娘。

她用手指轻轻抹掉那上面的一层灰。

老板看司漂有些动摇了，忙极力推荐道："1990年的时候刘德华主演的，帅。"

司漂指着光碟上的"天若有情"四个大字："好看吗？"

老板突然往后仰了仰，靠在藤椅上，像是知道了些什么一样，眼神向下，朝着司漂意味深长地笑笑："谁能拒绝浪子呢？"

司漂花了一个下午的时间，看了这部老电影。

音像店老板就像是个游戏里神秘的NPC，随手一指还真给她淘到了一部宝藏电影。

比起《古惑仔》里血腥的打打杀杀，这部剧还有点柔情的地方。

哪怕那些颠沛流离和心跳加快是发生在别人的故事里，司漂还是能感同身受后，过早地能猜测他们的结局。

华 Dee 放火烧车之后，带着 Jojo 上了自己的机车，把唯一的头盔给 Jojo，两人在爆炸的浓烟大火中逃离，身后放的是黄家驹的《未曾后悔》。

> 望原谅我未给一句话
> 独自去闯尽头
> 怒问世间情意可得瞬间
> 尽是困忧不息
> 人生虽短暂无悔共你
> …………

音像店老板不知道什么时候已经搬着张椅子进来了。

他发现司漂在看他，像是找到了个宣泄口子，一股脑儿把自己的意难平倒出来："这也太惨了吧。"

司漂指了指还在放片尾曲的大屏幕："老板，你没看过吗？"

"废话。"老板抽了几张纸巾擤鼻涕，"卖包子的能吃过每个包子，卖衣服的能穿过每一件衣服，我租碟的难道就要看过所有片子吗？"

看完电影后，司漂回家已经有些晚了。

司漂把电饭煲里的饭煮下去，把蔬菜都洗干净了等着王贞回来。

王贞的工作地点就在与桑谭岛隔着一片海的桑城市区里，她在桑谭岛长大，现在在高中同学开的一家培训机构当高中化学老师。

按照时间点来算的话，王贞也该回来了。司漂推开窗，果然看见楼下的王贞。司漂赶紧下楼，拿过王贞手里大包小包的东西。

邻居张大妈开了家烟酒副食店，张大妈嗑着瓜子："小嫂子又去市里了啊，你这每天来回也怪辛苦的。"

"还不都是为了孩子嘛，我工作那培训机构是我老同学开的，远是远了点，不过好在请假自由，我还能回来给我们小漂辅导功课呢。"

"就你家小漂那成绩还用辅导呢，都考全市第一了，我可听他们说了，说你们家小漂是状元种子选手！"

"哪里的话。"王贞笑得合不拢嘴。

张大妈往嘴里送着瓜子羡慕道："你真有福气，老公会赚钱，孩子又懂事。"

"叫人啊。"王贞对着司漂说。

"张大妈好。"司漂提着东西,乖巧地叫人。

"这孩子真乖。对了,你们是不是要搬到桑城市区去?"

王贞带着笑:"我们司漂哪里也不去。"王贞平复了一些神情,眼尾还是弯弯的,但笑容明显比刚刚凝固了。

"啊?"张大妈嗑瓜子的手凝在半空。

"我跟小漂商量过了,桑谭中学挺好的,直升高中,她对这里也熟悉。"王贞笑着摸摸司漂的头,"桑谭岛挺好的。"

"哎哟,你是见过世面的人,但是在我看来,桑谭岛多的是不好的地方。"你就说夏天刮台风的时候吧,那风能把整个岛给淹了。岛山的岛民要么从事渔业,要么就搞旅游,现在就连孩子们都往外走,在高楼大厦里上班,努力地扎根下来,谁还会回桑谭岛啊。"

王贞:"这不为了孩子,我和孩子她爸商量了一下,还是觉得相对安静的学习环境对孩子有利,昌京教育资源是好,可耐不住诱惑多。"

"你们夫妻倒是为了孩子吃苦,你跟小漂来了这么久,孩子她爸应该想坏了吧?要我说啊,还是你们夫妻感情好,换了别人都做不到两地分居还能相互扶持的。"

王贞脸色不可察觉地变了变,她拎了拎袋子:"不跟您说了,我还得回去做饭呢。"

"得,你忙。"张大妈像是想到了什么,从柜子里拿出一包塑料袋包好的东西,塞在司漂怀里,"小漂拿着,大妈刚晒的鱼干,新鲜着嘞。"

司漂连忙推回去,一边推一边神色古怪地看向王贞:"不、不要了,谢谢……"

"不用跟我客气,都是不值钱的东西,就胜在都是日头晒起来的没有防腐剂。"

司漂坚持要推辞,还是王贞淡淡地说:"拿着吧。"她带着司漂上楼,转身说道,"谢谢张大妈。"

司漂只得怀里揣着那一包鱼干,垂着脑袋跟在后面。

回家后,王贞在玄关放鞋子的工夫,就对司漂说道:"还抱着干什么,还不快去扔掉。"

司漂看了看沉甸甸的一袋鱼干,试探地说:"妈,我看这鱼干挺好的。"

王贞把菜拿进厨房，拖鞋在地板上摩擦发出"踢踏踢踏"的声音："好什么好，打捞上来没洗没消毒，都是海里那些腥腻的东西。你知道现在大海污染多严重吗，没有经过合格检测的东西，吃下去对身体没好处的。"

王贞从袋子里捞出两条鲜活肥美的石斑鱼："瞧，妈给你在特供超市买的，晚上红烧。"

司漂愣在那里一动不动。

"你愣着干吗啊？"王贞提高了声音。

司漂也提高声音："你既然不要，为什么又要让我收下？"

王贞没停下手上的动作："我那是给人家面子。"

司漂的小脸涨得通红："你不尊重别人。"

"司漂！"王贞停下手里的动作，提高嗓音，"我辛辛苦苦带你来桑谭岛是让你来交朋友的吗？我跟你说过多少次，跟这里的人维持点头之交就好。

"我那么辛苦来这个破不拉几的小岛，跟这群渔民打交道，都是为了谁？还不是为了你！"

司漂忍无可忍，叛逆起来把手里的东西往桌子上一摔："既然你这么讨厌这里，为什么还要来这里？你别说是为了我，你带我来这里之前你问过我的意见吗？你管过爸爸、你管过奶奶吗？你考虑过我吗？

"你就是欺骗！你就是一意孤行，我在昌京有自己的朋友，有自己的生活圈，来到这里我什么都没有，不能交朋友，不能出去玩。"

司漂红着眼，气赶气想把一切都发泄出来："别说你，我也很讨厌这里，我恨不得立刻走，立刻离开你！"

王贞被一直温顺的司漂的突然爆发吓到了。

她愣了好一会儿，才跌落在沙发里，青筋凸起的双手开始扯着头发，她把头埋下去，说的话带着哭腔："我就知道，我很失败，我对不起你，我对不起你哥哥，都是我的错。小漂，我没有保护好莱莱，对不起。"王贞的声音越来越大，说到后来开始使劲地抠自己的手腕，掐得自己红一块紫一块。

司漂犹豫了一下，还是把这个脆弱的女人搂进她瘦小的怀抱里："没有人怪你，哥哥不怪你，我也不怪你。"司漂哽咽着说道，"我、我会更听话一点。"

王贞把那双哭得猩红的眸子从凌乱的发丝中间抬起来，她摸着司漂的

047

脸:"小漂,妈妈发过誓,这辈子一定要保护好你,你别怪妈妈的严格。"

"我知道。"司漂低下头,不敢看她。

"妈妈经常很后悔,如果我当时多看护一点莱莱,别去参加学校组织的教师技能大赛,别让莱莱拿着滑板出现在昌京的闹市区,甚至,别让你爸带莱莱去学什么滑板,这一切就都不一样。"王贞哑着嗓子带着哭腔,"妈妈当年就不会让你哥哥走丢。"

司莱的事情,一直是司家永远的痛楚。

那个时候的司漂也不过四五岁,司漂的爸爸带着司莱和司漂去广场上玩滑板。兄妹两个玩上头,等到反应过来的时候,司漂的爸爸已经不在身边了。

司漂大言不惭地说自己能在五分钟内就把爸爸带回来,说完后就一个人跑进拥挤的人潮里。她越走越远,后面的司莱逐渐跟不上。

司漂站在人头攒动的广场上,试图找着爸爸和哥哥,却看到一个高大的男人挡在了她的面前,他的口袋里有香甜的糖果。

他带她到无人的巷子里,哄骗着她跟他走。司漂恍惚要答应的时候,司莱冲了上来,他比司漂年岁大,但很明显是那个男人的手下败将。司莱冲着她大喊:"快走,快躲起来!"

她看着那个男人把司莱扛走了,她躲在巷子里吓得瑟瑟发抖,脑子里只有一些破碎的片段。她很确定那个男人有很明显的特征,但是她却什么都想不起来了。

再后来,不管爸妈如何询问,司漂也想不起来带走司莱的男人长什么样,只是模模糊糊有个印象。但是不管她再怎么努力地想,也想不出任何有价值的信息来。

这件事,同样让王贞很崩溃。

司莱出了事,司家在昌京找了许多年,找到最后,全家人都失去了希望。王贞责怪司荒年没有看好孩子,她和司荒年也为此吵了数不清的架。最后王贞不顾全家的反对,一个人带着司漂来桑谭岛生活。她发誓,她要看好司漂,不让司漂远离自己一步。

她半抚着司漂的头:"妈妈实在是受不了你有任何闪失,才不管你爸爸、你奶的劝告,甚至辞掉工作,你能不能按照我的好意,走一条妈妈铺好的路,妈妈都是为你好。"

"妈妈,我知道了。"司漂心里苦苦的,但是她选择没有再往下说。

"好。"王贞迅速整理好自己的姿态,"那你能不能答应妈妈一件事?

"把你的相册扔了。"

"等你以后长大了,就会明白妈妈的苦心了。"王贞别了一下耳边的头发,恢复了平日里干练娴熟的样子,从沙发上站起来,"我做饭去了,你扔完就回来。"

司漂挪着重重的步子,踱进自己的房间,从高高的书架里,取出一个淡蓝色的小盒子。

里面有很多很多的照片,都是司荒年带着她去非洲拍的。

那个时候司荒年趁王贞出差,借口司漂去昌京参加暑期夏令营,实则买了一纸机票和司漂飞到了非洲。

司荒年是一个野生动物摄影师,人生梦想就是走遍地球,看遍所有的自然风光,等到自己鬓角生出白发的时候,就找一个完全自然化的地方把自己埋葬。

因为司莱的事情,司荒年已经很久不出去探险了。但这次的机会实在难得,非洲野生动物保护协会开展了一次大规模的遥感排查,这就意味着摄影师在人身安全有保障的前提下可以近距离拍到野生动物的生活场景。

司荒年是觉得司漂足够大了,能自己照顾自己,而且这次有足够的安全措施,他希望司漂能多历练。

司荒年扛着相机在高大遮蔽的草丛后面蹲一天,司漂则安静地在旁边好奇地看着。

她看到过缓慢移动的象群,从远到近传来震破土地的声音;她看到过迅猛的猎豹躲在高大的灌木丛里,身上的斑纹融在炙热的黄昏里。这些是她从未感受过的一切。

那个时候司荒年怕司漂觉得无聊,又怕她靠得太近有危险,给了她一台遥控操作的相机。那相机被放在乔装成石头的装置里,下面还装了轮子。

期间有头狮子发现了它,司漂立刻暂停前进,大气都不敢喘。狮子拍弄了好一会儿后,才放开装在装置里的相机。

司漂赶紧挪到一边,凭着感觉拍了几张。

司漂对着相册发呆,里面都是她和司荒年在非洲拍的照片。那个时候同行的叔叔都夸她,说她继承了爸爸的天赋,十来岁就能拍出这样壮阔细致的照片。

司荒年笑得合不拢嘴,把所有的照片打印出来,做成相册送给司漂。

——"司漂,爸爸希望你像风一样。"

——"从葱郁的森林里出发,越过那广袤的田野,掠过那平原上茂密的草丛,最后化作瀑布里从高处落下的水。"

——"一生壮阔,勇往无前。"

…………

司漂抹了抹自己眼角的泪水,把相册合起来,一鼓作气地打开门,快步下楼。

楼道里的垃圾箱入夜了就会被拖走,司漂顺着长长的街口往前走,手里的东西似有千斤重。

她最后蹲在垃圾桶旁边,抱着膝盖,看着相册发呆。相册被搁置在垃圾堆上,安静地躺在有些发凉的夜色里。

她闭上了眼睛,试图调整好自己的呼吸。

"扔了?"

司漂听到一个声音,慌乱地转过身去。

沿闻屿指着那本相册:"你不要了吗?"他看到没合好的相册里有一张很吸引人的照片,漫天星光下,一头小狮子在荒野上酣睡,灵动无比。

司漂点点头:"嗯,扔了。"

沿闻屿看了看就差没吹出鼻涕泡泡的瘦小的姑娘,把手上带来的垃圾放到一边,掸了掸手:"行了,别哭了,吃冰激凌吗?"

沿闻屿刚从车身上更换下几个损坏的零件,本来要送到东街口收废品的老大爷那儿,却看到了蹲在垃圾桶旁哭的司漂。

沿闻屿看到一沓相片的时候没敢往前靠,他知道这女孩在告别。

沿闻屿本来不想多管闲事,抬步要往回走,又看到她相册里的那个世界,飞鸟走禽鱼跃鹿鸣。

是天高任鸟飞的肆意。

沿闻屿坐在靠窗的位置,窗外是桑谭岛最热闹的岛中心,而他对面的司漂正舔着冰激凌。

司漂偷偷地看玻璃上沿闻屿的倒影,他没什么表情。

肯堡王的服务员小姐姐在门口挂了个风铃,被微风吹得"叮叮咚咚"的。虽然是盗版的汉堡王却已经是桑谭岛上最潮的甜品店。

"沿闻屿。"司漂小声叫他。

沿闻屿扭过头来，好看的眉眼舒展开来。

"还想要一个吗？"他一眼就看穿司漂的想法。

她没带钱，只得局促地点点头。

他起身去收银台，跟那个小姐姐说了什么，那小姐姐笑着点头，不一会儿就递给他一个甜筒。

沿闻屿将甜筒递给司漂，司漂不客气地吃了起来。

"沿闻屿。"

"差不多得了，当心拉肚子。"

司漂晃了晃脑袋否认："沿闻屿，你成年了对不对？"

"你问题有点多。"沿闻屿敲着手机的手短暂地停下来，抬眼看了看司漂，"吃完了没有？吃完了回家。"

她咽下最后一口，又说道："成年后自己就可以选择自己的人生了，对吗？"

沿闻屿没料到司漂会问这个问题，他一直玩手机的手停了停，没回答。

司漂点点头，自顾自地说道："我也会成为一个成年人，去过自己想要的人生。

"就像你一样，对吗？"

沿闻屿脸上的笑容僵了僵："对，就像我一样。"

两人走出店门，司漂跟在沿闻屿身后走着，等到分岔路口，沿闻屿没有回头，只是摆了摆手："走了。"

司漂望了望他的背影，深吸了一口气，回头看了看自己家的方向，也转头离开。

司漂跟沿闻屿分开之后没走几步就听到后面传来一阵脚步声，司漂微微侧头，用余光向后瞄，看到一个高大的身影跟在后面。

司漂不敢回头看，王贞说桑谭岛治安不太好，司漂心里默数到三后拔腿就跑，拼了命地往巷子里冲去。

后面的人明显比她更快，她惊呼一声，被人囚在那个巷子口。

"救命！救命！"司漂乱喊一通，却对上了沿闻屿的脸。

他因为一路追赶而显得脸色微微有些发红："你跑什么？"

沿闻屿把相册递给她："真舍不得，就别扔了，自由，未必是好事。"

司漂捏过相册边角，犹豫了一下，又整只手抓过，看了一眼三楼靠近阳台的人影。

"谢谢。"司漂收下，藏在身后，看了看三楼的灯光，"我要走了。"

她快速跑开，不知道沿闻屿还有没有在身后。

她的小世界有一些需要她更惊慌担心的事情。

司漂上楼进房间，蹲在地上把相册塞进床底下，塞到她都碰不到的地方，才洗了手出来吃饭。

司漂红着脸，忐忑不安地往嘴里扒拉着饭，吃完饭，她早早地回了房间。

她不知道王贞有没有看出来别的，但是她觉得沿闻屿说得对。既然舍不得，就不要强迫自己。

司漂觉得人生真是一种奇妙的东西。

比如她下午沉醉在他人的人生遭遇里，晚上就要面对自己的真实境况，明明那么难过的时候，让自己那么心安的人却出现了。

沿闻屿真让人心安。

到周一上学的时候，八卦的栾筝就凑过来问："司漂，你猜沿闻屿现在在干吗？"

"在干吗？"

栾筝先关注到司漂顶着的黑眼圈，在关心朋友还是分享八卦中，坚定地选择了后者，她道："沿闻屿在校门口等人喔。"

司漂不解："等人和沿闻屿之间有什么必要关系？"

栾筝做了一个暧昧的表情："还能等什么人？"不过，她马上正经地补充了一句，"沿闻屿人是不错，但和我们终归不是一路人，司漂你明白我的意思吧……"

司漂这下听明白了，"噌"的一声从座位上冲出去。她现在特别想见沿闻屿。

司漂终于在校门口的门卫旁边，看到了沿闻屿。他靠着墙岔着腿，右手按着手机，明显是在等人的姿态。

司漂突然觉得好荒诞，沿闻屿也会是这样的人吗？

他们的青春，叛逆、自由，为了朋友义无反顾，为了爱情头破血流；他们的青春，在夜里喧嚣的摩托马达声里，在隔绝外界的小岛十年难变的静止时间里。

而司漂的青春,很明显,不会和他们有任何的交集。

至于他们从前发生的那点微不足道的故事,大概是他生活里随意遗忘的"举手之劳"吧。

她对沿闻屿炽热人生的向往还有自由的幻想,也该在这里画上句号了。

第二章：司漂
桑潭岛的司漂，我罩了

01

栾筝觉得司漂最近过分沉迷于学习。

她好几次跟司漂说话，司漂都一副心不在焉的样子，兴致缺缺地搭理几句，再这样下去迟早闷出毛病来，于是她把司漂从家里拉出来。

栾筝跟司漂约了去奶茶店补课，等司漂到那里的时候，却看到了祁垵。

"栾筝呢，她不是说好补课的吗？"

"她跟我发消息说她今天跟她妈出岛了。"祁垵晃了晃手机屏幕上与栾筝的聊天记录。

"这样吗？她没跟我说哦，那我也先回去了。"

"司漂，我有几道题不会，你可以教我一下吗？"

"你吗？"司漂有些不解。

"对，我最近的思路上遇到了问题，你能帮我看看吗？请你喝奶茶。"祁垵语气诚恳。

其实问题并不复杂，祁垵身在其中钻了牛角尖，才没有看到另一种解题思路。

"原来是这样。"祁垵指了指柜台，"喝奶茶吗？海盐焦糖奶茶，还不错。"

司漂抬头，祁垵已经走到了柜台面前，跟收银小姐姐要了两杯奶茶。

"尝一下，桑潭岛特有的风味。"他利落地把吸管插好，递给司漂。

桑谭岛的海盐是蓝色的，撒在奶白色的冰激凌上，在这样的光线下会闪着晶莹的光。

"谢谢。"司漂低头抿了一口。奶茶很浓郁，海盐滑到舌尖后涩涩的口感冲淡了焦糖的浓郁。

"是不是很特别？"

"嗯。"司漂点点头，"我在昌京从没喝过这样的奶茶。"

"这么巧？我家也在昌京。"

"真的吗？你家在昌京？"司漂大大的眼睛里闪过一抹亮色，"那你怎么会在桑谭岛？"

"我爷爷奶奶公司的事情忙，爸妈又老是出差，就姥姥姥爷退休了，我就过来这边跟他们一起生活。"

司漂发现祁垵是一个很擅于交谈的人。

司漂跟着他的话题走，不由得开始回忆过去："片鸭很好吃，蘸点昌京特有的蒜酱和白砂糖，包块韧劲满满的面皮，香脆满口！"

祁垵感觉眼前的人兴致变高了，连语气里都比刚才多了几分欢欣雀跃。

"老满塘的片鸭，我倒是常吃。"祁垵说道，"只是每次都要排好久的队。"

司漂："我家旁边就有一家，我爸常带我去，我认识店长，我可以刷脸免排队。"

"真的吗？那下次我要蹭你的脸去，排队可排死我了。"

"嗯。"司漂点头，然后又有些犹豫地说，"不过我不知道什么时候能回昌京。"

"没事，我下次回去给你带回来，我直接乘飞机走，两个小时就能回来，说不定还热乎呢。"

"还给你附带一串糖葫芦。"

"我要两串！栾筝也要一串，我们一共要三串！"司漂托着个脑袋，"三串也不够吃，索性买个一打，十二串！"

"不怕蛀牙？"祁垵跟着荡漾地笑起来。

司漂不说话，点了点头，她知道糖葫芦很甜。

"司漂。"司漂听到祁垵在叫她。

"我们做个朋友吧，能一起吃片鸭，能一起吃冰糖葫芦的朋友。"

"好啊。"她舔了舔自己干燥的嘴唇，举起手里的奶茶玻璃杯，跟祁埞的碰了碰，"你是我在桑谭岛的第二个朋友了。"

栾筝并不惊讶于司漂和祁埞关系好。

祁埞很快就回了一趟昌京。

从昌京回来后，三个人坐在靠窗的位置上，栾筝脱下手套，拍着自己鼓鼓的肚皮："祁埞你也太好了，我栾筝今天能托你的福吃到这么好吃的片鸭真是三生有幸，你这个朋友，我果然没有白交。"

"那我呢？"司漂打趣她，"我还帮你包面皮呢？"

"你最好了。"栾筝擦了擦手，"不过我要先走了，今天我偶像有线上直播会，不陪你们玩了。"栾筝背起包，作势就要开溜。

"等等。"祁埞在后面喊她，他把包好的糖葫芦拿出来，"带上。"

"什么？"栾筝睁大眼睛，好奇地问。

"糖葫芦。"司漂推搡着她，"是昌京最好吃的糖葫芦。"

"天哪！我爱死你了祁埞，你简直就是天神。"

栾筝回头对着司漂瞪了一眼："好好对我的男神，我命令你今天要勤奋讲题一百倍，才能对得起祁埞给我们买的糖葫芦。"

"好了，你快走吧。好处都让你占去了，就知道让我做苦力。"司漂嗔怪道。

"今天太晚了，我就是送东西过来，顺道送你回去吧。"祁埞拎着手上的袋子。

司漂看了看天边那就像是浸泡在浓烈的红酒里的暮色发呆，短暂的周六下午的自由时间也要结束了。

"这是你的。"祁埞从另外一个袋子里拿出包装好的糖葫芦。

"谢谢。"司漂打开纸盒子，发现每串糖葫芦都用糖衣包得整整齐齐的，半点糖丝都没有渗出来。

"尝尝，昌京老牌子祥云坊出的新品，口味上做了调整，昌京大街小巷可火了。"

祁埞："我回去那会儿，跟你一样大的姑娘人手一串。"

"喊，那都是本姑娘吃剩下的。"司漂嘴硬，手却不由自主地剥开糖衣。

那橙红橙红的山楂裹着糖渣，让舌尖上的细胞立刻就敏锐地感受到了酸甜。

她一口咬住山楂。

祁埞弯了弯嘴角，期待地看着她把糖葫芦往嘴里送。

他没来得及尝，但是从祥云坊出来之后他就一直在想象司漂咬糖葫芦的样子。

是不是跟所有他能在昌京大街小巷看到的与她同龄的姑娘一样，戳着叉子仰着脸被山楂的酸甜哄骗到跺脚赞叹。

"好吃。"司漂鼓着腮帮子，瞳孔变得深邃又明亮，"跟原来的口味不一样，糖都沁到山楂里去了，没有很腻，但是又解了酸。"

司漂："祁垵，你是怎么知道他们家新口味一定好吃啊？"

祁垵有些不太好意思："就、就打听一下便知道了啊。"

他没好意思说他问了一圈昌京的朋友才知道这款的新口味最好吃。

"再来一串。"祁垵递上一串新的。

司漂手上这串还没吃完，她晃着手："等我把这串吃完。"

没想到这一晃，细尖的竹签戳到了祁垵伸过来的手，司漂连忙把竹签换到另外一只手："对不起啊，你没事吧？"

那被戳到的地方瞬间就翘起了一层皮，皮下的真皮层立刻就见红了，细长一道划痕里立刻就有了小血丝。

"啊呀，我怎么毛手毛脚的。"司漂愧疚难安，下意识地抓过祁垵的手，仔细地对着那伤口轻轻地呼着气。

祁垵被她的反应微微吓到，反应过来后，没躲，反而身体朝前倾，好让瘦小的她能吹到自己的伤口。

等到面前比自己高几乎一个头的男生的身影倾斜过来，半身的阴影似乎要把她全部包围的时候，司漂才略觉得不妥。

她连忙往后退了两步："不、不好意思啊，我去周围的药店看看有没有创可贴。"

司漂转身想走。

"不用。"她的帆布包被人拉住。

司漂回头，左手还拿着刚刚那串没有吃完的糖葫芦。

她看到祁垵站得很正，站姿不似岛屿边高大却总是歪斜的棕榈树，而是像北方高山上的松柏。

他抓着司漂的包的手没松开。

"司漂。"

祁垵眼底有一抹流光，可能是华灯初上的街道，也可能是人间烟火的暖气，总之，是所有光亮和温暖的东西。

司漂捏了捏手上的竹签,张了张嘴,正欲说话。

身边突然传来一阵嚣张的鸣笛,在小岛上莫名而起的风里,暗夜里的蛊惑者又开始他的猎艳。

司漂看到沿闻屿从自己面前呼啸而去,他没有戴头套,只是那一瞬间,司漂看到了沿闻屿鼻子上醒目的伤口和嘴角的瘀青,连带着他后座处,都拖着一堆零零碎碎的零件,像是经历了一场劫难。

一头高傲的豹子受伤,只会更加惹人注意。

司漂手中那橙红圆润酸甜可口的糖葫芦,突兀地掉落在地上,山楂上的糖碎了满地,溅射了一地的稠腻。

她看到他了。

他眼底也有一抹光,那抹光——没有人间,只有一轮在海底的明月。

司漂最后没有给祁垵一个结果,她看到沿闻屿的时候,满心满眼都在思考为什么他会受伤了?

昨晚她翻来覆去睡不着,脑子里都是沿闻屿破损的车后座以及他鼻梁上的伤口。

今天司漂在学校里看到沿闻屿的时候,他只是简单地用了个创可贴敷衍地处理了一下伤口。

放学后,司漂站在沿闻屿经常停车的停车场边的时候都不知道自己为什么会来这里。

她掂了掂昨晚从家里的柜子里拿出来的跌打损伤药膏,站在那破旧的停车场等他。昨晚下过一阵雨,停车场坑坑洼洼的地面盛满了夏日的色彩。司漂盯着那圈由机油而泛起的色彩发呆。

"赶紧的,趁那小子来之前赶紧完事。"

司漂听到声响,迅速地躲在墙角里。

她探出个脑袋,看到停车场里来了一伙人。

为首的那个,司漂听栾等说过,他爸在桑谭岛开了一个潜水俱乐部,仗着自己身形魁梧嚣张跋扈的,别人都叫他"状哥"。

大个子蹲着四下警惕:"监控看了吗,别拍着了,这小子记仇得很,今天能把他车砸了,明天他就能把你们牙拔了。"

"您放心,我们精明着呢,这一块没有摄像头。"

"那行,赶紧的。"

另一人畏畏缩缩地递着话："趁他伤了来砸他的车，会不会太落井下石了一点？"

那人说完就被大个子狠狠地踹了一脚："我就是来给他点教训，谁让这小子这么嚣张，仅凭他爹欠的债，他就该低头夹脑地受着。"

旁边的人顺势马屁就拍上了："啧，要我说还是状哥会投胎，有人撑腰就是不一样，这种浑小子，迟早有一天会倒霉。"

司漂站在那儿，不由得后脊背僵直。她听到那些细碎的话语伴着耻笑，密密匝匝地钻进自己的脑海里。

一群人互相点了点头，就拿起家伙朝沿闻屿的车子方向走去。

他的 KTM 安安静静地停在那里，反光镜碎了一个，后座轮胎上的挡板碎了一块，身上大大小小都是划痕。

不发动的时候，完全不像是一团火，像是一个安静的智者。

它自始至终都没有向司漂发出求救的信号。它不紧张也不害怕，反而让不安的司漂觉得，自己才是那辆要被砸碎的车。

沿闻屿的车是有生命的。

司漂前一秒还这样想着，后一秒，她自己都不知道自己是怎么样充满勇气地冲到他们面前，用冲破山河的气势高声喊道："不许碰它！"

"哪里来的野丫头？"状哥疑惑地看向同伴。

同伴摇头，不认识。

"喂，少管闲事，哥哥我拳脚不长眼，当心砸坏了你的小脸。"

司漂踮脚往前仰了仰脸，出都出现了，也不管三七二十一了，只顾着把话说完："该当心的是你们，有本事等沿闻屿回来正面过招，只会暗地里捣乱！"

状哥当即就火了，拎着司漂就往旁边一扔。

司漂脚下不稳，一个趔趄坐在地上，手上瞬间沾满了泥水。

那群人根本就权当她是路过的一只果蝇，挥挥手就把她打发了。

司漂从地上一骨碌站起来，张开两只手臂，像一只大雁一样拦在他们面前："我都看到了，你们最好赶快走，不然我一定会跟沿闻屿说就是你们干的，看他会不会放过你们。"

"哟嗬，你跟沿闻屿关系很好？"状哥横着脸笑，卷着手上的袖子，"忘记跟你说了，哥哥我最讨厌的人，就是沿闻屿。既然你跟他关系那么好，那么你替他受了这波苦。"

司漂还未来得及说话，她整个人就被摁在地上，脖子被钳制住，整张脸贴在地上，混浊的泥水落在她的睫毛上，她被揿在水坑里不能动弹。

"怎么样，还要不要出头了？"状哥盯着几乎把头埋在坑洼泥地里的司漂，笑着看她喘不过气来地挣扎。

司漂听到他们在"哈哈"大笑。

几个男生站在那儿，享受自己成为主宰，捉弄弱小让他们残弱的自尊得到了无限放大。

"你去告诉沿闻屿啊，你跟他说，状哥今天就是来了，不仅砸了他的车，还踩了他的人。"

状哥蹲下来，把司漂沾满泥水的头发捋开，露出她那双处于弱势却还凶狠盯着自己的眼睛："哦，你也算不上他的人，你说你在这儿蚍蜉撼树，他知道你的存在吗？"

司漂啐了一口状哥，她执拗起来不像表面那么软弱。

状哥及时闭了闭眼，但还是被司漂吐到了。他立刻大火，抓着司漂的头发就要朝地面砸去。

司漂下意识地闭上眼睛，她没有后悔的时间了。

就在那关键的瞬间，司漂忽然感觉自己身体一轻。等到她能够睁开双眼的时候，她发现自己被拎起来脚尖离地。

她扒拉了两下才着地，她从发丝上淌下的泥水中间，看到了她不认为自己还能等到的人。

沿闻屿一手拎着她的后衣领，像拎个破碎的布娃娃一样。

"站稳了。"他慢条斯理地说。

他脸色偏白，面容肃杀："欺负我的人？"

对面那些人被突然出现的人吓得跟被点了定身术一样，愣是没反应过来。

胆大的怂恿着："怕什么！咱们五个人呢！"

这一怂恿给原先吓着的人壮了胆。里面的壮汉冲了上来，沿闻屿随意一躲："凡子。"

司漂才看到原来郭凡也在。

他直接撸了袖子冲进人群里。

"欺负小学霸，看我不打得你满地找牙。"

司漂感动于郭凡以一挡五的壮烈气势。

"有纸巾吗？"沿闻屿把她拎出混战里。

"啊？"司漂收回目光，落在眼前的人身上。

"纸巾。"

"有。"司漂扒拉自己的书包，没扒拉两下整个包就被沿闻屿夺过。

他在里面打开那包少女粉的手帕纸，香香的薰衣草的味道就飘出来了。

司漂有些局促，那头打得水火不容，这头沿闻屿精致闲适，司漂不明白沿闻屿的用意。

沿闻屿拉过司漂，咫尺之间，他岔着腿，拿着纸巾的手细细地揩着司漂的脸。

许是嫌弃她的脸实在是脏得没有一处好地方，沿闻屿索性另一只手也用上了。这样一来，她就跟放在案板上任其处置的面团子一样，呆呆地看他。

沿闻屿动作不温柔，说的话也不温柔。

"衰妹，不知道疼？"

"我需要你个小孩保护？"

司漂鼻子一酸，眼睛里面瞬间湿漉漉的。

她觉得自己很奇怪，明明刚刚面对那帮人的时候，凶悍得要死，一点都没有想要掉眼泪，怎的沿闻屿一出现，自己就跟没用的小绵羊一样，乖顺安静而且倍感委屈。

"屿哥，搭把手。"那头大声喊道。

司漂看到了被几个人合力摁在地上的郭凡涨红着脸。

沿闻屿这才把手里没擦完的纸巾和自己身上的背包塞进司漂怀里："去那里等着，站得远些，我回来的时候，别弄花我刚擦干净的脸。"

他指着那边的墙角。

司漂接过他的东西，听话地老老实实退到一边。

沿闻屿上前拉开了钳制住郭凡的两个人。

郭凡趁机赶紧靠近沿闻屿，两人形成防御警觉着对面的动作，郭凡这才得空喘口气："屿哥，你也来太晚了吧。"

沿闻屿扭头笑道："你没看见那小孩多脏？"

"看到那大个子了没，难缠得很，我从前面进攻，你包抄过来……"

郭凡看着跟一阵风似冲过去的人，拍着大腿懊恼："你怎么不听指挥？团队合作意识呢……"

话音刚落，对面的大个子就痛呼一声整个人半跪在地上，他的后背被一条长腿抵着动弹不得。

好家伙，郭凡还想包抄，结果人家直接绕到对方背后攻其不备了。

状哥疼得五官扭在一起，嘴里直叫唤。

对面的人本来就忌惮沿闻屿的名号，见到状哥被扣在地上，一时没了主意，僵在那里不敢上前。

沿闻屿依旧用膝盖抵着人，却侧头对司漂说道："过来。"

司漂确认了沿闻屿是在叫她之后，走到他旁边。

"打你的是这只手吗？"沿闻屿扣着状哥的右手确认。

"嗯。"司漂点点头。

"名字。"沿闻屿问道。

"什么？"

"我说你的名字。"

"哦。"司漂反应过来，微微失落，原来他不记得她的名字，随即又立刻补充，"司漂。"

下一秒，司漂就听到那个大个子痛苦的一声号叫，同时伴随着"咔嚓"一声。

司漂诧异地看着沿闻屿。

他断眉一挑，对着对面的人说道："听好了，从今天起，桑谭岛的司漂，我罩了。"

02

不管什么时候，司漂都能想起那个放学的晚上，要浸透到海里的夕阳把天边染成玫红色，废弃停车场坑坑洼洼的水面上，倒映着大片大片的红云和年少时候他们的剪影。

风吹得司漂的头发在空中猎猎起舞，这种久违的被保护感让司漂落泪。如果哥哥还在的话，司漂也许会更坦荡地享受这份保护。

那天晚上，司漂拿起日记本，在桑谭岛和司漂中间，画上了一个连接符号，世界上可能会有很多个司漂，但生活在桑谭岛的司漂却只有她一个。

被沿闻屿不温柔地揩着脸上泥水的司漂，被沿闻屿出手讨回公道的司漂，是桑谭岛的司漂啊。

司漂曾在一本书上读到过，某种程度上，你在一个地方认识的人，定义了那个地方对于你的意义。

司漂觉得，桑谭岛没有那么讨厌了。

之后，郭凡来找司漂的时候，栾筝惊得下巴都要掉下来。

栾筝一脸震惊地看着这几个平日里见到也得低头绕着走的"大哥"，小声地对司漂说："我在做梦吗？这是真的吗？"

沿闻屿走过司漂身边的时候，不知道从哪里变出来一根雪糕。

"拿着。"他递给了司漂。

许是看到司漂身边还站着一个女孩，沿闻屿回头看了一眼郭凡。

他正拆着沿闻屿刚刚买回来的冰棍。

沿闻屿长手一揽，从郭凡手里抢过，给了栾筝："你也有份。"

"哎！那是我的。"

"少吃点吧你，胖不死你。"沿闻屿笑着骂他。

"你平时可没嫌弃我胖。"郭凡一脸委屈。

栾筝有些不好意思，倒是司漂接过沿闻屿的雪糕，甜甜地说："凡子哥最好了。"

郭凡挠挠头，这小家伙还挺会。

"没良心的，我的给了你，你怎么不说谢谢？"沿闻屿取笑她。

"谢谢沿闻屿。"司漂乖巧地点头。

他薅了薅她的蘑菇头，接过老柴抛过来的球，几步上篮。

司漂的舌尖刚刚触碰雪糕，沿闻屿的手就这样随意熟悉地伸过来了。

郭凡拿了球，跟着朝球场去。

两个女生坐在高高的看台上，闲致地瞧着篮球场上刚刚跟她们打着招呼的几个人。

她们坐得很高，伸手似乎就要触碰到碧蓝天空中的云，把悄悄话藏在绵延不绝的云朵里。

"你不要命了，多危险！万一那个时候沿闻屿没有出现怎么办，你不得被他们打死啊？"

栾筝听了司漂讲那天的事情还带有余悸。

司漂摇摇头："我也不知道，头脑一热就冲上去了。"

栾筝远远地望了望在那边打球的人，一只手撑着瞭望台架子："不得不说，沿闻屿真的有点帅。"

司漂嘴角上扬，咬得冰棍"嘎嘣"响。

"就是不知道人怎么样。"

司漂的眼神敛了敛，用门牙蹭着雪糕上的那层奶油。

栾筝觉得自己操心太多，故作轻松地说："那我以后是不是可以横着走了？"

司漂回头，眼睛笑成弯弯的月牙。

"可以，被人打时不要说是司漂的朋友。"

"好啊。"栾筝作势要打她。

司漂觉得这样的生活让她很心安。在仅有能得到喘息的空间里，她也有属于自己的快乐时光。

司漂觉得那顿打没白挨，至少让她知道了，她和沿闻屿之间以及她和那些她以为不能交汇的青春之间，其实没有那么大的鸿沟。

…………

沿闻屿和郭凡打完球就先行离开了，司漂收拾东西随后跟上。

两个男生步子都快，司漂几乎要微微小跑才能跟上。

拐过一个巷子的时候，司漂没跟上他们，倒是从巷子里出来了几个高个子女生。

"就你？"其中一个最高的从头到尾地打量了一番司漂，"原来就是个小孩啊。"

司漂警觉地盯着对方，她听出了对方语气里的不怀好意。

"你是什么玩意，也配？"

司漂不想与她们多嘴，偏了偏身体试图绕过。

"哎，别走啊。"另一个女生上来拦她，"学姐跟你说话呢，懂不懂礼貌啊？"

司漂像只奓毛的野猫一样，屏气凝神地带着威胁看着对面。

"司漂。"一道清脆干净的声音传过来。

沿闻屿听到后面一直没声音，发现本来一直跟在后面的司漂没跟上来，他单独折返回来，才看见司漂被这一群人堵在角落。

"道歉。"沿闻屿挑着眉，语气很不好。

对面的几个女生脸憋得通红。

沿闻屿等着她们的反应，周身气压很低。

司漂在身后捏了捏沿闻屿的包，沿闻屿转过身来看她，眼神要温和不少。

司漂摇摇头。

"那就回家。"沿闻屿拉着司漂的袖子就往回走。

司漂回头看了一眼,那几个女生还奎拉着脑袋在那里。

没走几步,司漂就听到后面有人喊着沿闻屿。

他停下了脚步,跑过来的女孩五官很漂亮,马尾随着奔跑荡漾出一个好看的弧度,跟刚刚骄横跋扈不太一样的是,她的眼里湿漉漉的。

"沿闻屿……"她咬了咬下嘴唇,眼中带泪,明显刚刚被冷漠对待后却还是再一次鼓起勇气追上来,声音模糊不清,但司漂还是听到了。

"其实我也可以帮你学习的。"

司漂愕然地抬头,有些无措地看着沿闻屿,又无措地看着那个女生。

沿闻屿只是带点嘲弄地笑了笑,而后才慢条斯理地说:"想要帮我?"

沿闻屿的语气很傲慢、很伤人、很自以为是。

可是司漂觉得很开心,因为他的下一句是:"走不走,衰妹?"

回去的路上,司漂畅想沿闻屿在她的帮助下可以拥有的光明未来。

光明的未来里,他跟她一样,上更好的学校,过更好的人生,跟她一样,离开这里。

"沿闻屿!"司漂在后面叫他。

沿闻屿走在前面,声音被风送过来。

"司漂,人人过好自己的日子,管好自己的人生,就万事大吉了。"

和沿闻屿的人生不一样的是,司漂的时间越来越紧张,王贞对她的看管也越来越严格,她很少再有机会跟着沿闻屿。

放了假,郭凡贴心地把司漂和栾筝约在他家开的小海鲜馆里,大大咧咧地给两个姑娘递上了两罐啤酒。

栾筝和司漂你看看我,我看看你,默默地把啤酒挪到一边。

郭凡酒意上头:"要我说啊,这年轻啊,就是好。"

沿闻屿没有理会郭凡的话,扯了旁边的椅子坐下,半靠着椅背。

郭凡鼓励着她们:"祝小学霸和栾筝同学,考试顺利。"

栾筝托着脑袋,畅想着未来的生活:"我一定会考好的,我想过更好的生活,等我风风光光回到桑谭岛的时候,再也没人说我和我妈了。"

她这突然的真心话弄得大伙增加了一层伤感的氛围。

司漂看到栾筝的脸红扑扑的,说起梦想的时候眼里都是亮亮的,就和夏天银河里贪恋人间风景不小心跌落下来的流星一样。

"司漂你呢？"和沿闻屿同一年级，关系不错的阮汕问到司漂。

"我就在桑谭。"司漂摇摇头，笑着说道，"我哪儿都不去。"

"什么！"一群人齐刷刷地看向司漂。

就连一直玩手机的沿闻屿也停下了手里的动作，对上她此刻遮盖不住的有些暗淡的神情。

司漂不自然地捏了捏手："我是说、我是说这儿也挺好的。"

她看着大伙都不理解的目光，故作轻松地说："你们不都在这儿吗？"

末了，她重复了一句："我觉得桑谭挺好的。"

一阵沉默过后，郭凡先开了口："司漂你不能任性，你要后悔的。要我说，人要往上走，别学屿哥……"

"凡子。"沿闻屿皱了皱眉头，打断了他。

郭凡摆摆手，不说了。

司漂看了一眼欲言又止的郭凡，又看了一眼似是隐瞒什么的沿闻屿，心下疑惑，沿闻屿怎么了？

"不早了，回去吧。"还是性格更稳重的阮汕来打圆场，他看了看时间。

"行，我和阿汕跟栾筝一路，屿哥送小学霸。"郭凡安排道。

这顿饭吃得简单又仓促。

司漂跟在沿闻屿后面，两人都没有说话。海风把她散落在额间的刘海吹起，夏夜的蝉鸣充斥在路灯的光晕里，沿岛的公路上回荡着海浪此起彼伏的呐喊。

沿闻屿停在那个街角，指着海平面说道："知道那是什么吗？"

司漂踮着脚远眺，只看到浮在海面上的灯光，她不解地摇摇头。

"那是从太平洋过来的船只，是从地球另一端过来的邮差。"

"邮差？他们带信来了，你看到过他们写的信吗？"司漂侧头看着沿闻屿流畅的下颌线。

"没有。"沿闻屿笑着摇摇头，断眉舒展开来，"我不认识地球另一端的人。"

"不过你可以。"沿闻屿转过身体。

"我可以什么？"司漂惊愕，她也不认识什么地球另一端的人。

"你可以离开这里。"他收回了凭栏远眺的身体。

司漂摇摇头："我说了不算。

"去哪儿，想要怎么样的生活，都不是我自己决定的。"

司漂望着海平面发呆。

沿闻屿的目光落在她瘦小的身躯上，原本平淡的眸子暗了暗，他觉得自己的喉头苦涩。

司漂抬起头，沿闻屿收回自己的目光，继续往前走。

两人又恢复了刚刚的状态，一前一后地走在仿佛走不到头的长街里。

沿闻屿双手插着口袋，走在街角的灯光下，高挺的身形却莫名让人觉得他有些落寞。

对司漂来说，那年的考试最后考了什么，她或许记不清楚了，但是那个早上，司漂在进考场前看到了睡眼惺忪的沿闻屿。

他拎着几个包子和一杯豆浆，蹲在学校门口的水泥地上打哈欠，就连锋利的断眉看上去都慵懒无力。

"沿闻屿？"司漂高呼着，几乎手舞足蹈地跑过去，"你怎么在这儿？"

沿闻屿看到来人，从台阶上站起来："起早了，闲得没事，过来逛逛。"

"这是什么？"司漂指着他手上的包子。

沿闻屿有些嫌弃地努努嘴："吃剩下的。你要吗？"

司漂点点头。

"反正我也不要了，给你吧。"他往她怀里一推。

司漂明显感觉到包子还热乎着呢，豆浆也根本没拆，她低着头拆着塑料袋里的东西。

"司漂。"沿闻屿叫她。

"会继续考第一吧。"

"嗯！"司漂努力地点点头，"会的。"

"考第一！"她笑了笑。

沿闻屿扯了扯忍不住上扬的嘴角，骂了句："死孩子。"

王贞在同学的教学机构任职，暑假一到，课程排得满上加满，她除了遥控给司漂布置作业，回来的次数没有那么频繁了。

司漂觉得自己有了一个短暂的美好假期，她张罗着把小狮子从废旧工厂接回来，就放在她家一楼那个小仓库里。

司漂从王贞房间里找到那把被王贞藏得严严实实的钥匙，开了储物室的门。

司漂掸了掸相机包上的灰,仔细地用镜布擦拭着许久不见光的镜头。

她又从自己的包里掏出来一张储存卡,这是她托舅舅从昌京寄过来的。她的相机是司荒年去国外出差的时候带回来的,相关的配件比较难买到。

等到司漂把储存卡填置好后,她拿着相机来到窗边。

她透过相机向外望去,蓝天、白云浸染着一帧一帧的时间轴,都成了能定格下来的永恒的东西。

司漂高兴地把相机装进相机包里,拴在自己的肩头上,穿了件长长的绛紫色T恤,系进白色的运动裤里。

她出门前瞥了一眼电视,电视在播送强热带风暴的通知。司漂抬头望了一眼晴朗无比的天空,转头把电视关了。

司漂本想约上栾筝,谁知她直接去了北方的姥姥家。

司漂也不怕寂寞,热浪滚滚的海滩,甘甜解渴的瓜果,来回盘旋的海鸟,都成了她相片里自带的美丽风景。

到下午的时候,太阳藏进了云层里。

司漂望了望阴云密布的天,听棕榈树在耳边"哗哗"作响,才想起来她出门前不屑一顾的天气预报。

西边深蓝色的乌云染着黑色的墨,从天边翻腾过来。周围的人开始收拾东西回家了,司漂却扛着个相机反方向地向前跑去。

她要去码头,没有什么地方比码头更能拍到自然气象变化下的人类的渺小。

她逆风跑去,看到附近的码头上船帆挣扎着降落,看到远处的船只拼命地往回赶,看到渔船上感知到大雨来临前大口大口喘着气的鱼,看到来回上下搬运货物的渔民。

司漂转动镜头,调整入镜画面,手动聚焦,捕捉粗暴掠过凤凰树的狂风,放大搬送运输海鲜的渔民脸上的汗水,记录海平面呼啸而来的巨浪因为与礁石碰撞由黑变白的猖狂。

雨点慢慢大起来,逐渐打在她身上,她毫无察觉。

司漂觉得自己有时候跟王贞嘴里那个不负责任的司荒年一样的丧心病狂。她身上流淌了对一切美景和真实分外敏感的血液,使得她透过相机之后随便一瞥都能看见这个世界上最曼妙的风景。

司漂像个虔诚的信徒一样,惊叹于将要遭遇狂风暴雨的桑谭岛。黑得让人透不过气的天空和越来越上升的海平面带给了这座小岛末世的毁灭感。

司漂准备采完最后一个画面之后就离开，镜头一晃却看到一个少年闯入画面。

沿闻屿穿着一件白色的无袖背心，露出结实的肱二头肌，他正低头从船舶上拖出一筐贝类，送到交接口后，用脚轻轻一碰，那筐约莫有四五十斤的东西就顺着轨道下来。

风席卷而来，他只是撩了撩背心下摆，擦着下巴上淌下的汗，动作间露出平坦的腹肌，像是沙漠里风沙堆成的绵延山脊。

司漂握着相机的手一顿。

司漂看到他在她的镜头里滚了滚喉结，周而复始地又重复了一遍动作，后脖颈上滑下一滴汗水，正沿着他小麦的肌肤，淌过他盖不住的荷尔蒙激素里，向他背心下的起伏纹路里奔去。

漫天的黑色像是风暴织成的狂狷邪魅的噩梦，浓稠的背景下是仓皇而跑的人群，只有那穿着脏白背心的少年，站在那瑟瑟发抖的船身上，不知危险。

力量感充斥在浓重的画面里，被这一个对比明显的场景震惊到说不出话的司漂不由得按下快门。

画面里的人搬完最后一箱水产后，似是感觉到了什么，直起身体站在船头，微微皱了皱眉，疑惑道："司漂？"

司漂这才反应过来，她把相机从眼前挪开，正要跟沿闻屿打声招呼，后面一个浪头就随即打过来。船随着浪震动了一波，沿闻屿没踩住脚下的轨道活扣，最后一箱鱼鲜没有平稳落地，裹在外面的麻绳散开来，顿时间里头捆绑好的鱼虾蟹贝都滚了出来。

沿闻屿连忙从船上搭着甲板下来，他弯腰捡起来，不时看看那头又随之过来的大浪。

"司漂，帮忙。"

"好。"司漂把自己的相机揣在相机包里，往后一横，直接扑在地上，也不管那鱼蟹身上让她不适的黏稠感和扑面而来的腥味。

沿闻屿动作比司漂快，司漂望了望随之而来的海浪和仿佛受到召唤拼命朝着海平面而去的鱼蟹，不由得加快了速度。

暴雨之前的狂风却吹不走她额头上紧密的汗水，她和沿闻屿陷在风暴来临前的与时间赛跑的跑道上。

等到最后一条鱼装上车被运输的工人运走之后,沿闻屿一手抓过一旁的一件雨披,一手直接抓起司漂,拼命地往前奔跑。

司漂努力地迈开步子,身后是追逐他们的从云层中斩破而来的惊雷,是追过木麻黄丛林里"沙沙"而下的大雨,是暴晒过后的土地接触到雨水后腾空而起的热气。

而她的前面,是不顾一切带着她奔跑的沿闻屿。

在这番场景中,司漂心中关于亢奋、关于悚惧的字眼都喷薄而出,他们仿佛两只弱小的蚂蚁,用自己的方式跟这个世界抗衡。

沿闻屿拉着她躲到了巷子口的一个院子里,他拴上院子的门,往门口堆了几个沙袋,做完这一切,才在那里缓着气。

司漂看着站在那里,胸口起伏震动的沿闻屿。

"差点就死在那里。"沿闻屿摇了摇头,像是一头刚刚成年的狮子甩了甩身上的水。

"你怎么会在那儿?"司漂躲在屋檐下,看着越来越大的雨。

"给我叔搬东西呢。"沿闻屿也抬眼瞧了瞧雨,又低头问道,"你呢?台风天不躲在家里,你出来干什么?"

"我出来拍照片。"司漂晃了晃背上的包,"台风天下的桑谭岛,很难得。"

"不要命。"沿闻屿的眼神落在司漂的肩头。她肩头连带后背,全湿了。

沿闻屿转身进了屋子,过了一会儿后出来的时候,递了块白色的毛巾:"要擦吗?"

司漂看着毛巾,好奇地转身看了一圈:"哪里来的毛巾啊?"

沿闻屿微微抬着头,微眯的眼里露出点嫌弃的眼神:"拜托,这是我家。"

"啊?"司漂下意识地捂住嘴。这怎么还混到人家里来了。

她立刻就噤若寒蝉,搜寻着四处是不是有长辈。

沿闻屿把毛巾往司漂头上一盖:"放心,就我一个人住。"

司漂胡乱地把盖在她头上的毛巾扯下,她看了一眼,毛巾很干净,带着点淡淡的薰衣草味道。

"我进去梳洗一下,你自己晃一晃吧。玻璃房里种了些花,你或许会喜欢。"

司漂点点头。

原来这就是沿闻屿家啊。她环顾了一圈,房子是两层的建筑,墙体翻修过,白色的漆面倒映着人影,很干净。

循着台阶而上的玻璃房里,种了许多植物,淡紫色的桔梗花被养在温室里,无须惧怕外面的风雨。

花簇旁边有一张藤编的小躺椅,躺椅旁放着几支被磨圆了笔头的铅笔。

司漂正要往里看去,突然听到身后草丛一阵响动,她惊慌地回头看了看草丛,却什么都没有发现。

司漂拱起身体,仔细地辨认着草丛里的东西。

那头没响动了。

司漂靠近的一瞬间,草丛里的东西却快速一晃而过。

司漂追着它,绕过玻璃房,来到了院子。她追得起劲,却没料到一不小心撞上了杆子。杆子支撑着晾晒着的衣物,倒下的一瞬间,司漂连忙接过。

她拿起衣物,这是个啥?沙滩裤?

在看到裤子上面的特殊设计之后,浑身的血液都要凝固在那里,她连忙红着脸胡乱一挂,一回头却对上不知什么时候靠在门楣上饶有兴趣地看着她的沿闻屿。

"司漂?"沿闻屿嘴角上扬,笑容狡诈又拿捏着想要取笑她,"小朋友还是不要太好奇了。"

03

司漂脸烫得发红,她连忙收回手,看了一眼甩了甩又觉得不太对,揩了揩湿漉漉的衣服,手上滚烫的感觉还是消除不了。

沿闻屿看了看她依旧湿漉漉的头发,把身体摆正:"毛巾呢?"

司漂一摸脑袋:"刚刚被我丢在玻璃房了。"

"去拿上。"沿闻屿洗完了澡,手上也拎着块毛巾,身上随意地套了一件白色的短袖。

司漂从玻璃房出来,就看到了站在院子的窗户旁对着外面发呆的沿闻屿。

司漂拿着毛巾擦着自己湿漉漉的头发,外面的狂风暴雨似是不满这阻隔它席卷一切的屋檐,暴力地撞着窗户。

"这雨什么时候才会停啊?"司漂侧头擦着头发,这会儿身体安静下来之后才感觉到一阵寒意。

她体质不太好,受了寒身体立刻不太好受。

"很难说。"沿闻屿望着窗外没有要停的雨,"快的话傍晚就能停,慢的话可能要明早。"

沿闻屿:"去里面吧。"他转身进了屋子。

司漂在他身后小心翼翼地跟着,一楼主要是一个院子和一个阳光房,循着院子后面的半截楼梯,楼上才是他日常活动的地方。

屋子装修得很简单,灰蓝色调的墙面,原木色的家具,一尘不染的地面,跟外面的他很不一样。

司漂脱了湿的鞋袜,跟着他局促地进了屋子,挤在沙发边,对着窗外的大风大雨发呆。

"阿嚏!"司漂打了个喷嚏。

沿闻屿回头看了看她,她抽了张纸巾擤了擤鼻涕,身上依旧很湿。

她被盯得不好意思,指了指窗外的狂风暴雨,又问道:"这雨什么时候才会停啊?"

沿闻屿转过身来,给她倒了杯热水:"停不了了,去洗个澡。"

司漂握着黑色的瓷杯子微微一晃,杯中的热水晃出一两滴落到她的虎口。

沿闻屿已经进了里头的卧室。

司漂望着外面的大雨,局促地吹着杯子里滚烫的水。

"拿着。"沿闻屿已经从卧室出来,把一件折叠好的衣物递给她。

司漂接过。

"浴室后面是洗衣房,我不习惯用烘干机,你可以用,是新的。"

直到热水从头淋到脚后,司漂身上的寒意才被彻底驱逐,夏日里的雨其实最为污寒,粘在身上容易闷出病来。

她用刚刚的毛巾把自己擦得干爽,看了一眼换下来的贴身衣物,伸出去的手还是缩了回来。

她转换方向,把沿闻屿的衣服套在身上。他给了一件宽大的长袖T恤,套在司漂身上,能盖到膝盖上。

她下意识地闻了闻,很奇怪,都是被阳光晒过后留在衣服上的薰衣草洗衣液的味道。

洗衣房就在浴室后面,司漂研究了一番烘干机之后,打开才发现不仅里面的说明书还在,就连电线插板的塑料薄膜包装,都没有拆过。

司漂把衣物放进滚筒里,按了洗衣烘干一体的程序。

她站在原地等待着洗烘一体机启动,她不可能里面什么都不穿,只套着一件长衫出去的。

司漂百无聊赖地在洗衣房看着滚筒一圈又一圈地转。她有些担心地看着外面的动静,真怕沿闻屿突然就闯进来问她是不是打算跟洗衣机共度风雨。

所幸沿闻屿一直没有进来。

司漂穿上自己烘干的裤子,光着脚从浴室里出来,到客厅的时候就看到拿着叉子正吃泡面的沿闻屿。

沿闻屿没回头,坐在餐桌上,继续吃着自己的东西。

司漂咽了咽口水,挪步到桌子边,明知故问:"这是什么?"

"舍得出来了?"

司漂眼珠子一转,又把话题挪到面上:"被面香出来的。"

司漂听到沿闻屿轻笑了一声:"你倒是馋。"

"我只吃了早饭,没吃午饭。"司漂的肚子"咕噜咕噜"作响,她捂着不争气的肚子,眼神落在泡面上。

沿闻屿停下手里的动作,走到厨房的水吧后面的柜台上,从里面拿出另一桶。

司漂立刻就黏了上去:"给我的吗?"

"家里没别的了,只有这个。"沿闻屿指了指一旁的水壶,"自己泡。"

司漂光着脚跑去拿水壶。

她白皙的小脚蹬在原木色的地板上,"扑通扑通"的声音像是孩子微弱的心跳。

沿闻屿看着地板上的脚印。

司漂倒好了热水,盖好盖子,把叉子扣在泡面碗上,虔诚地等待着面在水里游腾开来。

她看着挂在墙上的钟表秒针转了一圈又一圈,在又一次转过"12"的时候,算好了整整三分钟后,立刻拿起叉子翻开泡面盖子。

哇,好香。

司漂拿着叉子往里头兜去,恨不得把头也埋进泡面桶里才好。

"穿上。"

司漂眼前出现了一双未拆封的白色的袜子。她瞟了一眼，点点头，继续把头埋在碗里。

除了吃面，别的事情都可以往后放一放！

沿闻屿见她醉心于泡面应付自己的样，不由得皱了皱眉头，随手拿过她的泡面碗，放在自己面前。

司漂有些着急："我还没吃完。"

沿闻屿敲敲桌子："先穿袜子，穿了就给吃。"

司漂噘了噘嘴，这才麻溜地把桌上的袜子拆开来，伸出脚掌套进袜筒里。

沿闻屿的什么东西对司漂来说都是大号的，就连袜子，她也硬是穿出了小腿袜的感觉。她问："可以了吗？"

"嗯。"沿闻屿点头，身体往后倾了倾，像是放开了那碗泡面。

司漂欢呼雀跃地把自己的吃食"抢"回来。

天色已经暗下来了，外面的狂风把树干吹得东倒西歪的，连带着夜里亮起来的路灯都变暗了许多。

她侧头看看沿闻屿，他坐在落地灯旁边的沙发上，手里还拿着一本书。

司漂意外于沿闻屿家的干净，不是那种装修豪华地面用大理石铺的能照出人影的干净，而是一种统一的和谐美，一如他现在，背脊随意地靠在沙发背上，指尖还捏着一页纸。

司漂第一次看到沿闻屿看书。

她把桌面上的东西收拾好，才慢慢地把自己的身体挪到沿闻屿面前，探头看了看沿闻屿的书。

司漂没有看到书名，只是看到那本书上面，画了好多她看不懂的机械图纸以及各种复杂的电路图。

比她脑子里那点并联、串联、混合联的知识池深得多。

"吃完了？"沿闻屿从书后面露出一双眼睛。

"嗯。"司漂点点头。

沿闻屿从沙发上起来，顺手捎起一件灰蓝色的衬衫，套在自己白色T恤的外面。

吃饱了之后，司漂的心思又回到那种两个人"相依为命"的感觉中，她以为沿闻屿要让她走了，忙指着外面说："台风还没走，太危险了。"

见沿闻屿递过来一个眼神，司漂耸了耸肩说："我回家也是一个人。"

司漂尝试着解释:"我是说——我一个人在家太危险了。

"我会被吹走,也会被浪卷走。"

她的心思明白地传到了沿闻屿的眼底,他笑着打量她,把她从头看到尾,看得她心里发毛。

而后,沿闻屿若有所思地托着个脑袋,依旧坐下来,自下而上地看着司漂,凌厉的眉眼舒展开来,像是岛上夏日里勾人的云丝。

几乎是往后退了好几步,她才意识到自己的反应有些过大了。

恰好晚间新闻正转播着港口的受灾情况。

司漂指了指电视:"外面风是很大。"

"而且还会下一晚上雨?"沿闻屿接过话茬。

"是的。"司漂鼓着勇气,"事实就是如此。"

末了,司漂指了指沙发:"我可以蜷在这里,明天一早雨停了我就走。"

沿闻屿依旧坐在沙发上,双手交叉地放在腿上:"我不是什么好人。"

司漂突然就有些退缩了,自从她上次拦了状哥那伙人之后沿闻屿对她好了很多,不像是从前高不可攀的样子,这样的转变让司漂觉得他少了很多距离感,这才导致刚刚她可以说了自己的想法。

沿闻屿身体往前倾了倾,虽是坐着,可压迫感还是扑面而来。

司漂只是摇摇头,还是回着那句话:"雨太大,我走不了。"

沿闻屿沉默了一会儿,像是舒了一口气,终于在起身之前指了指右手边的房间:"那儿。"

司漂过了好一会儿才反应过来,她兴奋地踮着脚:"我可以留下来?"

沿闻屿随手抓了旁边的抱枕扔给她:"记得换个枕头,我不习惯别人的味道。"

"好的。"司漂抱着他丢过来的抱枕,头跟捣蒜一样地点了点。

她顺着沿闻屿指的方向,怀着忐忑又雀跃的心情,在得到他的准许后,进了那个从来都属于他的房间。

进来之后,司漂知道为什么沿闻屿让她换个枕头了。

房间里干净到一点灰尘都找不到,榻榻米的床榻旁边是米白色的地毯,白色的床单被套上铺着块灰蓝色的床边毯,米色的窗帘遮盖住外面张狂潦倒的树影,就连书柜上的书都从高到低摆放得整整齐齐的。

书?司漂眼神落在书柜上的一些书上。

司漂看到工程力学、机械原理、汽车底盘构造与维修等一切原本不会出现在他的书柜里的东西。

全是跟汽修有关的东西。

司漂有些不解，侧耳听了听外面的动静，大着胆子扯了扯嗓子对外面喊道："我可以坐在桌子上看书吗？"

"随你。"外面悠悠地回道。

司漂挪到了那张很大的桌子前面，她坐在没有靠背的凳子上，脚尖刚刚离开地面。

司漂随手翻开沿闻屿放在桌子上的一本书，里面夹了厚厚的一沓画纸。

司漂歪着头辨认了好久，才看出来他画的好像是一个机械零件。他在旁边标着"液压变速器"，图纸的右下角画着一个直角坐标系，横坐标是转速比，纵坐标是变矩比，图纸上密密麻麻写满了各种司漂看不懂的函数。

这些东西比她现在学的要难多了。

司漂恍然中觉得，就自己脑子里的那点对社会科学的粗浅理解，在沿闻屿面前，是不是班门弄斧了。

所以沿闻屿的自我放弃，到底是为什么呢？司漂看了许久，没有听到客厅的动静，她从凳子上下来，趴在门后面，露出乌黑的眼睛看了看客厅。结果沿闻屿不在。

司漂听到外面依旧雨大如涛声的天气，料想沿闻屿应该不会出门的。

沿闻屿家不大，二楼就一个客厅、一个房间、一个洗漱室，哪儿都没看到他的身影。

司漂踩着楼梯往下走了几步，楼下透出昏黄的灯光。她加快了脚步，却发现灯光是从一楼的另一边来的。

刚刚进来她没仔细看，原来一楼院子的另一侧，有另外一处地方。

是一间工作室，摆满了各种各样的零件，像一个小型修车铺，沿闻屿的 KTM 街跑也放在那里。

沿闻屿穿着那件灰蓝色的衬衫，面前系了一条工作围裙，戴着工作手套，手里的扳手正伸进一个发动机的内核里，听到声响后，他从机器后面抬起了头。

"柜子里的书太无趣？"

司漂第一次看到这样的沿闻屿，跟平日里恣意的他不一样，此刻的他没有了那层高高在上的滤镜，一如司漂平日里看到忙于奔波和劳碌的每个成年人一样，手里有着生活的污垢。

司漂摇摇头，而后又想到了什么，转而又点点头。

"我有一点看不懂。"司漂诚实回答。

"哦？"沿闻屿换了个扳手，把大灯往器械上拉了拉，"那我这儿可没有童话书。"

"我才不看童话书。"许是反感于沿闻屿一直把自己当小孩，司漂道，"我比你年轻，等你变成一个老男人，我的青春才刚刚开始。"

许是没料到司漂会这么说，沿闻屿笑得手里的扳手都拿不稳，"我过几年就是老男人，那你的标准可真严格。"

"那你就不能再喊我小孩了。"

"那不能，改不了。"

"为什么？"司漂不服气。

"我习惯了。"沿闻屿放下手里的东西，直直地看着司漂，门缝里吹进来的风把灯吹得摇摇欲坠，那模糊的光映得他的眼神柔柔的。

"习惯是一件很安全的事情。"他认真地说道。

司漂再一次在沿闻屿身上看到了那种纯净的少年感。

司漂在那一瞬间，喉头里突然蹦出一句话："沿闻屿，你说话算话吗？"

"当然。"沿闻屿又蹲回了地上，检查着机械连接处的零件，"我说话当然算话，是谁又欺负你了吗？"

"没有。"司漂从楼梯处跳下来，落在工作间的门槛处，她没有穿鞋，没有再往前走一步。

她直直地看着沿闻屿。

"可以罩一辈子吗？"她突然大着胆子问了这么一句话。

沿闻屿握着固定夹的手一顿。

司漂紧张地观察着他脸上的神情，生怕错过任何一个细节。

沿闻屿目光微微一敛，却始终没有松开手里的东西："当然，你在桑谭岛一天，我沿闻屿就罩一天。"

"骗人是小狗！"司漂连忙乘胜追击。

"我什么时候骗过你？"沿闻屿笑道。他倒是有些无奈司漂的性子，看上去安静乖巧的，实则熟起来之后也是个不省事的主。

司漂心里的小人手舞足蹈，喋喋不休地跟身体里的每一个器官分享着它的兴奋。

"哦。"司漂正要拍着屁股往楼梯上走，想回到房间里蒙在被子里笑出声来，腿上却传来一阵疼感。

司漂低头一看，一只"大鹅"正扯着她的裤子，用长长的黄绿色的嘴叼着她裤筒，歪着头看着她。

"啊！"司漂下意识往后一退，"大鹅"也被她吓到了，反向一退，扑扇着翅膀，张开大约有一米多长，震得旁边柜子上的零件散落了一地。

"小八！"沿闻屿出声呵斥。

那"大鹅"似是听得懂人话，忙收了自己宽大的翅膀，摆动着自己的蹼，怯生生地退到一旁。

沿闻屿走到"大鹅"面前，蹲下来摸了摸它的头："不可以对客人这样。"

司漂拍着胸脯定着魂："它是你养的？"

"嗯。"沿闻屿点头，"刚没有弄伤你吧？"

司漂忙摇头："没有。"

"它一直都在这儿吗？"

"平时都在院子里睡觉，许是听见工作室有动静，就从窝里出来了。"

小八歪着脑袋，小眼睛贼溜溜地转着，怯生生地打量着司漂。

司漂在那一瞬间就想到了小狮子，还好王贞这些天不在，司漂已经把小狮子接回了自己家，出门前还给它喂了足够多的东西，不然这大风大雨的它要是在家挨饿就糟了。

司漂蹲下来，伸出手，打着招呼："嗨，小八。"

那"大鹅"立刻就像听懂了什么一样，微微扑棱了翅膀，往楼梯上一倒，头就自然地探到了司漂手下，它白色的圆乎乎的头顶抵着司漂的胳膊。

司漂被它逗得很痒，忍着笑意抬头问沿闻屿："它是鹅还是鸭？"

"鸟。"沿闻屿摘下来手套和围裙，插着口袋，"信天翁。"

"信天翁？"司漂听司荒年说起过这种鸟。

"地球上最大、最能飞的海鸟？"司漂张大嘴巴。

"不错。"沿闻屿点头，"一只能活到自然死亡的信天翁一生的飞行距离大概能达到六百万千米。"

司漂脸上露出不可置信的表情。

"嗯，相当于来回月球八次。"

司漂对海上生物知之甚少，只是听说过这种鸟，今天是第一次看到。

"信天翁的起飞很困难，它们的羽翼太过庞大，身体太过笨重，成年的信天翁张开翅膀，大约有三四米的长度。

"可是一旦等它们羽翼生长完毕，等它们首飞成功后，它们就会有三五年一直飞在海上。"

"那它们不会觉得累，不会觉得困吗？"司漂被沿闻屿构筑的这个世界吸引。

"不会，它们甚至可以边睡边飞。"

"那它们有家吗？"

"有。"沿闻屿摸摸小八的头，"它们是很长情的动物，一辈子就认准一个配偶，每年会相聚一次。若是哪一年没有等到对方，另一只就会独自前行，每年都来这里等待。"

司漂听得鼻子酸酸的，这样温顺的动物不像鹰鹫那般拥有锋利的爪牙，也没有灵巧的羽翼让它们躲避天敌的追杀，却有着这个地球上最强的耐力和目标性，承诺一辈子就是一辈子。

小八盘着身体蹲在那里，羽翼是灰色的，身体是雪白雪白的。

"那小八呢？小八成年了吗？它首飞了吗？"司漂望着小八水汪汪的眼睛。

"小八不会飞。"

"怎么会？"司漂看过它张开的羽翼约莫一米多长，那羽翼足够强壮到让它去翱翔蓝天。

沿闻屿蹲下来，轻抚着小八的羽翼，声音没有什么起伏的波澜："小八受伤了，它离不开桑谭岛。"

小八似是能听懂人话，听到沿闻屿语气里的哀伤的时候，瞳孔变得更为深邃，安静地挪了挪自己的身体，靠近了他。

司漂安静地听着。

她甚至有一刻能从沿闻屿的脸上，读到跟小八一模一样的表情。

张开翅膀，它是地球上最能飞的动物，能搏击浩瀚蔚蓝的长空；而如今，它却困在这个小岛上，每日对着院子里的窗户发呆。

司漂抱着自己的膝盖不说话，她只得将眼神从一人一鸟身上挪开。

那一刻，司漂知道。

小八是桑谭岛的，沿闻屿是桑谭岛的，司漂，也想成为桑谭岛的。

沿闻屿最后安抚了一顿小八，还给它吃了它最喜欢吃的养在后院池子里的鱼，它才心满意足地回到自己的巢里。

沿闻屿把图纸搬到了客厅里，打着落地灯专心地研究着什么。

司漂缩在客厅沙发里，玩着沿闻屿不知道从哪里掏出来的老式游戏机。

玩了几把之后，她确定自己在玩游戏上一点天赋都没有，丧气地把游戏机一丢，快快地把自己的老年机拿出来。

她看到屏幕上一个未接电话的时候，差点吓得魂都要飞走。

司漂连忙回拨，响了一声之后电话就被接起来，劈头盖脸就是一顿骂："司漂你干吗去了！电话也不接……"

"喂，妈，我在客厅看电视呢，没听到你的电话。"司漂心虚地看了一眼沿闻屿。

"你吓死我了，我刚刚看到新闻说桑谭岛刮台风，你没出门吧？"

距离台风登陆已经五个小时了，王贞这会儿才得到了消息。

"没有，我在家。"

"那就好。"王贞那头似是很吵，"我不跟你说了，我学生还等我上课呢。零花钱放在我房间柜子里，要多少自己拿别乱花。"王贞在那头嘱咐道，"别老看电视，等你估分填志愿那天我就回来了。"

王贞最后强调了一遍："还有！别跟不靠谱的人玩，当心被带坏。"

"知道了。"司漂看了一眼沿闻屿又把眼神收回来。

这才挂了。

"你家里管你还管得挺严。"沿闻屿没抬头，却这么说了一句。

司漂手里还握着滚烫的、打起电话来动不动还跟装了扩音似的老年机有些尴尬。

"嗯。我妈不太让我玩。"司漂只得如实说。

"那——"沿闻屿像是累了，伸了个懒腰，"你这是说谎了？"

他托着脑袋，眯着眼带着笑意看着司漂："不住在自己家里，还跟会带坏你的人一起玩？"

司漂愣了片刻后，摇摇头。

"不是的，沿闻屿是很优秀的人。"司漂笃定道。

沿闻屿脸上的笑容突然就有些僵硬，他很明显地感觉到他的心被戳了一下，而后，他难堪地想要继续保持这个玩世不恭的表情，又发现自己的面部肌肉有些僵硬。

最后，他只得苦涩地扯了扯自己的嘴角，转过身体去继续看图纸。

他听到那头的小姑娘还在说："沿闻屿看上去坏坏的，但是其实心肠很好，他是一个温柔细致的人，而且他很聪明，司漂看不懂的东西，他都懂。

"虽然我不知道为什么沿闻屿一个人住在这里，但是我知道，沿闻屿完全可以靠自己生活在这个世界上，沿闻屿跟我们不一样。"

"譬如我，"司漂笑着说，"如果不是我妈妈不是我爸爸，那我一定是个要饿死在街头完全没有劳动力的小米虫。"

"沿闻屿不一样。"司漂抱着抱枕，眼里亮闪闪的，"沿闻屿不是岸边的能容忍被海水腐蚀的礁石，不是鱼缸里五颜六色却脆弱的热带鱼，更不是海面上没有方向会被轻易折断桅杆的帆船。沿闻屿一定是风，是从太阳升起的地方吹来的自由的风！"

坐在桌子上拿着铅笔描绘图纸的人笔头一顿，铅笔的尖锐笔芯就随即断离在白纸上。

"司漂，"沿闻屿又恢复成那个司漂看不出情绪的样子，"我的人生不是一道语文的阅读理解，没有标准答案可以让你对。

"我更不知道你答对了多少，没答对多少。"

"我知道。"司漂点点头，"我没有在做阅读理解。"

"我只是在认识沿闻屿这个人啊。"司漂坐了起来，盘着腿，额头上的刘海乖巧垂落，"从司漂的角度，看到的沿闻屿。"

沿闻屿侧着身子，手里画图的动作没停："司漂，你喜欢摄影？"

沿闻屿突然转移话题让司漂应接不暇，她只是迟疑了一会儿，便点头道："嗯。"

沿闻屿转过身来："那你下午拍的照片，可以给我看看吗？"

"可以。"司漂心眼直，进了这茬忘了那茬的，她没听出来沿闻屿在转移话题。

司漂从自己的相机包里拿出相机，递给沿闻屿："给。"

沿闻屿走过来，手里端过相机，翻阅着相片。他拿着相机往司漂旁边的沙发一坐，司漂顿时就感觉到她旁边的地方凹陷了一块下去。

沿闻屿翻阅的手最后停留在司漂拍的最后一张照片上。

司漂瞄了一眼，是她最后在码头拍的他。司漂连忙起身想把相机拿过来，难掩心事地说："我、我最后拍的，我删掉好了。"

沿闻屿拿着相机的手微微一侧，眼神仍旧未离开相机，他对着相机里的人，端详了一番："别删。"

他侧身看了一眼司漂："还可以，拍出我的十分之一帅了。"

司漂懊恼地夺回相机："只有十分之一吗，我觉得还挺帅的啊。"

过了一会儿后，司漂又反应过来，舌头跟打了结一样："我是说照片帅。"

"行了。"沿闻屿摸了摸自己鼻子，"哥有数。"

沿闻屿从沙发上起来，又回到了客厅的餐桌上，对着图纸描画："不早了，你先睡吧。"

"那你睡哪儿？"

"沙发。"

司漂把相机收起来，从沙发上翻了个身，反躺着用手托着腮帮子，歪着头看着他："沿闻屿，你画的都是什么？"

"有几个朋友让我帮忙看看这个新款的发动机，说是混响很重，我找来了图纸想看看能不能从原理上了解一下是怎么回事。"

司漂没听懂，却也点点头："你一直住在这里，这是你家吗？"

沿闻屿："这是我叔叔的工作室，本来是个修车铺，我把后面放老旧淘汰零件的那部分架构拆了，做成了一个两层的阁楼，刚好可以住人。"

"那你家呢？"司漂打了个哈欠。

那头大约沉默了有半分钟那么久。

"拆了。"沿闻屿没有停下手上的动作，"很早就拆了。"

"你叔叔管得多吗？"

"我叔叔很忙，不怎么管我，平时就我一个人。"

"那你可真自由。"司漂缩了缩自己的脚。困意一阵阵来袭，她强撑着打开自己的老年机，设置返回地无意义敲击。

沿闻屿没有回话。

过了大约一个小时，他才从一直理不清楚的思忖中脱身，摁了摁自己有些酸胀的肩颈，起身往前走了几步却看见缩在沙发缝里的小柔团子。

她瘦弱的身躯像是刚刚从外面捡回来的流浪猫，但安心入睡的白皙小脸却分外惹眼。

沿闻屿站在那里，因一直维持一个动作的手指头颤了颤。

他想起的是刚刚司漂抱着抱枕，扑闪着眼，说着"沿闻屿一定是风，是从太阳升起的地方吹来的自由的风"的模样，沿闻屿觉得心中涌过一股迟来的暖意。

他随即走了几步上去，伸手从沙发上揽过这只柔软的小猫咪，又往他自己的房间走去，轻轻地将她放置在自己的床上。盖好被子之后，他关了灯，带上门。

门要合上之际，沿闻屿不由得在门口柔声地说了句——"晚安，小米虫。"

第三章：岛屿之外的世界
司漂，梦想晚点没关系，还有我呢

01

等到台风走了之后，司漂才知道那次的大雨带来了多大的灾害。

小岛码头刚开拓好的河床被淹了，岛中心老城区那盘根错节的榕树的分枝全都像被人用斧头劈开一样断了一地，就连司漂他们小区小高楼的地下停车场都因为排水不及时毁损了好几辆小汽车。

唯有司漂一人，能够在昨晚这样的风雨里，难得一夜好梦。

等到水退得差不多以后，沿闻屿才徒步送她到了小区楼下。

司漂与他道别了后连忙跑上楼，第一时间检查了小狮子的情况，它倒是毫无影响，探着头要吃的。

司漂喂完了小狮子后，才仰着头坐在沙发上。

她觉得有些渴，又起身去厨房打开了冰箱，从里面拿了一瓶果汁出来。

她打开冰箱的瞬间想起今天早上在沿闻屿家热鸡蛋的时候，看到的他那个除了一排啤酒空无一物的冰箱。

司漂摸了摸果汁的塑料瓶，回到房间，打开自己许久不用的电脑。

电脑对她来说是个摆设，除了查资料，司漂几乎都不开它。司漂拿着手机，给栾筝发了个消息："QQ号怎么申请？"

栾筝意外地很快回了消息：【司漂你要申请QQ？】

接下来的十分钟里，栾筝手把手地教着司漂如何申请，如何添加好友。

司漂对着光秃秃的好友列表发了一会儿呆。她光记得要申请QQ号，却忘记问一下沿闻屿的联系方式了。

司漂懊恼地把头埋在怀里,不顾电脑那头栾筝一直发过来的弹窗炫耀着自己的头像新皮肤。

【司漂,台风过去了吗?我过两天要回来了!】栾筝兴奋地分享。

司漂从床上起来:【过去了。这就回来了吗,不是说要待好久吗?】

【这不是马上要填志愿了嘛,我妈说这么有仪式感的事情还是让我自己回来亲自填。】

哦,司漂这才反应过来,估分填志愿这就要来了。

王贞果然很及时地在估分填志愿之前回来了。

她买了很多蔬菜水果放在冰箱里,回头看了看穿着一条鹅黄色泡泡袖T恤要去学校的司漂,皱了皱眉头。

"这件怪花哨的,我给你买的黑白条纹T不就挺好的,简单大方。"

司漂扫了一眼自己的穿搭,也没有很花哨吧,就是他们班女生寻常穿的那种微微带点甜美范的上衣。

"那穿起来跟牢犯似的。"司漂嘟囔了一句。

"瞎说什么,你眼光向来不好。"王贞已经从衣帽间把她说的那件衣服搬出来了,"来,换上,我们快迟到了。"

司漂只得接过,又疑惑道:"妈,你也去吗?"

"当然了。"王贞抓过自己的包,笑着说,"我特地为这事赶回来的,那边四五十个家长等我上课呢我都没答应,我说得给女儿去填报志愿。"

"快走吧。"王贞搭过司漂的肩膀。

等到了教室的时候,司漂老远就看到了栾筝和她的妈妈。

栾筝妈妈打扮得很洋气,小包裙衬托得她身材曼妙,橘红色的唇笑起来很惹眼。

站在一旁跟司漂挥着手的栾筝倒不太像是眼前这个时髦女人的孩子。

栾筝上来打招呼:"司漂!"

她回头看了看跟在司漂后面那个丁练端庄的女人,讨巧地打着招呼:"阿姨好。"

"你好。"王贞微微颔首。

栾筝妈妈听到动静了,连忙上来:"你好,你是司漂妈妈呀?"她这一声,倒是把周围的人都引上来了。

其中一个精通消息的家长立刻围上来:"司漂这次估了多少分?"

王贞笑笑："估了多少都不算数的，总要等成绩出来再说。"

"司漂，跟我填一样的吧。"栾筝在身后抓着她的手心，"这样我们可以一起住在学校里，你不是也想住校吗？"

司漂回过头对上栾筝期待的眸子，有些局促。

"你跟你妈妈好好说说，我看她也不是不好说话的人呢。"栾筝小声建议道。

"司漂？"王贞已经打发了上来攀谈的家长，拿着报名表，伸着脖子找人。

"来了。"司漂给了栾筝一个安慰的眼神，往王贞所在的方向去。

"稍微快点啊，我等会儿还有个电话会议要开，这会儿都是暑假班咨询的各种家长呢。"

王贞坐在司漂的位置上："笔呢？"

司漂攥了攥手心里捏着的2B铅笔。

王贞没听到动静，皱了皱眉头："不会没带吧，我记得我出门前跟你重复了好几次的啊。"她埋怨了司漂一句，而后走到教室的讲台上，笑着问人借了一支。

教室里闹哄哄的，司漂迷茫地往周围看了一圈。

大人们眉眼里的亲昵像是躲在老鹰羽翼下的小鹰崽即将启航搏击长空之前，老鹰送上他们最后的温柔。

司漂回头看了一眼王贞。她已经把志愿填好了，从始至终，司漂都没有碰到过那个志愿卡。

王贞填完信息之后，才叫了司漂过来："小漂你准考证号码多少？"

"妈，"司漂捏了捏那件黑白条纹T恤衫的一角，把兜里的准考证递给王贞，"我觉得我这次考得挺好的。"

"我知道啊。"王贞一直锐利的眼神柔下来，"我家漂一直是最好的，妈妈相信你。"

"那我……"司漂斟酌着字眼。

王贞一边对着准考证，一边描着号码："我跟你爸说好了，房子就买在桑谭岛，司漂，你要体谅妈妈，我们没有钱再去桑城市买房子了。"

"我知道妈，我没让你们买，我可以住校的。"

"什么？"王贞不可置信地看着司漂，"不可能的，住校不可能的。"王贞望了望司漂此时有些发白的小脸，自己的孩子脾性自己最清楚了，"小漂，你不是答应过妈妈的吗？我们不是已经达成一致的目标了吗？"

"可是我……"

"别可是了，听我的。"王贞已经描好了最后一个准考证号。

"这下可以了，就等出成绩了，到时候我再回来给你做一顿好吃的，我不在家这几天你可以睡会儿懒觉，但是别太放松啊。"

司漂没说话，最后再看了一眼志愿卡。

她不知道自己选择自己的人生，填写自己的志愿是一种怎么样的感觉。周围人的那种希望和紧张，是她未曾体验过的人生的一部分。

成绩如期而至，司漂考了全市第一，甩了第二名三十来分。

司漂不意外也不惊喜。她听说祁埈发挥得很稳定，进了尖子班，栾筝不高不低地够到了分数线，如愿进了那个听说春天的校园里会开满迎春花的桑城象牙塔。

只有司漂，毫无惊喜地得到最后的结果。

司漂趴在窗前，望着天空上勾来勾去的云。她还记得自己跟沿闻屿的约定，约定要考第一，约定要努力去实现想要的目标。

只是她如今真考第一了，却不知道该怎么去和他说。

毕竟那天夜里沿闻屿对司漂说的话，隐约让她感觉到，沿闻屿也是支持她的，考第一有什么用呢，哪怕全市的家长都对自己的孩子说，你看这个叫作司漂的女孩子多厉害，她一定会成为一个很优秀的人。

司漂自己知道，自己只是个无法决定自己人生的失败品而已。

是一个要活在哥哥阴影之下的，源于王贞和司荒年对司莱的愧疚进而按照他们的臆想打造出来的替代品。

司漂用笔戳了戳自己的酒窝，懊恼地看着窗外。

她别开眼，突然看到窗外有两串大气球飘上来，大气球中间挂着条一有一长串字的横幅。

司漂揉了揉眼睛，确认自己没有看错。

她果然看到了挥着手的栾筝、红头发的郭凡、高冷的阮汕和依旧穿着紧身裤的老柴，当然，还有那抱着手朝她微微一挑断眉，丹凤眼上扬含笑的沿闻屿。

王贞正在厨房里做饭，她买了满满一桌子菜打算给司漂庆祝一下。

她听到动静后，用围裙擦着手出来之后："小漂，饭要好了啊，你去洗手……"她看到在玄关处晃动的人影。

"你这孩子干什么去?"王贞问着慌慌忙忙在玄关处穿鞋的司漂。

"妈,我出去,我有要紧事。"司漂穿着鞋,没抬头。

王贞本想多说两句,可一想到自从司漂填了志愿整天把自己闷在屋子里的样子,又把话收了回去。

"那你午饭总要吃吧。"王贞看了看桌上已经做了一半的饭菜。

"不吃了,跟朋友去外面吃。"司漂拔了一下鞋拔子。

"妈,你做完放冰箱,培训班里有事你就先回去吧,我晚上回来吃。"司漂走之前留下这么一句。

"小漂……"王贞还没说完,司漂就已经把门关上了,楼道里传来她"咚咚咚"下楼的脚步声。

王贞望着那合上的门,发了会儿呆后,把围裙解下来。她在沙发上失神地坐了会儿后,疑惑地往窗户外看去。

王贞看到刚刚下楼的司漂,站在楼梯口迎接她的,是栾筝。

王贞吁了一口气,收拾了东西。

司漂下了楼后,只看到站在楼梯口迎接她的司漂:"栾筝,他们人呢?"

栾筝抓过司漂的手臂,神秘兮兮地说:"凡子哥说让我带你去街口等,他们有特别的惊喜!"

"惊喜?"司漂有些意外。

"走。"栾筝撺掇司漂到了拐角处,沿闻屿他们站在那儿等着她们。

老柴见到来人,晃晃悠悠地上前:"厉害啊,司漂!"

司漂嘴角忍不住地上扬,阴郁一扫而光。

"凡子怎么还没好?"老柴站在一旁,环着手等郭凡赶来。

司漂这才迟钝地发现郭凡一直没有出现。

"来了。"栾筝兴奋地指着那边。

司漂随着她目光看去,才发现郭凡开了辆白色电动小三轮,车头挂了一个白色、蓝色还有粉色的鲜花编成的两圈花环。小三轮两边的车沿上拴了一圈的蓝白色气球,高高扬起,色彩间杂就跟晴天岛屿的白云一样。

司漂正感叹这幅画面和谐到竟然让骑着三轮车、染着红头发的中二青年都显得这么温柔的时候,突然响起的破音喇叭声吓了一群人一大跳。

"热烈祝贺司漂同学开创桑谭岛历史,实现里程碑式的跨越。"

几个人听着郭凡喊破音录下来的男高音。

"凡子,"沿闻屿终于是忍不住了,"能把你那破玩意关了吗?"

"咋的?"郭凡用手拧了拧手刹,从三轮车上下来,"花车游行?不喜欢?"

沿闻屿直接把脸别过去,不说话。

郭凡看了看憋着笑的老柴和阮汕:"不好吗?"

"算了,我不问你们,我问小姑娘。"郭凡转过来,"司漂,你说,喜欢你凡子哥给你准备的礼物吗?"

郭凡抱着手,脚踩在地上,睥睨地看着司漂:"你要好好说,鲜花和气球都是屿哥弄的。"

司漂的睫毛颤了颤,瞟了一眼在一旁一副与我无关样子的沿闻屿,她忍不住地想,是沿闻屿准备的吗?

司漂望着那满车的花和气球,好看是好看,但是三轮车也太不拉风了吧。要是换上他那辆橙黑的KTM该有多好。

沿闻屿嫌弃地把郭凡往旁边推搡,把司漂从人群中拎出来:"饿了,吃饭去。"

"那这车怎么办?"郭凡把着车头嚷着,"我可费了老大劲啊。"

沿闻屿停下了脚步,他回头看了看车。

接下来,郭凡一个人在前面吃力地拖着一群躺在后面吹风的人。

司漂看着沿闻屿的长腿长手受制于小板车上,不由得觉得好笑。

沿闻屿反倒很习惯这种狭小空间,迎面吹着风的样子让司漂想起来昏黄落日里餍足的狮子。

她把头扭了过去,不再看他,自己也迎面吹着微风。她突然觉得,去不了桑城一中没那么重要了。

车子最后在一家火锅店门口停下了,老柴看了看地方,皱皱眉头:"我说凡子,屿哥说带小学霸出来散散心恭喜她考第一名,你也不能带我们来吃火锅吧。屿哥又不爱吃火锅,你做事能不能靠点谱。"

郭凡看了看一旁两个小姑娘,拉着老柴往旁边走:"你轻点说,你以为是我安排的,是屿哥自己说的。"

"屿哥吃火锅?太阳打西边出来了吗?"

"你俩嘀咕什么呢,还进不去了?"沿闻屿走上前打断了一脸探究的两人。

沿闻屿指了指司漂："她饿了。"

司漂无辜地点点头，啃着不知道从哪里来的糖葫芦。

刚到这儿的时候，她就闻到了昌京特有的味道，下车一看果然是自己的心头好，忍不住地要跺脚流口水。

更不能忍的是门口还有小姐姐卖糖葫芦啊！

沿闻屿看着司漂跟着那糖葫芦眼神转来又转去，顺手从稻草垛上拔下一串最大的，递给司漂："口水收一收。"

司漂吸了不争气的口水后，才开心地把糖葫芦跟栾等分享。

沿闻屿站在旁边看着，他觉得司漂到底还是个孩子，情绪来得快去得也快，一个甜食竟也能哄高兴。

"光顾着说话了！快进去！"郭凡见沿闻屿上来了，忙张罗着大家。

司漂和栾等吃得那叫一个欢畅淋漓，两人在打着20℃空调的房间里还把自己吃出了一身汗。

连着郭凡好几次想组局碰杯热烈庆祝司漂考了第一，司漂都没有腾出手来。

倒是沿闻屿，几乎都没怎么吃，涮了几片菜叶子在那儿喝着橙汁的憋屈样子倒是把老柴看火了。

他气不打一处来："凡子，你会不会找地方啊。"

"这不挺好的吗？"郭凡正吃得欢，闲着的筷子指了指司漂，"你看小学霸吃得多开心。"

司漂露出牙齿笑得没心没肺的。

老柴看了一眼旁边两个发丝都要粘在额头上的小姑娘，从牙缝里勉强挤出一句："好啥啊，吃出一堆汗。"

阮汕这时也加入："这一次我站老柴，凡子你准备的扩音机也太掉价了。"

郭凡看了一眼沿闻屿。

沿闻屿挑着涮过头发黄的菜叶子，点头表示同意："的确。"

"行，怪我。"郭凡放下筷子，出乎意料地好脾气，他身体往前倾靠在桌子上，缩着手问司漂，"小学霸？"

司漂吃着肉没听见。

"司漂！"郭凡扯长了嗓音。

"在。"司漂反应过来，连忙把肉嚼了嚼咽下去，看着难得正经的郭凡。

"你有啥愿望不？哥哥满足你。"郭凡一脸诚恳。

"可以。"沿闻屿停下了手里拨弄青菜的动作，补充道。

司漂透过窗户，望了望远处湛蓝的海面上掠过的海鸟，突然想到了小八，她看了一眼沿闻屿之后，垂目说道："我想出海。

"出海？"老柴拍着大腿，"出海好呀，到时候把我那全自动钓竿带上，直接去深海区，馋死我了。"

阮汕捶了捶老柴的胳膊，压着嗓子假意咳嗽提醒着老柴。郭凡脸色也有些难看。

司漂口腔里的舌头抵了抵上颚，她就是随口一说，但是看其他几个人的反应，好像出海这件事情并没有那么简单。

"没关系，我就是随便说说。"司漂解释道。

栾筝还没有反应过来："别随便说说呀，我觉得就很好，小漂你不是一直想出海看看吗？"

"下次有机会吧。"司漂想把这个话题转移了。

"凡子，"沿闻屿突然出声道，"把你那小游艇开出去吧。"

郭凡脸色有些为难，正要说什么，沿闻屿又加了一句："换你开半个月的KTM，你那台雅马哈给你免费保养三次。"

"可以啊！屿哥！"刚刚一脸顾虑的郭凡跟换了个人一样，将脑袋凑到沿闻屿面前，"下老本了。"他站起来踩在凳子上，"我还有个要求。"

老柴仰着头骂："你贪得无厌啊，我问屿哥磨了一个月，屿哥都不肯借我开，倒是让你小子占了便宜。"

沿闻屿没理会老柴的不满，径直问道："说来听听。"

"我上次玩街机输了，屿哥你得带我去赢回来。"

沿闻屿笑骂他："我还以为什么事，顺手就解决了。"

"好，那就一言为定！"郭凡从桌子上起来，"小学霸，我家港口随便挑，想要哪一艘就拿哪一艘。"

司漂在清晨五点见到了郭凡他们家的游艇。

上下两层的设计，上面是可以凭栏而望的甲板，下面是休闲娱乐的客舱，容纳他们几个绰绰有余。

郭凡得意道："怎么样，不错吧，这是我爸新买的，还没有游客上去过呢。"

老柴来来回回像是只逡巡的海鸟："好家伙，凡子你可以啊。"

栾筝摸了摸客舱里的皮垫子："好宽敞，我都可以躺着了。"

最后一个到的阮汕提着一堆吃的，散落在客舱的茶几上："足够你们祸祸了，走吧，开船。"

老柴从客舱里翻出来一堆救生衣，分给了栾筝和司漂："穿上穿上，你们两只旱鸭子。"

司漂知道自己是什么水性，乖乖穿好衣服，就栾筝还拿着胖鼓鼓的救生衣一脸嫌弃。

栾筝望着就穿着短袖、花裤衩的老柴和郭凡："怎么，你们是鱼精吗，不用穿救生衣啊？"

郭凡走过去，拿过栾筝手里的救生衣，扯开魔术贴，几下勒紧腰身束在栾筝身上："我们是海神。"

"得嘞，交给我，今天让你们感受一下郭船长的优秀船技。"郭凡说着就往前面的驾驶室走去。

"等等。"司漂穿着条刚刚过膝的打底裤，问道，"沿闻屿还没有来。"

"屿哥不来。"郭凡没有停下手里的准备工作。

"为什么？"司漂忙追问，"他怎么了？"

阮汕解释道："屿哥怕水。"

不可能，她见过沿闻屿泅海，翻来覆去跟条鱼一样，一点多余的水花都没有。

"怕水？沿闻屿水性很好，怎么会怕水？"

老柴跳跳眼皮子，抱着手："水性好和怕水不冲突啊。"

司漂觉得跟老柴讲不清楚，连忙拉着一旁的阮汕问："汕哥，沿闻屿怎么了？"

"没事。"阮汕从他提过来的包里拿出一堆零食，并岔开话题，"司漂，玩得开心点。"

司漂看了看散落在茶几上的一堆零食，五花八门让她看得眼花缭乱，都是小姑娘爱吃的。

她一点胃口都没有。她想不通，沿闻屿没道理不来的。

之前她随口一提要出海，所有人都面露难色的时候，不是他提出的解决办法嘛。

船在海面上飞驰起来，郭凡大概是把自己的飙车技术用在了飙船上，没过多久，栾筝就开始恶心想吐，早早地回到了客舱里躺着。

司漂刚开始还能心不在焉地看着老柴和阮汕海钓，看了一会儿后，也觉得头晕乎乎的。

她站不住了之后，直接躺在甲板上，随着波浪漂浮在如画布一样均匀湛蓝的大海里，眼前是同样湛蓝的天空，头顶飞过的是羽翅猎猎的海鸟。

司漂发现这鸟跟了他们一路，她掀开眼皮仔细看了看，觉得这鸟好像小八啊。

是小八吗？司漂从甲板上坐起来，搓了搓眼睛。

不是小八。

是另一只成熟的、健壮的信天翁，是一只不用拖着伤残的身体，没有被族群抛弃遗留的信天翁。

它长长的羽翼张开来，几乎都不用振翅，完美的身体就能在天空中滑翔，高傲得就像个王。

信天翁最后没有跟着他们回到码头，司漂从船上下来，搀扶着晕船晕得厉害的栾筝回了家。

栾筝妈妈不在家，司漂在栾筝家照顾了她好一会儿，才趁着夜色暗下来之前回了家。

她走在夏日傍晚的路上，装在口袋里的老年机"吱吱"作响。

司漂以为是王贞的电话，拖拖拉拉地让它响了好久才接起来。只是等司漂拿出来的时候，却看到一个陌生的号码。

她犹豫地接通："喂？"

那头的声音带着点夏日日色入海后的清凉："喂，司漂？"

司漂一下就听出来了是沿闻屿的声音。

"沿闻屿？"

"是我。"那头问道，"你在哪儿？"

司漂望了望身边的街道："沿海公路那块，靠近灯塔的那个方向。"

"好，原地等我，五分钟。"沿闻屿说完就挂了电话。

司漂拿着手机，站在沿海公路的灯塔下面，半步都挪不动了。

司漂望着温柔的海平面，半天没有反应过来，这是沿闻屿的电话吗？他怎么会有自己的号码的？

沿闻屿很准时，说到做到，五分钟之后，嚣张的发动机声音随风而至。

他在司漂身边停下车来，摘下头盔："怎么样？"

"什么？"司漂没反应过来。

"今天出海，感觉怎么样？"他把头盔挂在车上，长腿跨过车身。

"还行，挺好的。"

"这个，给你。"

司漂这才发现沿闻屿还带了个纸袋子过来："这是什么？"

"我看拐角书店新出了一本摄影集，想着或许你会感兴趣。"

司漂打开纸袋子。

是国内圆点杂志旗下的自然版块的摄影集，司漂在昌京的时候订阅了这家杂志每一期的摄影集，桑谭岛上唯一能买到这种杂志的就是拐角书店。

只不过奇怪的是店家每次只进一本，司漂从来没有买到过当期的，看到的都是前几年的，前几年的她在昌京的时候都已经看完了。

这件事，就连栾筝都不知道，司漂只是上次在沿闻屿家中的时候，偶然提起过这么一句。

"怎么，这也看过了？"沿闻屿见司漂迟迟没有拿过去，以为她已经看过了。

"没有。"司漂连忙接过，看了看封面的日期是当月，"没有看过，是新的。"

"那就好。"沿闻屿把东西递给她之后，收回了手，"我走了。"

"愿你生活平平淡淡，按部就班。"沿闻屿戴上了头盔。

司漂留在原地，心里的藤蔓在发芽，顶得她的心房痒痒的。

司漂连忙叫住他："沿闻屿，我考第一了。"司漂记得自己的承诺。

沿闻屿戴头盔的手微微一顿，而后又把头盔放下来，弯了弯嘴角，就连丹凤眼下都出现了难得的一抹卧蚕："我知道。

"对你来说，那是理所应当又毫不费力的事情。"

司漂眨了眨酸胀的眼睛，不是理所应当，也不是毫不费力。

"我会在这儿的。"司漂干涩的喉头微微颤动。

沿闻屿觉得太阳穴的神经一扯，他没办法再坐在车上这样跟她讲话，于是还是再次下来，走到司漂的身边。

他俯下身体，用手撑着膝盖，安慰小孩似的，把身上那股痞劲收了："好了，我知道了。

"梦想晚点实现也没关系的。"

他滚了滚喉结："再说了，这儿不还有我吗？"

02

司漂把画集拆了之后来来回回地看了好几遍，她把它放在自己的日记下面。这本画集和沿闻屿一起，会陪在她未来的人生里。

但她还是想回昌京，不想留在桑谭岛，这是她对被安排好的人生反抗。这种反抗，并不会因为沿闻屿的出现而让她动摇，司漂知道，她本质里就是一个脾气很执拗的人。

她想要的就是争取到最好的教育资源早日考回昌京。而当情况被动地发展成这样的时候，司漂觉得在这儿生活也有好处。

至少，沿闻屿还在啊，也意味着自己有更多的时间可以看到他。

这样想来，接下去在桑谭岛的生活，应当不会很难度过。

司漂开始期盼自己快快长高，期盼头发快快长长，期盼自己和那些修长的女孩子一样有着曼妙的曲线。

等到昼夜温差再次加大，秋日的凉意开始涌现的时候，九月就这样悄无声息地来到。

栾筝走之前抱着司漂哭得稀里哗啦的，连带着司漂都有几分离别的伤感。离开栾筝后，再去交朋友真是一件很费劲的事情啊。

司漂在桑谭中学全校师生的瞩目之下进了校园。

司漂后面看到过几次沿闻屿。

司漂把小狮子挪到了楼下王贞从来不去的小仓库里，她也不用再特地绕远路再去看小狮子。

司漂有时候放学早，能遇到沿闻屿他们。郭凡看到司漂还是很亲切，都几乎要搂着她脖子往人群里带。

就连司漂自己，都能明显感觉到郭凡和沿闻屿来他们班找她的时候其他同学投射在她身上热烈和带着探究的目光。

栾筝后面断断续续给司漂发过几次消息。

郭凡生日到了。

他在自己家的海景别墅区的沙滩上，办了一个生日聚会。

郭凡特意叮嘱司漂，那天可能会玩些海上项目，让她提前把泳衣带上。

司漂算了算日子，那天王贞有课不在家。司漂还问了还有哪些人会去，郭凡掰着手指头数给她听："我、你、屿哥、老柴、阮汕……"

司漂第一次来郭凡这里的家,一般他们都直接去他家的小海鲜楼里聚。她没想到会有这么热闹。

别墅的一层带了个泳池,泳池里坐了一堆司漂没见过的姑娘。

司漂下意识地看了看自己穿得严严实实的样子。

郭凡从人群中挤过来,在喧闹的音乐声中大声对司漂说:"后面有自助餐,自己拿!"

司漂点点头,也高声回应他:"你们去哪儿?"

"我们去外面冲浪!"

郭凡又问:"带冲浪服了吗?"

"带了。"司漂点点头。

"去那里拿个冲浪板,来找我们。"

司漂又点点头。

郭凡随即被后面的人叫走了。

司漂绕过喧闹的人群,去到了泳池边的更衣室。

她去得晚,更衣室里很空旷。

司漂换好自己带的冲浪服,黑白色全身包裹的衣服衬得她像一只海燕一样。

司漂小时候学过一点冲浪,她不太确定自己还记不记得动作要领,等会儿到了水上的时候,还能不能破浪而出。

更衣室外面放了一条长长的休息凳,落地的玻璃窗映出司漂微微发红的脸。

那些在岸边打着沙滩排球的姑娘身材丰满,颠球的动作引得岸边躺椅上的男生一片口哨。

司漂跟他们不怎么熟。

她在人群里搜罗了一圈,没见着沿闻屿,最终在很远的海上看到了几乎要御浪飞行的他。

他稳稳地立在冲浪板上,在远离人群之后一个朝前翻涌来的巨浪下,蓝色的巨浪形成高墙在他身后坍塌而至。

司漂的心都要跳到嗓子眼,她看过大海吞噬过万物,知道人类在自然面前的渺小和胆怯。

那浪头从前往后,远远看去就要缩成一阵龙卷风的风眼一般大,司漂看到了沿闻屿不紧不慢地、如履平地般滑行一样出来。

他微弓着身体，重心立于下半身，像一支刺破浪屏的箭，远远地把两三人高的浪甩在后面。

岸边的人发出一阵尖叫。

沿闻屿完成挑战，顺利归队，他抓着快艇的尾绳，游离在尾波之外，悠然自在。

司漂心里小小地激动了一下。沿闻屿是她见过的玩水玩得最好的人。

她刚要绕过玻璃窗往前走，拖起沉重的冲浪板，又听到远处的海面上传来一阵人潮嬉闹。

司漂循声望去，快艇极速地冲出一道白浪，尾波后面跟着一个高挑的女生。她长长的头发束成一个高高的丸子头，只穿了一件紧身背心和一条几乎是三角形的泳裤，露着手臂上的大片蝴蝶。

是她啊，司漂微微愣了愣神。

小蝴蝶从后面追上沿闻屿，回头做着鬼脸，挑衅地扔掉原本拴着快艇的冲浪绳，"嗖"地从沿闻屿身边越过，来到他的前面。

沿闻屿张开双手，身体站直，表示无奈，而后摇摇头，利用一个波浪往前蹭到了小蝴蝶的冲浪板，碰得她摇摇欲坠。

小蝴蝶连忙惊慌地稳住身体，而后回头对着沿闻屿大声笑骂。

司漂听不到他们在说什么，也看不到沿闻屿的表情，但是她感受到了他们之间的放松和愉悦。

司漂从来不觉得自己在情感上是个细腻的人，但是此刻她站在全透明的玻璃窗外也不得不承认，沿闻屿和那个女生在一起，完美又契合得像一幅画。

沿闻屿有时候就像是天上的鸟，有时候又像是海里的鱼，但是司漂没有翅膀，更不会游泳，她哪怕拿起冲浪板，也没法去到那么远的海面上。

司漂心里憋着一口气，迈着大步走得老远，一直走到浅水滩，才撑不住了，把一块男生提起来都费力的冲浪板狠狠掷在地上。

司漂望着那边的海面，快艇还没回来，海上的双人冲浪跟舞池般的配对游戏才刚刚开始，欢愉和雀跃还没有结束。

她把安全绳绑在脚踝上，拖着冲浪板往海中走去。

等到海水约莫没过胸口的时候，她才发现，今天的潮汐很大，一个海浪打过来，她连在海里站稳都很费力。

沿闻屿他们玩的地方，是她不能去的，尾波冲浪比在岸边冲浪酷很多，但是难很多,也危险得多,稍不留神掉进海里,可不是在陆地上摔一跤那么简单。

司漂扶着冲浪板,站在海里往船尾冲浪区看了一眼后,回过头来,一个人漂浮在海面上,等一个浪头冲过来,她就顺势站起来。

她学过,不难。

她以为自己记住了动作要领,最后浪头一翻,她跟只乌龟一样趴在了海里。

司漂喝了几口海水,呛得她气管疼。她把冲浪板从岸边费力地拉回来,控制不住地再看了看沿闻屿他们的方向。

她撩了撩刘海,再试了一次,同样的结果。司漂不信自己学不会。

先是岸边,再是尾浪,甚至飞伞,最后像沿闻屿一样去搏击巨浪。

…………

一旁的郭凡玩累了,坐在快艇尾部跟个大爷一样,他远远地就看到那边有个黑乎乎的小姑娘抱着个白色的冲浪板来来回回的。

他眯了眯眼,看了半天。

等到沿闻屿过来了,郭凡指着那边,对沿闻屿喊道:"屿哥,你瞧,小学霸跟只小蝌蚪似的在干啥呢?"

沿闻屿微微起身,定在海面上后,往郭凡所指的方向看了看。

司漂精疲力竭地把冲浪板拖到岸边,泄气地坐在嵌在沙子里的冲浪板上。

她累坏了,从冲浪板上摔下来不下十次了,摔得她膝盖发疼。

"司漂。"司漂听到声音转过身去。

沿闻屿停在她身后:"你在干什么?"

"冲浪。"司漂耷拉着脑袋,有些丧气。

"你一个人?"沿闻屿看了看她身后,空无一人,又回头对接着过来的郭凡说道,"凡子,等会儿帮她推一下,一个人太危险了。"

郭凡刚要应下,司漂立刻从冲浪板上起来,拉着牵引绳就要往海里继续走去。

"不用,我自己可以。"司漂跟头小牛拉犁似的往前冲着。

"怎么了?"一道爽朗的女声响起。

司漂用余光看了一眼,是小蝴蝶过来了。她稳了稳身体,司漂看到她脚下的冲浪板跟顺从的小宠物似的乖乖带到一边,自己系好绳索,就连海浪冲过来都不带动一下。

"这是你妹妹吗？她怎么了？"小蝴蝶从冲浪板上下来，笑着问沿闻屿。

"嗯。"沿闻屿低低地应了一声，"大概是叛逆期到了。"

司漂眸子里的光一灭，她眼神落在脚下波光粼粼的海面上，一言不发。

郭凡最先感觉到气氛有些不对劲，他弯下腰来，拉过司漂手里的绳索："是我不好，让我们家漂一个人在这儿，走，凡子哥带你去玩。"

"不了，凡子哥，我自己在这儿挺好的。"司漂给了郭凡一个面子，但身体没挪地方。

"这小姑娘长大了心思就变难猜很多了，哈哈哈哈。"郭凡干笑几声，甩甩手，"那什么，别墅里有果汁和游戏机，要不进去休息休息？"

冲浪板没放稳，浮在海里一下一下地撞着司漂的小腿。沿闻屿在那头轻轻扯了扯绳子，司漂的冲浪板就被他牵了过去："听你凡子哥的话，进去休息休息。"

"凭什么你们都可以在外面玩，我就要进去休息？"司漂犟起来脾气跟头小牛一样。

司漂拖着冲浪板往海里走去，也不管后面的三个人。

她稳了稳冲浪板，往后看了一眼从远处翻腾过来的浪花，瞅准时机，跃上冲浪板，身体平躺在冲浪板上。

她心里默数，感觉到身后一阵大浪过来的时候，她迅速站起，两秒后，冲浪板侧翻。

司漂被浪头席卷到海里。她蹬着脚想要踩到地面，谁知这海水越来越深，她完全踩不到浅滩边的沙子，她慌乱地扯了扯脚踝上的安全绳。

下一秒司漂就感觉到后衣领的力道，沿闻屿正拖着她来到浅滩上。

他手一松，司漂苍白着小脸瘫在地上。

沿闻屿从一旁的躺椅上随手拿了一块折叠好无人用过的浴巾，手一落整块浴巾把司漂包裹得严严实实的。

他蹲下身体来，看着司漂。

沿闻屿手上留了些力道，扯着毛巾的两端摩挲着司漂身上的水花，他的语气严肃又无奈：

"司漂，你是要怎么样，淹死在这儿，然后让我夜夜难安？"他当时说这句话的时候，有着责备，有着长者的天然姿态。

只是当时的沿闻屿不知道的是，未来的很多日子里，在没有司漂的日子里——司漂真正地成了那个让他自己夜夜难安的人。

司漂最后没犟着再在外面，她再怎么任性，终究还是不敢惹怒大海。到后来她也认命，趴在别墅的躺椅上吃冰棍，看着别人在外面玩得潇洒自如。

沿闻屿期间过来看过司漂几次，她态度不是太好。

她没有成熟到可以妥善处理那样复杂的场景，也没有能力在她纠缠难安的情绪里抓出点头绪来，她能做的，只是像一只傻鸵鸟一样，往沙漠里一钻。

仅仅半年，成长在她身上开始悄然发生变化，她不再懵懂无知，心思也更为难猜辗转。

司漂以为，至少她以为，很多关系会随着时间的变化慢慢成熟，她终有一天会学会表达自己的情感，像一个成年人一样消化受到的伤害。

只是那一天还没来得及到来，司漂却提早地感知到了原来夏日结束后，连柠檬气泡水都开始失去酸甜，只剩过季的苦涩。

有个转学过来很出名的女孩子，叫杨谣。和一般青春期被议论纷纷的女生不一样，她出名不是因为长得好看，也不是因为学习好，而是因为她上下学途中接送的加长林肯和从头到尾的奢侈标识。

杨谣在升旗仪式结束后，直接伸手拦住沿闻屿："哎，你叫什么名字？"她大胆又娇蛮。

沿闻屿自然注意到了眼前的人，但他可不是别人问名字就停下来自我介绍的人。他直接从杨谣的面前走过，眼皮都没有抬。

不过，从那以后，杨谣反倒经常出现在沿闻屿所在场合的附近。沿闻屿对杨谣的出现，不惊讶但也没反应，好像没看见这人一样。

直到一次，沿闻屿和杨谣开口说话了。

那是学校和国外学校合作的游学项目启动的时候，杨谣自信又骄傲地提出负担沿闻屿全部学费和生活费，沿闻屿终于看了她一眼，却是皱着眉头说不好意思她挡着他看球了。

其实，学校的人都畏惧杨谣，不为什么。非要归咎，便是杨谣天然地和桑潭岛的大家有隔阂。这层隔阂可以从出生上说，更可以从金钱上说。她和桑潭岛的学生，看待事物从来不是一个角度。但没人要求杨谣懂，懂的人自然都规避她,或者担心和杨谣杠上的沿闻屿。这其中就包括和沿闻屿关系近的阮汕。

沿闻屿是学校的名人,他的一言一行都令人注意,他平常对待女生不说绅士,但也没有如此无视和冷淡。

阮汕好几次都为沿闻屿捏把汗,担心杨谣这样的大小姐会报复回来。

但沿闻屿好像不在意一样,依然我行我素。

不过,情形扭转发生在某个稀松平常的周五。

听说沿闻屿和杨谣在学校大吵了一架,最后是杨谣红着眼睛看着沿闻屿离开,后面又听人说,沿闻屿离开学校后就往岛上酒吧的方向走去。

有人说,沿闻屿去酒吧是壮胆喝酒,内心还是害怕的,但知道一点内情的人说,他是去找小夜莺的。

小夜莺——岛上唱歌最好听的女孩,是沿闻屿的发小,也是郭凡和老柴的发小。

下周一来学校的司漂从别人口中,模模糊糊地勾勒出事件轮廓,还没有完全消化,郭凡便找过来:"屿哥晚上喊我们吃饭,你晚上也一起来啊,见见闯哥。"

"哎,凡子哥,谁是闯哥?"司漂话还没有说完,郭凡便急急地走掉了。

晚上的饭局,司漂局促地坐在椅子上。

郭凡和老柴吵吵闹闹地点了一桌子菜,几个人扯七扯八地聊着一些不着边际的事。

"哟,闯哥,来了。"郭凡语气明显地提高了。

司漂随着他的声音抬头,入眼的女生长发及肩,耳边挂染了一绺蓝色,睫毛烫得又卷又长,黑色的外套里穿了一件蓝色的短裙。

桑谭岛的秋季晚风最凉,那个女生自然地坐到位置上后,把脖子上的一圈薄围巾摘下来,放在桌上,很自然地抓过筷子,说的话却跟她的装束一点都不搭:"想你们了。"她一边吃一边皱着眉头,"郭凡,你还是这么没品位,点的都是啥菜?"

"瞧瞧,这么久不见还是一上来就数落我。"郭凡一点没生气,笑嘻嘻地答道。

司漂注意到跟在她身后的沿闻屿,见沿闻屿把钥匙放在桌上,也随着落座。

司漂将眼神收回，落在自己的白球鞋鞋面上。

"这位是？"那个女生留意到了司漂。

"哦，忘了跟你说了，我们的小妹，司漂。"郭凡连忙介绍道。

"小妹妹长得水灵哇，哪儿拐来的，别把人带坏咯。"女生说话的时候，尾音总是上扬。

"认识下，我是梁闯。"梁闯伸出右手。

"你好。"司漂机械地应着，她握手的时候感受到了梁闯手指尖的老茧。

梁闯哑着嗓子，笑得明媚："好腼腆嘞。"

"嗓子都哑成这样了，要不别唱了？"老柴递话，"我伯厂房里少个文员，闯哥你去试试？"

梁闯问："文员一晚上赚多少？"

老柴没了声响。

"不说这些。"郭凡打着圆场，"庆祝我们又重新聚在一起，尤其是你。"郭凡指着梁闯，"不要总是脱离组织，单打独斗。"

"行啦。"梁闯努努嘴，"这不就回来了嘛。"

司漂一直默默地听着，他们彼此很熟悉，甚至感情好像都很好。司漂听着听着忘记动筷子。

"司漂，不合胃口？"沿闻屿注意到很久不说话的司漂。

"没有。"司漂连忙摇头，筷子往放在前面的菜里戳了戳。

"这是你爱吃的。"沿闻屿把面前的拔丝香蕉递过来。

"不过别吃太多，蛀牙。"沿闻屿还不忘叮嘱一句。

司漂不知为什么突然不想理会沿闻屿的好意，她没夹那盘拔丝香蕉，反而挪了筷子去夹离她最远的虾。

梁闯倒是直接把面前的一盘虾递过来。

司漂抬头对上梁闯，她笑笑："多吃点，长身体呢。"

司漂硬着头皮夹了虾，低着头在自己的碗里剥着。

外面下了一阵突如其来的大雨。

餐馆里就司漂他们一伙人，就着炒菜消磨为数不多的休息时间。

一阵惊雷打破了这种和谐。

门突然被撞开，司漂突然看到了衣着光鲜，神情高傲的杨谣还有她身后的司机大叔。

她站在餐馆门口，居高临下地质问着沿闻屿："你为什么不来？"

沿闻屿没回头，眼神随意地落在桌面的饭菜上，不冷不热地说："去哪儿？"

梁闯抬头看了一眼这个女生，想到周五那天沿闻屿突然来找她的背后原因，以及这个人周末来酒吧挑衅未遂的行为，把自己的椅子挪得离沿闻屿更近了一点，开始往他的碗里夹菜。

梁闯现在不仅是为了帮沿闻屿的忙，她自己就想着纯恶心这个人。

杨谣："演唱会的票。"她声音尖厉又带着怒气，"沿闻屿，你别不识好歹！"

"杨谣，我没说我要去看那个演唱会。"沿闻屿也有些无语了，他看了一眼靠近自己的梁闯，又注意到一旁低头不知想什么的司漂，没说什么，但默默地让自己离梁闯远了些。

杨谣早就注意到了在场的两个女生，她有意忽略衣着校服，一脸学生气的司漂，指向打扮时尚、妆容也精美的梁闯："你那天是去找她的吧。

"她不就是个没什么文化在酒吧卖唱的吗？沿闻屿你想清楚没有，你爸欠了多少钱，你难道没数吗？你真的一点都不为自己的前途着想吗？"

司漂听到梁闯低声骂了一句，撸起袖子就要起来干架的样子。沿闻屿按住她的手，给了她一个眼神，回头对杨谣说："给她道歉。

"然后收起你高高在上的态度，滚。"

"我不道歉，我没有做错。她和你都是穷鬼，至死都住在那岛边老得发霉的平房里！"杨谣越说越激动。

别说梁闯，就连司漂都听不下去。

"杨谣。"沿闻屿终于是从椅子上站了起来，他皱眉头的时候，粗浓的眉之间很明显的那截断层会加重他的戾气。

"我跟你说过很多次，我这个人没什么耐心。

"你认为那些让你骄傲的东西，在我沿闻屿眼中一文不值。你所认为的我需要的前途，我根本就不屑一顾，至于你所说的岛边平房——不好意思，我就住在那里。

"我身上的穷酸样，这辈子都洗不干净，还请你就让我们自甘堕落。你口中看不上的人，在台上万丈光芒，是我觉得唱歌最好的姑娘。"

沿闻屿的这番话无疑踩中了杨谣的所有不堪。

杨谣指着沿闻屿的手在发抖："你等着，沿闻屿，你会后悔的，迟早！"

她说完这番话之后，气冲冲地坐上她昂贵的加长林肯。

场面安静下来，无人再说话，不知如何起头，还是梁闯最先说话："你小子还真有一手，张口就来，把我感动坏了。我在你眼里，真那么光芒四射，是不是跟雅典娜似的？"

"随便说说的你也信。"沿闻屿坐下来。

"行了，事也做了，我走了。"沿闻屿丢下这一句，拿着椅子上的衣服就走。

"啥呀，这才刚刚开吃。"郭凡第一个反对。

梁闯也摆摆手表示反对，给自己倒满了酒："我今天轮班，凡子，咱再多来点。"

"少喝点。"沿闻屿见劝不动这堆人，反而回头对司漂说，"司漂，走了。"

司漂看了一眼毫无反应的梁闯，有些纠结："我……"

"明天不上学了？"沿闻屿抬抬眉，站在原地等她。

司漂从椅子上起来，跟在沿闻屿后面。

沿闻屿拿过店门口的伞，先行进入雨帘中，

"走吧。"沿闻屿在雨里等她，给她让了大半把伞，示意她过来。

司漂站在台阶上犹豫不决。她又回头看了一眼从来没有分半分眼神给他们的梁闯。

"怎么还恋上局了？"沿闻屿索性走过来。

遮住雨帘的伞出现在了司漂头上，也同时遮住了她心里因在意而下得淅淅沥沥的小雨。

"怎么了，这么安静？"沿闻屿先出声。

"没什么。"司漂摇摇头，"雨太大了。"

沿闻屿把伞再往她那边偏了偏。

司漂抽了抽鼻子，望着往她这边偏过来的雨伞，终于是忍不住了："沿闻屿，没关系吗？"

"谁？"沿闻屿反应了一下，"你是说梁闯吗？"

沿闻屿笑了笑："不用，这小子身手好着呢，遇不着险。"

"小子？她不是女孩子吗？"

"我们都习惯了。从小她就被当男孩子养，剪个板寸，等到上学年龄我们才知道她是个女生。

"她嗓子好,有一批歌迷。"

司漂想到沿闻屿说的那句"她在台上光芒万丈"。

"那你会去吗?"

"很少。"

"为什么?"

沿闻屿:"不知道,可能是因为我们太熟吧。"

这句话出来,司漂就更不懂了。

沿闻屿停下脚步,两人停在司漂回家要经过的那棵榕树下,沿闻屿把伞递给司漂,她懵懂地接过。

直到沿闻屿蹲下身体,司漂才发现,自己的鞋带不知道什么时候散了。

他保持着一个膝盖微屈的半蹲姿势,将她两根鞋带轻巧地打个结,之后再站起来。

"慢慢地,你就会知道了,至于别人告诉你的为什么,别信,用自己的心看,去感受就知道了。"

"回去吧。"他站在榕树下,还躲在雨夜的黑暗里。

司漂望着她脚下被路灯照得明亮宽敞的前路,犹豫了几秒之后,迈出了脚步。

她头也不回地走到小区二楼的台阶上,趁沿闻屿的背影还未消失在街角的时候,冲到楼梯口的窗户那边。

她看着他的背影。一把伞,一个人消失在雨夜里。

她觉得沿闻屿的世界很奇怪,她看不懂,而她的世界,很简单。

那天晚上,司漂又失眠了。

她看见的和沿闻屿说用心看的事情,她暂时还捉摸不透,她只知道,她不是那个特殊的,有人比她更早地融入了他们。

梁闯也不常出现,司漂有时候看见她穿套皮衣,戴着副耳机,嚼着口香糖出现在沿闻屿的车尾。

司漂开始有意无意地躲着沿闻屿他们。她的心再次变得空落落的,像是秋日里掉完树叶的枯木,尴尬地立在萧瑟的季节里。

司漂原以为杨谣的事情就此告下段落,直到她在某次经过学校的宣传栏的时候,看到了贴在上面的大字海报。

醒目的字眼被印成红色。

"我们没有歧视,我们只希望校方开除不守纪律、不努力学习、打架滋事,而且家人还有案底的这位学生,还我们一个安全的学习环境。"

"这说的是谁?"

"你上匿名论坛,匿名论坛解码了。"

…………

司漂慌乱地挤开人群,大脑一片混沌,空气仿佛稀薄得让她喘不上气来。

流言蜚语已经传遍了整个学校。

世人没有善心,眼见人楼高起附庸喝彩,赞叹皮囊光鲜,生活恣意;眼见人高楼塌便从他根源上找原因,最后归结于基因、归结于家教、围观咀嚼他人的伤口上带血的痂。

司漂大步跑起来,十一月早晨的风刮得她心疼。

03

司漂找到沿闻屿的时候,他正从小卖部出来,坐在操场边高高的裁判架上。他闲适得跟一幅画一样,天边的云好像都在他脚下,就这样一个人坐在高高的地方发呆。

他不是他们所说的心理扭曲的怪物,他的心明明比谁都干净。

"沿闻屿!"司漂在架子下面仰着头喊他。

沿闻屿听见有人喊他,懒散地把头扭过来。看到来人是司漂,他收了往后靠的身体,往前倾,把手肘搭在膝盖上。

"怎么了?"

他看到司漂跑得上气不接下气的,眼里泛着水光。

"谁欺负你了?"他纵身从裁判架上跳下来。

司漂斟酌着。

"杨谣。"她不确定沿闻屿有没有看到那些传言,如果看到了,他应当不会这么闲适地在这里吹风。但是她又没法做到不求证。

沿闻屿一怔,而后反应道:"你是说那些?"

"所以你知道?"

"我知道。"

所以他知道,那些说他不好的话全都被他看到了。厌恶、嫌弃、唾弃、猜忌、踩踏……他全都看到了。

司漂当下觉得胸腔里涌出阵阵难受,这种难受简直比她自己被说还要不好过。

她哽咽着说:"沿闻屿,你不要管他们说什么。"说着,眼泪"吧嗒吧嗒"地往下掉。

她这一哭,倒是让沿闻屿着急了。他微微弯下腰,用手背一下又一下地揩着她怎么也止不住的泪水:"你哭什么。"

"我不要、不要他们那样说你。"她抽抽搭搭,总算是把这句话说完了。

"我还以为是什么事呢,他们说的是事实,就让他们说去好了。"沿闻屿反倒安慰她,做出一副与世无争的样子来。

"不是!他们根本不了解,他们根本不懂!"

沿闻屿看着她的眼睛:"没关系,真的没关系。我不在乎那些。"

可是司漂在乎,她太在乎了。

"他们说的的确是事实,那的确是我爸,也的确是我的人生。

"我早就学会和人生和解了,你也不要太难过,更不用太担心我,谁敢到我面前来说这些呢。匿名论坛里他们要嚼舌根,就让他们去嚼吧。"他说得风淡云轻,像是在说别人的事情,好像匿名论坛上只是曝光了他周一早上迟到一样简单。

沿闻屿跟没事人一样地继续晃荡。

论坛的帖子被高高顶起,司漂整日混迹在里面一个个解释,解释到后来她才发现这群人根本就是信口雌黄,她在里面跟别人大骂几个回合,败下阵来之后哭得稀里哗啦,又揩干眼泪继续骂。

司漂把所有的线索连起来看,她听别人说,那个刑满释放的人,住在桑谭岛的西海岸崖边。

那里原是一片供游客居住的民宿,东海岸开发之后,外来的游客住到了东海岸品质较高的高级酒店,西海岸只有少量资金不充裕的人才会去。

司漂按照帖子里提供的信息找到了那家民宿。

司漂驻足在那楼房唯一的昏黄灯光下,仰着脑袋看着门牌匾上被刻得歪歪扭扭的字。

"岛屿日记。"

特别有童话意味的名字。像是一个坐落在西海岸崖边对世事变迁和人来人往的记录者。

司漂想跨进门槛看看,只是刚侧身进去,就听到二楼有人笑闹的声音。

紧接着一个肚腩上像是裹了一个游泳圈的男人吞云吐雾地出来,身边是一个身材走样、妆容艳丽的女人。

司漂连忙躲到一边,等那胖男人走远了之后,那女人才骂了一句,踩着高跟鞋上了楼,走得楼梯"咚咚"响。

司漂站在那儿,手指扶着门框觉得滚烫,她缩回了手,却看到木制门框上刻着几个歪歪扭扭的字。

像是孩童努力地练习,一直临摹着难写的"岛屿日记",其中的"屿"字,是他练得最好的,也是最工整的。

"住店吗?"一道低沉且有些颓丧的声音响起。

司漂惊慌地回头,对上一双眼睛。

他眼神里没有焦点失散着,头发几乎被剃光,站在那里的时候控制不住自己地往后摇晃着,似是喝了很多酒。

"住店吗?不用身份证,给钱就住。"一个男人,纵然潦倒,司漂仍能看出沿闻屿跟他的两分相似。

"不了。"司漂连忙摇头,慌乱地逃离。

她在回去的路上跑得很快,她的心在"怦怦"跳。她一方面没有按压住自己的好奇去求一个结果和真相,一方面在真的看到真相和现实的时候,又害怕得腿发颤。

那个深秋的早上,司漂起得很早。

她跑到宣传栏前,扯过那贴纸,一股脑儿地揣在自己怀里装着。五六点的海岛很冷,冷得她鼻涕横流,她抽了抽鼻子,冻僵的手却甩不开。

"司漂?"

她转头,看到了一脸疲惫的梁闯。

她把手伸进绒毛外套袖子里,只剩下一张带着宿妆的脸:"大早上的你在这儿干吗呢?"

司漂没想过自己会遇到梁闯,更没想过梁闯记得她的名字。她斟酌又不适应地说:"闯、闯姐姐……"

"叫我闯哥。"梁闯打了个哈欠,扫不完的睡意。梁闯的声音很好听,像是和弦扫在吉他的尾骨,低低的自带故事。

"撕这玩意干吗?"梁闯朝着司漂背后的东西努努嘴。

"他们散布谣言，说沿闻屿坏话。"司漂觉得梁闯一定会跟她一样感同身受、义愤填膺。

只是后来司漂又想到了关于谁最有资格站出来维护沿闻屿的判断的时候，又补充了一句："他帮过我，我也要帮他。"像是解释了一下她这么做的原因。

梁闯还站在那里，睥睨地扫了一圈，想了想这编得跌宕起伏的故事。

"司漂，沿闻屿不在乎，我们都不在乎的。这些东西在我们眼里，跟电线杆上离谱的小广告没什么两样。"

梁闯觉得司漂这小姑娘，心眼忒实诚了。这样的话，他们小时候不知道听过多少次，现在都已经练成自动屏蔽功能了，这纸贴遍大街小巷他们都是无所谓的。

"我在乎。"司漂倔强地扯着被粘得牢牢的扯不下来的纸，用力用指甲铲着剩余的残渣。

"你这要铲到啥时候？我刚一路过来，都贴到早市门了。"

"等到铲完。"司漂没回头，手上动作没停。

梁闯穿得少，跺了跺脚，她没走，在那儿看了一会儿。

小姑娘怀里塞不下了，就把撕下来的纸都装进书包里，塞得她的包鼓鼓的。

梁闯看司漂这么执着，哆嗦着身体，把自己的手从衣服口袋里伸出来，也开始抠着那墙面上难看的字眼。

司漂撕一张塞一张，回头的时候，看到了梁闯递过来的一团。

司漂还没反应过来，梁闯就拉开拉链塞进司漂的包里，而后扭过头，也开始抠着那玻璃橱窗上的痕迹。

"真难拆，这帮人也不知道是用什么贴的，刚做的指甲都被搞坏了。"她跺着脚驱着寒气，把脖子缩进衣服里骂骂咧咧。

司漂看了看她镶着晶石的蓝色指甲，在光滑的橱窗壁上来回摩擦。司漂往梁闯的方向走一步，伸手帮着她："姐姐，我来吧。"

梁闯看着司漂，没什么表情。

司漂有些小心翼翼："你可以帮我撕那边的吗？"她指了指那头整张都贴在一起的贴纸。

"行。"梁闯放弃了要用指甲抠的那些，走到好撕的部分面前。

"叫我闯哥就好。"梁闯补了一句，"叫姐姐怪不习惯的。"

"好。"司漂费力地抠着玻璃,"谢谢闯哥。"

梁闯没说话,专心干活,很快怀里就揣了一堆。她走过来递给司漂:"歇会儿吧,还早,这会儿没什么人过来。"

"我再撕点下来。"司漂摆摆手。

梁闯不说话了,她将手揣进兜里,看着司漂奋力撕着。她穿得单薄,只一件厚点的黑色皮衣挡风固暖,皮衣下面是一条下摆微微敞开的蓝色连衣裙,黑色的靴子把她的腿衬得又瘦又长,小腿以上暴露在这场寒潮里。

"闯哥?"司漂试探地问,"为什么大家都叫你闯哥,你明明就是一个漂亮姐姐。"

梁闯扯了扯自己的裙子,说:"酒吧要求这么打扮,我可讨厌这一身行头了。不如我的大 T 恤舒服。"

"你刚下班吗?"司漂猜测。

"凌晨三点场子就散了,后来陪一个客人多喝了会儿。"

"是这样啊。"司漂微微有些尴尬,找的话题也对不上几句,她只得收回眼神,继续抠纸。

"听沿闻屿说你成绩很好?"还是梁闯又挑起话题。

"还可以。"司漂点头。

"我听说五月的洋槐花会开满昌京大学的每个角落,很香。"

司漂惊喜道:"你去过昌京大学?"

"没有。"梁闯摇头,"我没出过桑谭岛。"

这样吗?司漂心里微微有些失落。

"我看过招生指南的图片。"梁闯解释了一下,"那个学校的奖学金很高。"

司漂惊叹于梁闯对昌京大学的了解:"你了解过?"

"嗯。"梁闯咳了几声,"了解过一段时间。"

"后来呢?"

"后来,后来就不上学了呗,了解那玩意干啥。"

"为什么?"

"什么为什么?"

"为什么就不上学了呢?"司漂不能理解。

"钱要留着给我弟长大了娶媳妇。"梁闯说得理所当然。

司漂内心像是一壶没泡开的乌龙,淡淡的苦意涌上喉头……

·110·

"女孩子大概是不重要的。"梁闯难得露出表情,像是自嘲地扯了扯嘴角,突然咳嗽了起来。

司漂捏了捏自己的衣角,从兜里掏出个什么东西。她走上去,塞在咳得上气不接下气的梁闯的手里。

梁闯感受到掌心的异物感,强忍着肺里和喉咙的难受,试图平稳呼吸。她看到自己的掌心上有颗简简单单的润喉糖,还带着面前小小个子姑娘的温热体温。

她说得小心翼翼:"闯哥,"她思忖了一会儿像是下了决心,之后改了称呼,"梁闯姐姐,女孩子也很重要。"

第四章：小醋萝卜头
你是校门口卖的醋萝卜

01

梁闯捏了捏手心里的糖，喉头一时间不再那么干涩。

梁闯看着司漂依旧忙碌的背影，看了看手表，而后转身从自己的口袋里掏出手机。

电话那头清冽的声音带点倦意："喂，怎么了？"

"沿闻屿，"梁闯用舌尖把润喉糖翻了个面，"你的小太阳还要不要了，不要我揣兜里拿走了。"

司漂没想到沿闻屿会出现在这里。

她听到身后车鸣的时候隐约有些不好的预感，没想到最后却被抓了个正着。

"司漂。"沿闻屿抱着手，眼底微微带点恼意。

司漂连忙把手里的东西藏在自己身后，生怕沿闻屿看见："好、好巧。"

"不巧。"沿闻屿加了件厚外套，骑车来的时候戴了块灰色的针织围巾。

"你怎么来这里了？"司漂试图转移话题，"你看海面上多好看！"

"我来抓你回去。"沿闻屿上前一步，拎过她背后的书包，掂了掂，"你这包里装的都是什么？"

"没什么，"司漂一把抢过，"都是我的东西。"她动作很快，夺了书包藏在身后。

沿闻屿不看也知道她的心思，他看了看她身后已经光秃秃的一面墙上还留着细碎的纸片，那斑驳的痕迹明显就是指甲刮蹭出的。

沿闻屿从她身后把她那冻红的小手从她宽大的外套袖子里拿出来。

"倔劲儿，你干脆把自己冻成红萝卜头算了。"

司漂："是校门口卖的那种醋萝卜吗？"

沿闻屿似是无奈，没想到她还跟没事人一样跟自己扯着笑话。他从自己脖子上解下那块灰色的围巾，弯腰戴在司漂脖子上，绕了两圈，把她围得严严实实，只剩下一张冻得发红的脸。

"是，你就是个小醋萝卜。"

司漂像只兴奋的小鸟一样不由得摆了摆大外套里面的手。沿闻屿的围巾带着他的体温，那柔软的针织面料像是冬天里被阳光烘得暖暖的云。

"可以回去了吗？"他拖着长长的尾音，听上去像是哄人。

司漂回头看了看宣传栏上还没有扯干净的纸张，摇了摇头。

"我都解决了，以后不会有了。"沿闻屿看穿她的心思。

"解决了？怎么解决的？"司漂很惊讶。

"凡子他们也不是酒囊饭袋。"沿闻屿说这话，司漂能懂。

她能想到帮沿闻屿扯贴条，郭凡他们应该更有办法。

"走吧。"他伸手想要抓过她的书包。

司漂看到了他修长的手指骨节之间刺眼的红肿。

"你的手怎么了？沿闻屿？"

沿闻屿翻了翻自己的手，似是才发现自己手背受伤了。

"或许是在哪里擦到了。"沿闻屿没在意。

"你为什么要让自己经常受伤啊？"

"经常吗？"沿闻屿看着她，似是在回忆，"还好吧？"

"走吧，我还能回去睡会儿。"他起步下了台阶，朝着摩托走去。

司漂缩了缩脖子，围巾带着沿闻屿身上特有的味道，烘得她把那些解决不了的麻烦和深受困扰的想法都驱散干净。

"过来。"沿闻屿已经站在了摩托旁边，从车把上把自己的头盔拿在手里。

司漂站在原地没动，她眼里都是他身后那片被朝阳染得粉粉的海。

沿闻屿右边的眉微微上扬，以为她又要什么小脾气了，于是几步就来到了她面前。

司漂站在宣传栏高高的台阶上，看着沿闻屿又走回来，一步跨过两个台阶,站在最后两个台阶上,刚好跟她一模一样高。

司漂很少在这个角度看过他。只是这样的对视,司漂却看到了沿闻屿眼里的另一个世界。

他的瞳孔颜色很浅,在光影充足的时候是浅褐色的,他瞳孔中间的彩晕像是那野火燎原后仅剩无尽的灰烬,满目衰败中却映着蓝粉交接的海。

真美,司漂脑中只有这么一个想法。

"小傻子,你在看什么?"沿闻屿没挪开眼神。

"啊!"司漂反应过来,下意识地说,"沿闻屿,你长得真好看。"

沿闻屿将拿来的头盔戴在司漂头上,调整了一下方向,露出司漂那双漂亮的眼睛。

"我知道,桑谭岛没人比我更好看。"他承认得倒快。

司漂远远地望见沿闻屿那辆KTM,它仿佛突然就长出金光闪闪的翅膀,热情地邀请她。

"怎么,还是要走着回去?"沿闻屿已经上了车,偏头侧眼看她。

她热烈地跑过去。

沿闻屿拧了拧油门,机车"轰"的一声飞出。司漂吓得连忙往沿闻屿背上倒去,他还未俯下身体,直直的脊梁就在她面前。司漂在接触到他衣物的一瞬间,她的手像触电一般缩回来。

不太好,司漂不知道为什么会想到了一直低头咳嗽的梁闯。

司漂摇头,他就只是带她回家,就这么简单。

"抓稳了。"

司漂只敢小心翼翼地抓着沿闻屿的衣角。

车子行进在深秋的晨曦里,盘旋在海岸边的无人公路上,司漂心里的野火把自己的心烧穿,荒芜的地面上渴望着一场浇灭杂念的雨。

沿闻屿在红绿灯路口停下来了的时候感受到了身后人窸窸窣窣的动静。

"怎么了?"他在前面问。

司漂老实回答:"沿闻屿,我好想哭。"

"你是美人鱼吗,说哭就哭,怎么的,眼泪能卖钱?"沿闻屿点点头,"要是能的话,我这辈子都不会放你走了。"

司漂没说话。

如果可以的话,她真想成为掉下眼泪就会变成珍珠的美人鱼——他说他这辈子都不会放她走。

她好爱这种感觉啊,这种心里被填充得容不下一点悲伤的感觉。

如果不是那一通电话,司漂一定会沉湎在那天天光微露的海里,想象着这一条黑灰的柏油路永远不要有尽头。

沿闻屿兜里的手机微微发着亮光,振动重复了一次又一次,对面像是有十万火急的事,都等不及沿闻屿把司漂送回家。

沿闻屿只得停下车子,他一看来电人是郭凡,不耐烦地接起:"大早上的干啥?"

"屿哥!屿哥!不好了!闯哥出事了。"

司漂在他身后听得心下一紧,她脑子里出现的就是梁闯无所谓地晃晃脑袋,穿着单薄小凉裙把脖子往衣领里一缩的场景。早上她嘴里哼着调调,站在一旁帮司漂用指甲铲着宣传栏里的贴纸。

沿闻屿挂了电话,转身对司漂说:"司漂,你抓紧我,我要加速了,我先送你回家,我还有事。"

司漂在后面摇摇头:"我也去。"

"别去。"沿闻屿拒绝她。

"让我去吧,沿闻屿,我保证照顾好自己,有什么事我第一个就跑,我想跟你们共同面对。"

沿闻屿没说话,看上去有些犹豫。

"我就想看到你们都好好的,就想亲自把梁闯姐姐带回来。"司漂说得恳切。

沿闻屿最后点了头。他轰鸣着车子,司漂这才知道什么叫作沿闻屿的速度。他在崎岖的山路上转弯时打着偏角,若不是照顾司漂,他的转弯速度不会降一秒。

车子像是一道闪电,最后落在一个废弃的隧道口子。

"司漂,凡子他们马上到了,你在外面等我。"沿闻屿摘下司漂的头套,露出她刚刚因为过快的速度而导致心跳加快变得绯红的脸。

司漂望了望沿闻屿身后黑乎乎只露出些许微光的隧道,有些犹豫:"不如等凡子哥他们来了你再去吧。"

"不过是些小混混,打过照面的,别担心。"沿闻屿一眼看穿她的心事,"很快,你在这里等我。"

"你会把梁闯姐姐带回来吗?"司漂再次望了望那黝黑又安静得可怕的隧道。

"会的,这件事情跟她没有关系,我会把她带出来的。"沿闻屿更像是在对自己说话。

"好,我在外面等你们。"司漂选择相信沿闻屿。

她看着沿闻屿的身影消失在隧道里。

隧道很深,他进去之后司漂就听不到任何声音了,只有山间藏着的飞鸟时不时掠过隧道上方。

司漂站在因为早就封路的隧道口的青草垛里,脚尖踹着路旁的土,分散焦虑的情绪。

她把沿闻屿给她的围巾解下来,抱在怀里,蹲在地上,团成一个球。

时间过得真漫长,遮天蔽日的隧道口连一丝风也没有。

司漂伸长脖子往隧道里望去,那隧道就像是个黑洞,吸收光,吸收声音,以及吸收生命。

司漂开始不安起来,她揉了揉蹲得发胀的腿,又循着盘山公路向下看去。

郭凡他们怎么还不来?

她多少次都想走进隧道里,可是沿闻屿说过,让她在这里等。

她是听话的,她在这里等,不去添乱,不去吵闹。

终于,司漂隐约听到往这边而来的轰鸣声,她"噌"地从地上站起来,朝着车子的声音走去。

郭凡带着老柴他们,还有一群司漂没见过的社会青年,全部骑着各式各样稀奇古怪的摩托车过来。

郭凡一看到司漂就问她:"司漂?屿哥呢?"

司漂指着隧道口:"沿闻屿进去好一会儿了,凡子哥,你快去看看!"

"老柴,带上人跟我走!"

一群人气势汹汹地就要朝隧道走去。

"等一下,有声音。"

司漂敏锐地捕捉到隧道里传来的咳嗽声。

是梁闯?她连忙回头。

"你小子逞能,我让你来救我了?我一个人至少能打三个。"梁闯的声音率先传出来,尾音里的沙哑像是秋日落叶凋零掉落在柏油路上。

她还是穿着早上那一身,只是身上的裙子已经被扯烂了,唇间的口红都掉色了,她身上还披着沿闻屿之前穿着的那件米色夹克。

"你的良心真是被狗吃了。"

司漂看到了随着梁闯一起出来的沿闻屿,他随手把里面叠穿的雾霾色衬衣滚成一团,侧着头擦着额上的伤。

"屿哥!"郭凡连忙走上去,"怎么样,刀疤人呢?"

"跑了。"沿闻屿两个字就打发了。

他在人群里找了一圈,看到司漂直直地站在那里的时候,突然就安下心来。

"走吧。"他有些疲惫,捏了捏太阳穴旁边的伤口。

司漂松了一口气,他们总算是安全出来了。

她很多时候都不了解沿闻屿他们生活的全貌,她偏颇的角度让她不能公正客观地评价所有故事的对错。所以此刻,她想的就是,只要他们平安地出来就好。

梁闯走出隧道的一瞬间,看到了人群中的司漂,她眼里是止不住的担心。

梁闯故作轻松地吹了吹口哨,像是安慰着司漂。

司漂听出来,是她常常哼的那首陈绮贞的《鱼》。

低沉的旋律扬在隧道后,渗透在攀附得密密麻麻的爬山虎的叶子里。

司漂心里默默地填着词,她哼的那一段——

　　带不走的
　　丢不掉的
　　让大雨侵蚀吧
　　让它推向我在边界奋不顾身挣扎
　　……

只不过没人告诉司漂,隧道里还有另一个人。

杨谣穿着普拉达新出的小牛皮高跟鞋,从阴暗潮湿的隧道里出来,女人的脸上是她无法读懂的恨意。

她跑得飞快,手上拿着一个明晃晃的东西。

所有人都在往前走,梁闯落在后面,没人来得及回头。

司漂看到杨谣手里的水果刀刺向梁闯。

"我说了我很讨厌你唱歌。"杨谣扭曲着五官,看着倒在地上的人,手里的刀片鲜红。

所有人跟炸锅一样,乱成一团。

司漂站在两米远,看到梁闯的眼神。她说她好疼。

后来司漂才知道,前一晚在酒吧,杨谣去找过梁闯。

杨谣性子高傲,从小就是被捧在手心里长大的,自己想要的东西,她那个做生意的爸爸就没有不依着她的。她以为自己转来这个学校,依然如此,这个世界上可以用钱解决的事情太多了。没想到在沿闻屿还有梁闯他们身上吃了亏。他们的每一个反应都在告诉杨谣,他们不在乎她的金钱权势,更不在乎明天如何。所以她愤愤不平,越想心里的怒火越难以平息,为什么?他们以为他们是什么?贫贱的人还要清高?杨谣的世界里没有这种人出现过,每当她说出自己有什么名牌时,听的人都会惊讶和羡慕。久而久之她也习惯了财富带给她的特权和自由。

更过分的是在学校那天,沿闻屿当着那么多人的面说她,把她贬得一无是处。她后面去酒吧瞧那个小夜莺,也不过就是个卖唱的,她后面依然好心地拿出演唱会 VIP 门票邀请沿闻屿看。是他驳了她的脸面,她受尽了难堪。

他这是在侮辱她的人格,反过来,她也不能让他好过。

所以杨谣在论坛上把沿闻屿所有的不堪都揭露出来,她不明白,沿闻屿为什么在这样的情况下都不服软。哪怕是来找她说一句呢,问问她,她为什么要这么做,她要做到什么地步才肯放过他。

梁闯也是,为什么可以那么高傲?好像站在高高的精神领地一样,嘲笑她的存在。明明梁闯比沿闻屿更贫穷也要更自卑才对。

杨谣去看梁闯的那个周末晚上,她躲在酒吧的人群里,听到台上梁闯空灵的声音藏在静谧的夜色里。是陈绮贞的《鱼》。

她还是不屑的,走到吧台那儿,对着坐在椅子上玩手机的老板说道:"哎,我能上去唱吗?"

老板从收银台后面起来,扫了杨谣一眼,眼神又回到了自己的手机游戏上:"你当这儿是 KTV 呢?"

杨谣吃了瘪,抬头看了看依旧在台上光彩夺目的梁闯,低头从自己包里拿了好几张大红钞:"不就是唱个歌吗,凭什么她可以我不可以?"

老板看到她拿出的那沓红钞,微微一愣,脸上换上笑容:"好说,您过去跟乐队说一声,想唱什么都让他们伴奏。"

杨谣满意老板的态度转变,在这座闭塞岛屿,人人真的像她爸说的那样,为了钱做什么都可以,包括尊严的牺牲。

她昂首阔步地走到台下,刚好梁闯一曲完毕,站在台下的后角落里眯着眼睛养神。她体态修长,骨肉匀称,即使站姿有些粗鲁,但拽拽冷冷的气场还是让不少人注目打量。

杨谣不自觉地把自己的身形挺得笔直,她在心里给自己打着气,她爸说,梁闯这样的女孩子,最是自卑,只要拿出她该有的气势来。

她走到梁闯面前,趾高气扬:"喂,下首我唱。"

梁闯睁开双眼打量着面前的杨谣,好一会儿才开口:"凭什么?"

杨谣:"你老板说了,下首我唱,你下台吧。"

梁闯原先歪着的身体站直了,笑笑:"那怎么行,你唱了,我今晚就没钱赚了。"

杨谣听到梁闯说钱,莫名自信了一些:"我听说你家很穷?"

梁闯依旧笑,点头:"不穷谁出来卖唱啊。"

杨谣高高地抬着头颅:"我给你两百元,我上去唱一首,是不是比你一晚上赚得还多。"

杨谣话锋一转:"不对——你如果再付出得多点的话,是不是就能赚更多了?"

杨谣说这话的时候,脸上讳莫如深的表情完全不像个高中生。她故意靠近,想要从梁闯脸上看到那种屈辱和愤恨的表情,好像她的反应,才是这一场决斗的最完美战利品。

只是梁闯脸上什么表情都没有,她依旧是淡淡地笑着,好看的眉眼弯起来,带着点倦怠和慵懒,那种表情,杨谣觉得好像在哪里见过。

梁闯意外地答应,她尾音拖得长长的:"好啊。"

她走到后台,跟乐队的小哥说了什么,拿着电吉他的小哥还真上前来,问杨谣要唱什么。

杨谣想了想,点了一首梁闯刚刚唱的陈绮贞的《鱼》。

杨谣上台,乐队演奏开始,她一开口,场下的人微微一愣。

直到她唱到副歌部分的时候,台下的人终于忍不住了,一个大哥带头说道:"这唱的什么呀,难听死了,刚那姑娘呢?"

他开了头,其余的人纷纷跟上:"就是啊,自己几斤几两不知道啊,出来丢人现眼……"

场下的人可不是什么善茬,纷纷躁动起来,几个脾气急的直接丢上来香烟屁股。

杨谣也就是窝里横,哪见过这么大的阵仗,这会儿她拿钱请人捧场都不管用了。她慌乱地躲着,却一眼看到人群里的梁闯,那种慵懒中带着的无所谓,倦怠中带着的淡漠,跟沿闻屿的眼神一模一样,像在嗤笑着她的幼稚和荒唐。

梁闯故意让她出丑,杨谣在狼狈中被气疯了,夹着尾巴跑回家之后,缠着她爸一定帮她把这口恶气出了。

在隧道口的时候,她又听到了梁闯在唱那首《鱼》,一瞬间想起了那天在酒吧受的委屈。她再也不要听到这首歌,她再也不允许有人在她面前唱这首歌,甚至,她再也不想让梁闯唱歌了!

邪恶的念头冲昏头脑,她一瞬间,就像是魔鬼附身一样,直直地就朝唱歌的人扑去。

02

梁闯保住了命,可再也唱不了歌了。

司漂站在长长的医院走廊上,看到了疲惫不堪的沿闻屿。

"我就不该把她扯进来,这件事跟她一点关系都没有。这样的话,杨谣也不会把气撒在她身上。"他说这句话的时候,司漂第一次感受到了他强烈的自责。

那天,他一个人不知道去了哪里。

梁闯的事情闹得沸沸扬扬,但是她家人没有报警。准确地说,她家人根本不在乎。杨谣躲进她爸爸的加长林肯里,转学手续办得快速又利落。

沿闻屿很少来学校,带着郭凡他们多次去杨家的工地里讨个说法。

那年冬天,司漂经常陪着梁闯在桑谭岛那个不大的医院里,晒着太阳。她拿着各种作业,梁闯则呆呆地望着窗外。

司漂没见过梁闯的家人来看望她,只有沿闻屿和郭凡他们来过。

梁闯受伤后,整个人变得安静又文气,没了向外嚣张的伪装,她变成了一只很嗜睡的猫。

"他们来找过我。"某天,她突然说道。

司漂难得听到她说话:"谁?"

"他们说可以让我去国外读书,所有的学费和生活费都一次性打给我,甚至连录取通知书都给我看了。

"学校很美。"

她声音哑哑的,说话有些吃力。

"漂,我想了很久,打算过去。"

"我们不惩罚杨谣吗?"司漂最终还是没憋住。

"让她坐牢,很解气。"梁闯点点头,"之后呢,一切归于平静后,我的嗓子已经坏了,我以后只能去纺织厂看看还能不能找个工作,或者去餐馆洗个盘子。"她说得很慢,很平和。

"拿着钱,把这些忘记,去过新的人生,不好吗?"梁闯在问司漂。

司漂捏着水笔,不知道该如何回答。

"杨家给了沿闻屿他爸一笔钱,很大很大的一笔,拿着箱子直接提过去的,他爸收了。

"沿闻屿觉得很耻辱,他跟杨谣她爸说他一定会还。"

梁闯摇摇头,歇了一会儿,继续说:"但是我想收下,这么大一笔钱,怎么还得清,别还了,这是她欠我的,欠沿闻屿的。"

"拿着钱,去改变自己的人生。"她的眼里柔柔的,"女孩子要改变命运的最好方法就是好好读书,是吗?司漂,我去读书了。"

…………

在新年即将到来之际,梁闯买了春运之前的最后一张船票。离开桑谭岛后,有人会在桑城的国际机场,给她一张飞机票。

梁闯说她从来没有离开过桑谭岛,收拾行李的时候经常问司漂外面上学的女孩子,平日里都穿些什么。梁闯把自己那些小吊带和小短裙都收起来,买了很多衬衫,把自己的头发染回黑色,剪得跟司漂一样短。

她就像一个焕然新生的女学生。

如果不是她眼里的故事感和苍凉感太过凝重,司漂只会觉得她就是被爱包围着长大的邻居小姐姐。

梁闯走的那天,只有司漂一个人来送她。男人们觉得诀别时难离的情绪过于痛苦,他们受到的教育没法让他们在机场抱在一起哭哭啼啼的,所以只选择在昨晚的时候把自己喝得酩酊大醉,假借酒意哭成一团,等到清醒的时候,便没有了再次跟人告别的勇气。

至少司漂昨天是真的看到了,无坚不摧的校霸小分队闪烁的泪光。

女人们柔弱敏感,缠绵依恋,哪怕到离别的最后一刻,也依旧不能坚强地回头。

取了船票,梁闯在码头等着过安检。

"给。"司漂把梁闯的零散包裹给她,"去了那边要好好的啊,梁闯姐姐。"

司漂元气满满地鼓励她,心里却涩涩的,她去了国外,一个熟人和朋友都没有。

"我知道。"梁闯拍了拍司漂的肩膀,"你也要好好的,小漂。去做自己喜欢做的事情。"

"好。"司漂点了点头。

梁闯垂目看了看比自己矮小半截的司漂,不确定自己有没有猜错少女的心事。她试探着说:"我跟沿闻屿……"

"我知道。"司漂明明说的是知道,身体动作却是摇头的动作。

梁闯黯然一笑:"你不知道。"

司漂后来在想,要是她能早点读懂梁闯眼神里的含义,早点了解到除了她狭小的世界每个在她生命中出现的人的故事,她会不会对他们的人生就会少一些误会。

至于沿闻屿,他隔三岔五会去桑谭岛的那个银行,倒出一大堆现金,让人打到那个固定的账号。

梁闯能去过新的人生,沿闻屿却不能。

他执拗,他把锋利对外,不跟这个世界和解。

后来的时光里,司漂很少看到沿闻屿。

他骑着他的KTM,像一个逡巡在岛上的幽灵,不知道什么时候会出现,又不知道下一秒会不会消失。

他爸拿了杨家的钱,梭哈在赌桌上。

沿闻屿倒卖零件,改装配置,积累客源。他的工作室被人砸过好几回。

沿闻屿告诫过司漂很多次,遇到上门寻仇的债主,千万别说跟他认识。司漂不想给沿闻屿添麻烦,她知道沿闻屿不想让他们误伤自己,她从来不说,也不阻止,只是远远地站在角落里,等着那帮人离开。

等他们离开后,司漂把打碎的花盆扫干净,扶正勉强还能再用的家具,从院子里七倒八歪的花木里,抱过惊慌失措的小八,在黑暗里等着沿闻屿回来。

沿闻屿起先会骂司漂蠢姑娘,骂得特别特别凶,骂到小八缩在司漂怀里一动都不敢动。

只是不管他骂得有多凶,司漂只是安静地抱着小八,低着头不说话,却从来没有说过她以后再也不来了。

骂到后来,沿闻屿算是服了司漂,在修车铺的院子后面修了个秘密通道,嘱咐司漂若是有人来了,就躲起来,从那儿走。

沿闻屿不在家的时候,司漂会偷偷溜出来到他的店里,一有风吹草动,就带小八躲进沿闻屿修的密道里。

沿闻屿有时候会坐在台阶上,从她身后看着她单薄的影子,那目光似是想把她看穿。

"司漂,你若是性子再软一些,以后会少吃些苦头。"沿闻屿走上前,把她爱吃的糕点递给她。

司漂见了吃食,满意地接过,狼吞虎咽的,还不忘给他回一句:"我也把这句话送给你,沿闻屿,若是你性子软一些,何必吃这些苦。"

沿闻屿侧头望着她。眼前的姑娘开始蹿个头,披散下来的头发已经及肩,五官柔和,眉目清朗。

她穿了一件橙色的长衫,跟阳光一样,暖意熏人。她跟从前一样简单,却比从前更有主意,也更爱犟嘴。

他看了看滚落在地上的几个零件片,还沾着脏污的机油。他清了清嗓子:"司漂,你没有放弃自己的梦想对吧?"

"没有。"司漂咬着糕点摇头,"我会离开桑谭岛。"

他松了一口气:"早点回家好吗,别让你妈妈担心。"

"好。"司漂说收就收,把题塞进自己的包里,翻面挎在自己肩膀上。

"小八我喂过了,别再给它吃东西了,胖死。"司漂走之前叮嘱了沿闻屿。

"知道了。"沿闻屿点头。

司漂有时候会突然矫情地想着,沿闻屿难道就不能出岛吗?

不过那天,沿闻屿只是笑笑,说他这辈子就求个随遇而安。他的随遇而安，大概是真的不想和任何人的人生有所捆绑吧。

沿闻屿有自己的生存方式，有自己的做事方式，甚至沿闻屿要花很多的时间去归还本不该由他承担的债务……这些司漂都能理解。

有时候她会大胆地想象，她可以帮人拍片子赚钱来减轻他的债务。

只要他想走。

不过他笑得风淡云轻的，司漂意识到妄图撼动他的选择，是她的一厢情愿。

高考来了。

成绩公布的那个夏天，郭凡在自家小海鲜楼里宴请四方。

他超常发挥考了个本科，他爸直接在店里搞了个酒水免费畅饮的活动，半个岛的人都听到动静过来了。就连栾筝听到消息后，今年暑假都没有回北方姥姥家，而是留在桑谭岛庆祝郭凡他们的"解放日"。

司漂透过那些灯光酒影看到了一直坐在那里抿着酒笑的沿闻屿，他也随着他们一起笑，一起骂，一起扬着酒杯。

她明明看到过他在图纸上列得清清楚楚的逻辑公式，完整清晰的假设判断和结论推理以及那些司漂都看不懂但是他却能准确背下来的数理模型。

他明明就是个理科天才。

而现在，他坐在那欢声笑语的汪洋里，好看的手指按着太阳穴，仰着头试图喝得跟别人一样醉的样子，却格外让人唏嘘。

等到郭凡他们一个个都喝趴下的时候，沿闻屿却不见了。

这个时候司漂趁别人不注意，怀着私心走上前去，坐在郭凡旁边，推了推他已经趴在桌子上的手肘。

"凡子哥？"

"嗯？"郭凡迷糊地轻声应。

"沿闻屿去哪儿了？"司漂憋了一晚上。

"屿哥？"郭凡埋着的头重重地点了下，而后伸出一只手向天，壮烈地说，"桑谭大学！"

司漂皱了皱眉头，反应了一下，桑谭岛哪有什么大学。

郭凡摇摇头："他没填志愿。"

"为什么？"司漂不可置信。

郭凡含糊其辞："走不了。"

司漂等着郭凡下一句，可是他已经神志不清地睡去。

司漂想去探个究竟，起身开了门，走到外面直接朝着海的长廊上。她借着外面昏黄的灯，踮着脚往远处望去，果然在高高筑起的堤坝上看到了晃晃悠悠的沿闻屿。

海风灌满了他淡蓝的衬衫，他似是走不稳，于是寻了个地方，双手撑着堤坝沿坐了下来。

"沿闻屿！"司漂在后面喊。

沿闻屿听到声响，回头看她。

司漂朝着他在的方向跑去，风把她所有的头发都吹起来。

酒意压迫着颅内的神经，让沿闻屿的反应变慢很多。他看着司漂跑过来，温柔的月光把单薄的身体勾勒出一道一道的弧光，像是海里的精灵。

等到他反应过来的时候，她已经跑到了近前，站在他面前气喘吁吁。

"沿闻屿？"司漂轻灵的声音再度响起。

沿闻屿大脑里的弦才重新续上。他往后仰了仰身体，伸了个懒腰，半笑着看着面前的人。

"你看我做什么？"司漂觉得喝了酒的沿闻屿真奇怪。

"没什么。"沿闻屿笑着却还是看着她，"你长高了。"

司漂叹了口气："沿闻屿，你听过一个传说吗，海里的鬼怪最喜欢吃来海边散步的醉鬼。"

沿闻屿摇摇头："我可没醉。"

司漂学他的样子，也坐在堤坝上，晃荡着一条腿："沿闻屿，你撒谎从来不打草稿。"

沿闻屿绕过话题，把难题又抛给司漂："司漂，你为什么不乖？"

她一步跨过沿闻屿，大着胆子卡着他的下巴，把他的头扳正，直直地看着他的眼睛，一字一句地说："沿闻屿，你听好了，我是司漂，你是沿闻屿，想当我哥，下辈子吧。"

她靠得很近，连鼻腔里的气息，都随着风萦绕在他四周。海风吹过的时候，沿闻屿都能感觉到她宽松的校服裤子摩挲着他露出的半截腿肚子——像是从荒野里破土而出的小草，拱得人心发慌发痒。

沿闻屿随她用虎口卡着自己下巴，看到了她眼里的倔强，她眼里的澄澈，也在她眼里，看到了此刻潦倒颓败，却心慌悸动如山河崩塌的自己。

他喉头一苦，说的话含着酒意，醉意昏沉，暗哑难听：

"他们都要走了呢，小漂。

"有一天，你也会走，会离开桑谭岛，对不对？"

那天的海足够安静，安静到司漂以为那只是一幅没什么生命力的景物卷轴而已。

司漂没想到沿闻屿会这么说，她一时间不知道怎么回复。有一天她也会走，这是所有人都知道的事实和真相。

她卡着沿闻屿的虎口一松，沿闻屿别过脸去，眉骨松缓开来。许久之后，司漂才换了个话题，从侧面打探道："沿闻屿，你想去哪儿？"

沿闻屿笑笑："我没想好，我要不就在这儿吧。"他指了指海面，"鱼不能离开熟悉的海域，外面的精彩也不一定非要去看。"

司漂那瞬间就想起沿闻屿常说的，习惯是最安全的事情："一直在这儿吗？

"如果有一天，我也离开这里，你会考虑离开这里吗？"

沿闻屿沉默了许久，而后摇摇头："不会。"

"如果你一直在这儿，那我也一直在这儿。"司漂冲动地说出这句话，冲动到她失去理智地判断过这句话后面的代价是什么。

如果非有什么原因，是让沿闻屿离不开这里，就像小八永远不会好的翅膀一样，失去飞翔的自由。

不管他的原因有多么离奇和荒唐，只要一直生活在桑谭岛是他心中想要的；那司漂就在这里吧，陪小八，陪沿闻屿。

她的冲动把沿闻屿的酒意彻底冲没了。

他以为自己控制得很好，一次又一次地重复着问她，确定她对未来的方向，每一次，司漂都会坚定地回答，她会离开这里。

她会回到昌京，报一个家里人希望她报的专业，然后偷偷学摄影。然后她会在大城市里某一栋可以看到繁华灯景的写字楼里，化着精致的妆，操纵摄像机里的每一幅光景，从此声名大噪，活得自由又精彩。

她的身边会出现受过良好的教育的绅士，会穿着体面精致的衣服，彬彬有礼地替她拉开副驾驶门。

而司漂在桑谭岛的每一天，只会是周而复始地看着太阳从山的那边升起来又掉落到漆黑的海里。

沿闻屿突然后悔自己脱口而出的情绪。他觉得刚刚的海风混着酒意，让自己变得有些飘忽，才会控制不住地说出这样的话。

他站直身体转过去，留给司漂一个背影："司漂，你知道你在说什么吗？"

司漂就想把自己的情绪一股脑儿地倒出来："我知道，如果沿闻屿真的不能离开这里，司漂也不离开……"

沿闻屿打断她："什么叫作不离开这里，你要跟我一样交白卷？放弃自己的梦想？整日东躲西藏？"

"那你为什么不走？你明明可以学得很好，你为什么要永远做出一副我一直就是这个样子谁也不要来拯救我的模样呢？既然你不让我留下来，那你为什么不能跟我走呢？"

司漂第一次近乎扯着嗓子跟沿闻屿说话。

沿闻屿突然沉默。而后他的声音变得很安静，安静到海边的潮汐爬上岸的时候都蹑手蹑脚地哄着其他的同伴。

"司漂，你不用再来东南角的球场找我，更不用抱着厚厚的作业来我家借口说家里的灯坏了。"

"什么意思？"司漂的手在发抖。

"我的意思就是，你应该把更多的精力放在你应该放的地方。"

"沿闻屿，你是说让我不要再去找你是吗？"

沿闻屿没有说话，他想表达的不是这个意思，但是他没有反驳。

"沿闻屿，你这个浑蛋。"司漂抹了把眼泪。

"司漂再也不要你罩了，桑潭岛的司漂，再也不要沿闻屿罩了。我以后见到你都躲得远远的，都绕道走，躲到你看不到的地方去，让你称心如意，可以了吧。"

她说完，顺着黑漆漆的阶梯跑下来。

"司漂。"沿闻屿在后面喊她，她没停下。

沿闻屿看着她单薄的背影在街灯下越拖越长。

他的学生时代结束了，再也不用受管束，不是应该更自由，更无所谓吗？他蹲下身来，从兜里掏出一根烟，捻了捻烟尾后，又觉得无趣就又放了回去。他有一下没一下地拧着打火机，淡蓝色的光照得自己头昏脑涨。

最后，沿闻屿拖着长长的身影，一个人走到工作室，拿起钥匙，打开"吱呀"作响的门。

沿闻屿没开灯，把自己淹没于黑暗里。

黑暗里的时间，过得实在是太慢太慢了，他睁着眼等着天亮。等到他实在是撑不住的时候，睡意才敢把他平日里的伪装卸下。他不知不觉地昏睡过去，恍惚间听见门外沉重的铁链拖在地上而发出的摩擦声。

他觉得脚踝一疼，小腿和脚掌的筋像是被人剥离出来，痛得他腿上的肌肉直哆嗦。

沿闻屿看了一眼窗外的鬼魅祟影，是变天前肆虐的狂风。

门外的零件滚落才发出类似于铁链摩擦的声音。他轻舒了一口气，试图用脚掌贴地行走，走到客厅后，沿着台阶一级级往工作室走，才缓和着他的老毛病。

等到他完全从自己的意识中清醒过来的时候，他看到了楼梯口不知道什么时候过来的歪着头看着他的小八。

沿闻屿看着小八圆圆的带着渴求的眼珠子，坐在台阶上，冷淡地说道："别看着我，我可不像她宠你一样依你胡闹。"

小八跟没听到一样往他旁边挤了挤。它黏司漂，喜欢把头埋进翅膀里睡在司漂脚边。司漂时常坐在这个台阶上，翻着她家里给她布置的作业。

小八习惯性地也要来蹭坐在台阶上的沿闻屿。沿闻屿把它往旁边一撑："行了，去睡了。"他站起来，看了看呆头呆脑的小八。

小八不太明白，它是只不怎么爱睡觉的海鸟，家里有人的时候就喜欢黏着撒娇。

沿闻屿叹了口气，又蹲下，像是耐心地哄道："她不会来了，小八。"

他又自言自语道："你会有点难过，对吗？"

老柴走了，阮汕走了，后来郭凡也走了。

说起沿闻屿，司漂抓着栾筝骂了一礼拜他的狼心狗肺。

后来司漂就真的没有再去找他，只是偶尔跟同学去KTV的时候，在那儿遇到过他一次。

他喝得烂醉如泥，趴在洗手台上呕吐不止。

司漂远远望着他，对上他又恢复如初的眼神，警告着她不要过来。

还有一次，她跟朋友循着桑谭岛的环岛公路攀上北高峰的山顶，却在坍塌的地貌上，看到驱车征服山脊的他。

司漂看到沿闻屿飞驰在蜿蜒狭窄不平的山脊小路上，不敢多看。她可怕地发现，沿闻屿和她的人生，真的渐行渐远。

03

春节，王贞带着司漂回了一趟昌京。

司荒年外拍回来，王贞和他这些年虽然关系不好，但看在司漂的面子上，王贞今年过年算是松了口，带司漂回去看看。

司荒年和司奶奶知道司漂回来了，宠得不行，老早就搜刮了一圈大院里的手工特产，不重样地给她准备着。零食瓜果缺一不可，司漂跑在昌京熟悉的街道里，跟好久不见的老同学们说了一肚子又一肚子的话。

若不是司漂从书包里拿出跟老朋友分享的从桑谭岛带回来的各类海鲜、水果干，她都能怅然地以为，自己只是做了个去桑谭岛的梦而已。那里的人和事，只是听别人说过而已。

除夕的那天早上，王贞准许司漂跟司荒年去公园里遛弯。

司漂和司荒年心领神会，两人一对眼，出去的时候司漂就已经把相机藏在了自己包里。

司荒年一脚油门带司漂去了南山寺的大殿。

南山寺地势较高，司漂到山脚下时还是薄薄一层雪，到南山寺大殿时雪已经积得半人高了。

司漂站在漫天雪地里。

她最爱昌京的雪了，跟春天洋槐花开的时候一模一样。在桑谭岛的近两年的时间里，她没看过雪。

"桑谭岛怎么会下雪呢。"她忽然想起沿闻屿在桑谭岛特有的阴冷潮湿的"冬天"里说过的话。

"桑谭岛有烈日高照、狂风暴雨，甚至有冰雹雷鸣，所有的天气都来得声势浩大，唯独没有你所说的雪。"

"下雪很美。"司漂当时是那样回他的，"下雪的时候，意味着新的一年就要来临了，下雪也寓意着平安喜乐，事事顺遂。"

"若是下雪真的有你说的那么好，我倒是想去看看。"

…………

司漂望着漫天雪花发呆。

司荒年已经拍了好几张照片，拿过来给司漂看："漂，瞧你爸拍的冬雪、蜡梅。"

司荒年指了指照片:"这儿还有你呢。"

司漂看到自己的身影镶嵌在雪景里,才发现自己不再是从前她经常照镜子暗暗苦恼为什么长不高的自己。

原来不知不觉中,她的头发已经快长到了腰,她变得高挑,眉眼的少女感充盈在她褪去婴儿肥的五官里,她站在那儿,是人群里不能忽视的存在。

"外面雪下太大了,我们去寺里躲躲雪,顺便爸再去求个签,保佑我们一家人平平安安的。"

司荒年携着司漂往殿内走。

殿内香火缭绕,即便是在这样的天气里,香客依旧络绎不绝。

司漂不信神,不信佛。司荒年念念不忘地让司漂抽一签求吉利。她拗不过他,敷衍地排队站在一行人后面。

"司漂?这么巧?"

司漂听到有人叫她,一回头竟然发现是刘老师。

"刘老师您怎么在这儿?"

老刘扶了扶眼镜:"哦,今年带着孩子们回奶奶家。"

"您老家是昌京的?"

"不然我怎么是你妈妈的同学呢?"老刘笑笑。

司漂点点头,要让出一条路来:"新年快乐,刘老师。"

"新年快乐。"

"对了。"老刘走之前转过身体,"你跟沿闻屿还有联系吗?"

"什么?"司漂惊讶于老刘对他们关系网的熟悉。

"就是看你们平时比较好,我以为你知道他家的事,我联系不上他,还想让你帮忙传个话。"

"怎么了?"司漂带着私心地说着谎言,"我还能帮您传到信息。"

老刘扶了扶眼镜,低声说:"前些天一群人上门要债,听说把他那只鸟弄死了,他不眠不休地往人家家里闹呢,据说大年三十都不安生,唉。

"你劝劝他。要不就算了,总归只是一只鸟,这会儿人家说要告他呢,他家里人又帮不上忙,没必要跟他们犟,吃亏的是自己。

"太年轻气盛,是要吃苦头的,你跟他说说。"

巨大的信息量在司漂的脑海里爆炸。桑谭岛没有司漂,也没有小八了,只有沿闻屿了。

司漂想起那总伏在她脚边撒娇的小八，扶着脑袋看着她的沿闻屿。那样的场景想起来的时候，真的恍如隔世。

"司漂？"老刘碰了碰走神的司漂，"到你了。"

司漂鬼使神差地跪在金碧辉煌的大殿里，第一次如此全心全意地希望心里记挂的人，一世安好，事事顺遂。

起重器把汽车机械底盘顶起，沿闻屿躺在车身下，嘴里咬着个高亮度的矿灯，卸下横拉杆球头上的螺钉，将暴露在空气外面的齿轮卸下，又装上定制的横拉杆球头。

做好这一切，他才听到门外有敲门的声音。

起先他以为是那帮讨债的人，他关了灯从车底出来，随手拿了院子里跟手臂粗的钢管，倚在门后，听着响动。

直到敲门声再次响起，不似那帮人蛮烈。沿闻屿把门开了一条小缝，伸手就把外面的人拉进来，直接抓过她的脖颈，把她反面扣在自己身下。

"来我这里干吗？"他扣着瘦小的人的手背，压制着问她。

"疼。"直到手肘关节下的人隐忍地发出这声响，沿闻屿才认出人来。他把人扳正，惊讶于来人，"司漂？你来干什么？"

他随即把她放开，往后退了一步。

司漂捡起自己的书包，书包里鼓鼓的。

"我来找你。"司漂拍拍腿上的灰，跟个没事人一样笑得风淡云轻的。

"找我？"沿闻屿用疏远的神情装点自己，把脸上刚刚动容的神色收了起来，"找我做什么，我不是说了让你别来找我。"

"我……"司漂话到嘴边，被他这副疏离的样子吓到。过了几秒，她把怯懦的情绪消化了。

"我来祝你新年快乐。"她寻了个理由。

沿闻屿拎过她的包，抓过她的手臂，把她整个人往屋子外面拐。

"我收到了，你回家吧。"他把包往她怀里一掷，直接把门关上。

"沿闻屿，我话还没说完呢。"司漂一直敲着门，可里面的人却跟没听见似的。

沿闻屿任由司漂断断续续地在外敲着门，他继续埋头做手里的活。

做都做了，坚持都坚持了这么久了，他今天去开了门放她进来，一切就都会回到原点。沿闻屿努力集中注意力，不再理会外面的任何声音。只是他刚放下螺丝刀,外面有几个男人边嚷嚷着,边迈着步子往这边走来。

沿闻屿往窗外看去,发现那个小小身影还在那儿。他走到门边,开了门,又把司漂拉回来。

司漂本来泄了气地在门口垂头哀叹,没想到门一开,她又被拉了回来。她被沿闻屿抵在门后,他虚掩着门看着外面的情况。司漂微微一抬眼,就能对上他的喉结,看到他线条利落的下颌线。

只是下一秒,她就听见了越来越近的咒骂声。

"我就不信大过年的这小子也不回家。"

"大哥,有灯光,有人!"

"给我把门撞开!

沿闻屿往前用身体顶着门。

司漂费力地也用手支撑着门,她的心"怦怦"直跳,她不知道等会儿他们要是冲进来,她是直接拿板凳砸,还是先跑去厨房里拿把刀出来。

沿闻屿低头,锐利的目光在接触到她眼神的时候却突然变得柔和:"司漂,你记得暗道吗?"

"记得。"司漂下意识点点头。

"等会儿你从暗道里走,出去后直接回家,别回头。"

沿闻屿再次跟她确认:"听到了吗?

"我倒数三个数,你快去。"

沿闻屿开始数数:"三——"他用脚钩了一下门边的钢管,"二——"门外的人在加大力气,"一!"

他数完的一瞬间,司漂刚好侧身进了暗道。

"快走!"他说完这句话的时候,就松开了抵住门的力道。

外面推门的人,似是没想到沿闻屿把他们放进来,冲进屋子之后反应了好一会儿。

带头的脸上有个疤,司漂听郭凡说过,那天拿了杨谣的钱绑了梁闯的人就是他。司漂合上暗道的门,露出一条缝,她没有立即走。

"怎的,火急火燎地来赶着给我拜年?"沿闻屿站在原地,手里的钢管有一下没一下地敲着地面,震得人脑壳"嗡嗡"的。

"我告诉你沿闻屿,你爸欠下的钱你一分都别想赖。"

"谁不知道我沿闻屿没家没口的,不知道你嘴里的我爸是谁,你要见了,麻烦你告诉他一声,他儿子没生活费了。"

"可以啊,小子,你可以不认你爸,可我们认。父债子偿,天经地义。今天我就跟你旧账新账一起算了。"

他伸手就是一拳,旁边的人一推搡,沿闻屿跟摊泥似的直直地朝着这边暗门倒来。

这一拳落在沿闻屿脸上,他牙龈顿时就出了血。

隔着门缝隙,他们都能看到彼此。司漂再次看到了沿闻屿眼里的警告,她甚至觉得,沿闻屿是故意的,他只是借着被打的工夫,过来告诫自己。

他侧身,把门缝堵得严严实实:"这一拳我受了,为的是他欠你的债,你最好识相点,不然你欠我的债,不是一拳就能解决的。"

司漂知道,她越在这里,对沿闻屿越不好。他这番话既是对屋子里的人说的,也是对她说的。

她不再犹豫,转头,弓着身体从暗道里往外走。

沿闻屿知道司漂走了,才转过来,舌尖抵过口腔里的血块,侧头往外一吐,这才把手里的钢管扬起来。

"刀疤,小八的命你该赔吧。"

"又是那只鸟,沿闻屿你有完没完,我说了我不小心的,我真是不小心。大不了我赔你,你欠了那么多钱。抵了你也是欠我的吧!"

"你搞清楚了,沿途欠你钱,我沿闻屿可不欠你钱。既然你要算账,梁闯的事、小八的事,就一块算算吧。"

"你真以为自己是超人呢,我今天不跟你掰扯这些,我们十几个人还能怕了你!"

刀疤掀了桌子就要过来,他们都带了利器,乱棍之中,沿闻屿没顾得上别人,他目标明确地过去抓刀疤。

刀疤看到穿过人群来势汹汹的沿闻屿,突然觉得害怕了,赤脚的不怕穿鞋的,现在别说十个人了,一百个人都挡不住他要过来找自己算账的心。

"等、等等。"他反面扑腾,近乎是连滚带爬,"我走,我不来了,就这样,咱俩扯平了。"

沿闻屿没让刀疤走,用手肘死死地勒住刀疤的脖子:"我替小八要你一条腿,不过分。"他随即换了个姿势,反身掰起刀疤的脚。

"拦住他,拦住他。"刀疤吓得连连大叫。

一群人顿时慌了神,手上有棍子的用蛮力驱打着沿闻屿,可他就像是发疯一样，不松手。

"啊！"刀疤大叫一声，他的腿无力地垂落在地上，痛苦扭着自己的上半身，"快，快送我去医院。"

他努力地把头扭过来，看了看沿闻屿，嚷嚷着说："你不怕疼啊？"

刀疤被架着抬出去，走过沿闻屿身边的时候，扫了他一眼，肿着半张脸："你不去医院看看？"

沿闻屿把手上当拳套的绷带解下来，随即扎在自己的指关节上："我又没伤着。"

"去看看神经。"刀疤突然语重心长，"看看你痛觉神经坏死没有。"

"你是觉得还不够？"

"别，咱俩就当扯平，我服你，往后我见了你绕道走，行不？这样吧，要不我们交个朋友，正所谓不打不相识……"

"你要再不去接，你的腿就接不上了。"沿闻屿淡淡地回了一句。

"走走走。"刀疤忙使唤手下把自己抬出去，他觉得沿闻屿这个人，说到做到还真不是吓唬他。

"这小子有点能耐的。"出来的时候其中一个跟班补充道。

刀疤被几个人架着，还腾出手拍了一下旁边人的头："一群废物，你们要是有那小子一半的倔，我至于混成这样？"

他们骂骂咧咧走了之后，司漂才敢再次回来。

她没走远，就躲在不远的地方，她不确定沿闻屿会不会也被带走。她等到人走了之后，才偷摸地蹭进屋子里。

屋里灯光昏暗，司漂借着光看到院子里的花草几乎都被碾碎，乱七八糟的家具滚了一地。她停在门沿旁，试探性地问着："沿闻屿？"

屋子里没人应她。

司漂心里有些害怕，他该不会是出什么事了吧。

她估摸着他可能在楼上，于是她摸黑往楼梯走去，刚踏上两级楼梯的时候，脚踝上传来冰凉的触感。

她吓了一跳。

"我在这儿。"沿闻屿的手抓住司漂的脚踝。

听到沿闻屿的声音，司漂才摸黑打开了大灯。

"怎么伤成这样？"司漂蹲在地上，她着急地想要拉沿闻屿起来，"我们去医院吧，沿闻屿。"

他没什么表情,甩了司漂的手:"不是让你走?你回来干吗?"

"我……"司漂咬了咬嘴唇,沿闻屿赶她走的想法显然没有翻篇。

"我们也算是出生入死的情谊了。"她试图浑水摸鱼地掰扯,"你还要赶我走吗?沿闻屿。"

"我从昌京飞回来,买了最后一班轮渡,一个人漂到这里来找你,我只想跟你一起过今年的除夕。既然我都这么好了,你能不能……不要赶我走?"她看着他。

沿闻屿不敢看她的眼睛,他害怕看到她的眼睛里就要软弱下来答应她的自己。

"你看到了,我不需要。

"司漂,我有自己的生活方式,我的生活方式,就是不需要你。"沿闻屿别过头去。

司漂傻在那里,她那点自以为是可怜兮兮的小技巧,没用。

"你走吧。"沿闻屿还在赶她。

司漂垂目,艰难地抓过自己的包,她忍住没让眼泪掉下来。

她不管不顾地买了飞机票离开昌京时王贞的歇斯底里,以及在万家团聚的日子里一个人跨越几千公里来到这里。

他若是今晚赶她走了,那真是狠心又绝情地再一次把她拒之门外。司漂试图用其他的东西来转移自己心口涌上来的苦涩。

她摸到了自己的包,差点没想起来自己的来意。司漂把包打开,把里面一个精巧的盒子拿出来,放在桌面上。是个便携式的恒温箱。

"这是小狮子。

"我知道你跟我一样想念小八,我把它留给你。

"它陪了我很久很久,不开心的时候逗逗它,心情就会变得很好。我马上就要离开桑谭岛了,上了大学也不方便带着它,我妈妈也不让我养,现在让它陪沿闻屿吧。"司漂低头对着小恒温箱里的东西像是自言自语。

她把精巧的恒温箱放下,里面温暖的灯光里住着一条火红色的非洲蜥蜴。

"你要赶我走可以,但是你能留下它吗?"司漂站在原地等准许。

沿闻屿没说话。

司漂不再继续说了,她知道,他会留下的。

司漂揩了一把眼泪，背起包，往外走。

她合上门，回头看了一眼，在万家灯火璀璨的黑夜里，沿闻屿的家显得尤为孤单和静谧。

司漂走了好一会儿后，沿闻屿才从地上费力地起来。

他举起还能使劲儿的手，单手拿过药箱，夹在胳膊下，把需要的药拿出来给自己胡乱涂上，随即丢在还剩下三条腿的桌子上，他眼神落在那个恒温箱上。

箱子小小的，发出温暖的橙黄色的光。沿闻屿往箱子里扫了一眼，就和里面那个奇怪的小生物对上了。

那小小的鬃狮蜥通身呈火红色，像是被刚才一场不小的"浩劫"吓得没反应过来，缩着头好奇地张望着。

它屏息凝神地和沿闻屿对望着，几秒后竟然摆着爪子跟他打招呼，很是通人性。

"傻东西，讨好我不如给你主人发个消息，让她回来把你带走，省得在我这儿受苦。"

他脱了黑色的贴身长T，露出结实紧致的肌肉，依旧对着蜥蜴讲话："我可护不了你，哪天要是人家砸上门来，你记得自己跑。"

火红小蜥蜴摆摆尾巴，歪着头像是不服。沿闻屿看它那倔强的样子，轻笑了声："你倒还挺像她。"

沿闻屿下意识地望了望窗外。天黑得像一团无尽的浓雾，门外的身影不在了，想必是真的走了。

沿闻屿努力克制自己不去想司漂是怀着怎么样的心情来见他，努力克制自己不去担心她的安稳，努力克制自己不要想着跟她的人生再有什么扯不清的交缠。

别再让一切回头了，若是今晚的事情再来一次，他一点都不确信自己还能不能保护她。

"她走了。"沿闻屿对着小狮子说，"别看了。"

"你陪了她很久？"沿闻屿绑好了一只手，用下巴抵在冰凉的桌子上，耷拉着眼皮看着箱子里的小动物。

沿闻屿用另一只手的手指头敲了敲恒温箱的小玻璃面罩："那你就留

在这里,留在这个破败的屋子里,留在沿闻屿不成功的人生里。"

他的目光转移到窗外升腾而起的烟火上,那是团圆夜里一家人对于新年赋予的最有仪式感的意义。

伤口的痛楚依旧还在,他去洗手间用凉水随意抹了一把脸,再出来的时候,夜幕依旧缀着五彩的烟花。

他打开被推搡得歪歪扭扭的冰箱,从里面拿了一瓶冰啤酒。

他坐在院门台阶上,易拉罐啤酒一开,仰头痛喝,背后院子里碎了一地的玻璃他也懒得收拾了,此时此刻他也不由得自嘲,你看,新的一年,还是这样狼狈,这样不堪一击。

他没了兴致,从台阶上起来,转身时却在此起彼伏的烟花炸裂声中听到有人敲门。

沿闻屿起先以为是自己听错了,仔细分辨了之后发现不是。他有些疑惑,又有些警惕,走到院子,表情极为不爽地开门。一开门,他傻眼了。

司漂手里抓着一堆光芒四射的烟花棒,那些烟花棒随着她的摆动像是宇宙洪荒里跌落的流星。她高高地扬着双手,把绚烂绽放的烟花棒举过头顶,大声喊道:"沿闻屿,新年快乐!

"一起放烟花好吗?"

沿闻屿在原地看着她,真的愣住了。他内心缓了一会儿后突然醒悟,原来他一直在渴望她回来。所有的倔强和不安,抗拒和悲伤都是他渴望的表达。

司漂抓起他的手,往外走了几步,把手里的烟花棒递给他:"去海边吗?"

她怂恿道:"去海边放烟花吧。我超想去的。"

沿闻屿看了看她手里即将燃完的烟花,从她手里拿过未开封的一束:"你哪儿来的打火机?"

司漂见沿闻屿拿过了烟花,知道他答应了,从裤兜里掏出一个灰黑色的打火机盒子。

"捡的。"她义正词严。

"走吧,不然来不及了。"司漂着急。

司漂跑在前头,持续不断的烟花在她头顶的海岸上空持续炸裂。她甩了板鞋,赤脚在被烟花映得金灿灿的沙滩上奔跑。

沿闻屿驻足在原地,他只想把眼前的这番场景好好地烙印在自己的脑海里。

她抬头望着漫天烟火,随风舞动的长发在她回眸的时候遮住她半张脸,娇俏的鼻尖被冻得发红,唇色淡薄,却意外撩人。

她像是想到了什么,跑回来从自己的口袋里拿出一串东西:"给你的平安绳。"

沿闻屿笑着停在那儿摇头:"司漂,我不信。"

"我也不信。"司漂解着绳子,心道:但如果是关于你的事,我宁可信其有。

那是一根再普通不过的红绳子,沿闻屿似乎都能感受到它或许就来自任何一个贩卖噱头欺骗香客的小摊贩上。

你去任何一个景区或者去任何一个夜市的摊贩上,花个几块钱或许都能买上一大包。

眼前的姑娘虔诚地把红绳在他手腕上绕了两圈,长长的睫毛根根分明,就连落影都无比安静。

"好了。"司漂似是松了一口气。

"司漂,"沿闻屿柔声说,"你一个人从昌京赶回来,就是为了给我这个?"

"还有小狮子啊。"她无辜地嗔怪他,"一个人回来,要坐飞机,要坐车要坐船,要倒腾一天,天黑了才能上岛。"

司漂帮他整理着红绳上多出来的线头。

沿闻屿心里空荡荡的那一块,感觉被一点点填补,但他还是要冷淡地说道:"你家里人一定急坏了,你不能这样乱跑。"

"嗯。"司漂点点头,"他们肯定很生气。"

"不过我很任性。"司漂仰头看沿闻屿,"这一点,我跟你如出一辙。"

"是。"沿闻屿看着她。

他清了清嗓子,转身不再与她面对面,望着夜里莫名着一层粉色荧光的大海,转移着话题。

"司漂,你的新年愿望是什么?"

"愿望?"司漂侧头看他,"什么是愿望?"

沿闻屿笑骂她:"赶紧的,愿望就是你暂时无法拥有却又无比渴望实现的东西。"

司漂重复了一句:"无法拥有却又无比渴望实现的东西——和沿闻屿一起高考。"

第五章：初吻
再没人像她的初吻一样，充满苦涩、绝望

01

司漂没想到，踏进教室时，竟然看到了早早地坐在那里扶着脑袋望着自己的沿闻屿。

司漂傻在原地。

沿闻屿却吊儿郎当地把自己桌子旁边的位置挪出来，对她抬了抬眼："我是新转来的，你要不要坐我旁边帮扶帮扶我的学习？

"乐于助人，团结友爱的事情，理综考满分的司漂同学应该不会拒绝吧？"

沿闻屿回学校复读的消息一传开，教室窗外一大群吃瓜群众就围得水泄不通。

"怎么傻了？不是说考昌京大学，别临到头了松懈了啊。"

司漂动作麻利地坐下："讲！"又极认真地补上一句，"沿闻屿，我一定带你离开桑谭岛。"

沿闻屿插着口袋，笑着骂她："在这儿等着我呢，套路一套又一套的。"

他回来上学，没有别的目的，只是想把他仅有的无虑的时光，全都给她。

不管他再怎么去珍惜，去把握，时光还是悄无声息地溜走了。

高考前的最后一天，司漂把写完的卷子垒成一人高，搬到猴子准备的那个小三轮车里。

沿闻屿在身后帮她，神情倒有些不乐意："拿回去做什么，等到考完了，直接卖给保安大爷多省事。"

"怎么可以。"司漂怀里抱着高度都要超过她脖子的书，艰难地回过半个头，"那里头还有好些你写的呢。"

她转头的时候，原本用下巴抵着的那本书掉了下来。

沿闻屿把自己的书放在一旁的乒乓球桌上，弯下腰把掉在地上的书捡起来，塞在她的下巴下面。"你若是想要，下次给你再写就是了，何必把这些都搬回家呢。"

下次？司漂没接话，稳了稳身体，把这些东西一股脑儿地都丢到三轮车上。

"沿闻屿，我想吃冰激凌。"她看了看毒辣的日头。

"使唤我使唤得真自觉。"沿闻屿把三轮车上的书码得整整齐齐的，嘴上抱怨了两句，倒是走去了小卖部里，捎了一根冰激凌回来。

"明天要高考了。"司漂坐在三轮车上舔着冰激凌，"你紧张吗？"

"我都考过一遍了。"沿闻屿没穿校服，套了件松垮的白T，一只脚挨在那车尾，防止车子重心不稳侧翻。

"那这次去考吗？"司漂突然停下了吃冰激凌的动作。

其实沿闻屿没想好。

"去吧。"司漂突然变得小心翼翼，"几乎没有人的班级里会有一个只读书不参加高考的人，我不要我的高中经历如此奇葩。"

"沿闻屿，既然都已经开始了，开始迈出第一步了，为什么不再继续试试呢？"她从车上下来，直直地站在他面前。

沿闻屿用脚抵着的车子失去了重物，不由得往外晃了晃。

她说得很有道理，一步一步来，那些平日里的作业，他也替司漂七七八八地做了一些，高考虽不是他最看重的事情，但如果只是让她一个人上了考场，多少都是会有些遗憾的。

"若是你不去，我连对答案的人都没有，你知道的，我只相信你的答案。"司漂真正想说的是，你不去，我的人生真的会很有遗憾。

她手里的冰激凌就要化了，但是她的眼神没往那儿瞟，只是紧张又担忧地看着沿闻屿。

"去。"

"太好了！沿闻屿你一定会喜欢昌京的雪和洋槐花的。"

司漂高兴地跳上车头,在前头用力蹬车。

"哪有小姑娘这么蹬三轮车的。"沿闻屿在后面笑喊她。

司漂虽然个子抽了条,但用力蹬装满书的三轮车时,三轮车还是晃晃悠悠的,跟要散架似的。

司漂最后被抓的时候,跟只小鸡崽一样缩着脖子,耷拉着眉眼。

她现在只得厌着,在沿闻屿冷酷又严厉的"注视"下,推着车子往家的方向走去。

"沿闻屿,好重啊。"她试图攻心。

"自己推。"沿闻屿在前面扶着车头掌控方向。

司漂见他半点心软的样子也没有,认命地一边推着车,一边四处看看风景打发打发时间。

又是一个夏天,太阳就要沉落到海面上,从云层里透出来的光把整片天空染成粉杏色。他们走在那些云层的后面,就像活在远离烦恼的虚无世界。

只是司漂这随意一瞟,却看见一个奇怪的人。

远远看过去,那人大约一米七五的样子,身形偏壮,光头,后脑勺文了个面目狰狞的蝎子。明明距离那么远,司漂大脑里却突然浮现出那个图案,那个蝎子有两个头,高高的蝎尾翘起来。她停在原地想了好一会儿,总觉得似曾相识。

"怎么了?"沿闻屿见司漂好半天没挪动步子,顺着她的目光看去。

他也看到了远处的一帮人,他的神态变得警惕和严肃:"司漂,我过去一下,你能自己回家吗?"

司漂这才看到在那个男人旁边,还站着一个她见过的人——沿闻屿他爸。

"我可以。"司漂点点头,"你去吧。"

"好。"沿闻屿拍了拍她的肩膀,"你先回家。"

他朝那帮人走去。

"沿闻屿,"司漂突然叫住他,"你明天会来考试吧?"

沿闻屿看了看那边似要吵起来的一群人,又回头看了看司漂。

"会。"

他的背影从粉色的云彩中离开,融在真实的人间里。

第二天，王贞一大早就起来给司漂做了丰盛的早饭，走之前还不忘在她兜里揣了两个鸡蛋。

"漂，加油。"

"妈，我会的，我爸什么时候来啊，本来不是说昨晚就会到吗？"

"你还不知道你爸有多不靠谱吗，我都不指望他能来，说好一起来给女儿高考打气的，结果给我打电话说什么飞机延误啊、堵车啊，理由用了一大堆，总之他能在你把所有科目考完之前到，我就已经谢天谢地了。咱不管他，妈妈在也一样，小漂你不要想那么多，妈妈相信你的。"今天的王贞倒是格外温柔。

"好，那我走了，妈。"

"准考证带了吗，再检查一遍，往年啊因为没带准考证而耽误考试的例子一抓一大把，你可要拿好了。"

"带了带了。"司漂拍了拍书包，"准考证就是我的生命。"

"哟，这天要下雨了。"王贞望了望外面阴恻恻的天气，从门边拿过一把伞，"带上伞，时间不早了，快走吧。"

司漂出了门，路上开始下起了雨。

她家门口这条街是去学校的必经之路，现在已经挤满了各种各样的车子，都摁着喇叭催促着。

司漂暗自庆幸自己只要走着去上学就好。

她提早到了，在学校外面的考场分布图上找着沿闻屿的名字。他和她竟然在同一个考场，实在是很巧。

司漂怀里还揣着两个蛋，她没有直接进去，而是在考场外面等沿闻屿。她在等他来，想跟他一起进去。

司漂站在那里，满目都是花花绿绿的伞，考生们紧张又期待的脸藏在伞下，像经历寒冬的花骨朵一样，迫不及待地想要绽放。

一拨又一拨的人进去了，司漂没有看到沿闻屿。

穿着雨衣的考场工作人员注意到她，上来关心地问："同学，你为什么不进去，是没有带准考证吗？"

司漂摇摇头："我等人。"

"你快进去吧，考试快开始了。"

"我再等五分钟。"司漂看了看表，央求道。

雨越下越大，司漂口袋里的鸡蛋都冷了，她依旧站在那里。沿闻屿说他会来的，他就一定会来。

"走了，同学，再不进去真的就不能进去了。"旁边的志愿者再次劝说。

司漂几乎是被他们架着朝考场里走去的，她身体被他们架着往前走，脑袋却不由得往后转。

"等等，他来了。"

司漂挣脱他们，往前跑向沿闻屿，沿闻屿连忙把自己的伞递到她面前。

"对不起，司漂，我来晚了。"他掸了掸落在她头上的水花，"你怎么不先进去？"

司漂眨巴眨巴睫毛上的水汽："我有两个蛋，你要吃吗？"

"傻子，"沿闻屿撑着伞跟她一起往前走，"我吃过早饭了。"

她翻着包里的准考证，递给巡考老师："我以为你不来了。"

沿闻屿把自己的准考证也递上："我答应过你，一定是作数的。"

司漂看到了准考证上的沿闻屿，应该是他高一的入学照片。

眉清目秀，英气逼人，彼时还有着鲜衣少年的光亮。

等高考成绩的这段时间，是最没有压力的时间。

栾筝也回到了桑谭岛，说她想去考个电影学院，当个编剧什么的就挺好，实在不行，去当个经纪人也是很不错的。

她从桑城给司漂带回来了很多好看的衣服。司漂扯着一屋子泡泡袖和吊带娃娃裙："栾筝，你说我们晚上去看流星，我穿这些会不会太暴露了？"

"现在女孩都这么穿。我看社交媒体上的那些博主什么的都这么穿，很潮的。"

"那你怎么不穿？"

栾筝拿着裙子在司漂身上比画："我当然想穿啊，不过这裙子对比色太低了，不适合我，我皮肤太黑。"

栾筝绕了一圈换了一件又一件地在司漂身上比画："不过真的好适合你啊，我算是知道了，你这张脸，就是标准的天然甜美。"

司漂研究了一下那条奶黄色的宽边吊带小裙子，微微敞开的蛋糕裙一圈一圈地从她的腰身延展到膝盖，露出她纤瘦的手臂和流畅的肩颈线。

她换好一出来，栾筝就对着她咂嘴。

她绾过司漂披散下来的发，给司漂扎了两个低低的麻花辫，又把麻花辫往上一卷，用发卡固定好了藏在一个低调的黑色蝴蝶结的后面。

她微微弯曲的刘海落在额头，其他的头发被绾起来，露出她巴掌大的小脸，漂亮的眼睛微微向下，抬眼望人的时候配上她那条宽边吊带蛋糕娃娃裙，实在是太引诱直男的心了。

栾筝绕着司漂"啧啧"称赞："甜妹啊甜妹，你这样真的很能激发人的保护欲啊。"

司漂对着镜子转了一圈，嫌弃地望着栾筝："栾筝，你口水都要流下来了。"

"还要这个！"栾筝也不理会司漂的嫌弃，从自己的包里掏出一支口红。

"夏日限定，'玫瑰红茶冻色'，这是被买断的色号。"她拧开口红盖子，细心地涂抹在司漂的嘴唇上。

司漂望着镜子里有些陌生的自己，的确很漂亮。

她期待今晚的流星雨。

晚上是一次盛大的聚会。

郭凡他们放了暑假，跟迁徙的海鸟一样，从全国各地赶回了这个在地图上几乎找不到的"无名"小岛。

郭凡把头发染回了黑色，还学着文艺青年随手带着一本泰戈尔的《飞鸟集》，故作深沉地在那里仰天发愁。

"装，还在这儿装呢！"老柴过来，对着他后脑勺就是一掌，"平时在朋友圈拗人设也就算了，在我跟前你还装呢，你女神又不在这儿！"

"你懂啥。"郭凡把书放下，"我女神说了，文青的情绪是要长在骨子里的，我要时刻熏陶自己。"

老柴摇摇头，拍了拍已经坐在山坡草地上的沿闻屿："你说郭凡是不是读书读傻了，脑子不正常。"

沿闻屿接过话茬："这小子情窦初开，这会儿正入魔道呢，你随他去吧。"草地另一旁的阮汕也附和地点头。

"哇！"那头传来郭凡的大呼小叫。

"又怎么了？又要作诗了？"老柴被郭凡这一声惊呼差点没喊去半条命。

"你是谁家小姑娘，长这么好看，你有男朋友吗？"郭凡丢了他的《飞鸟集》，正站在帐篷边不知道跟谁在说话。

"谁啊？"老柴听说有好看的姑娘，第一个冲过去凑热闹。阮汕也随即跟上。

沿闻屿转过头去，看到了被郭凡挡住的那个人的半个人影。他大概猜中了七八分，从地上起来。

司漂尴尬地看着在她面前搔首弄姿的郭凡，说着些不知道从哪本诗集里摘抄出来的句子，她几次想要打断，都没有得到机会。最后她实在是受不了了："凡子哥，你去看看脑子吧！"

郭凡被她这一声怔住："司漂？"

他不确定地跟旁边的老柴求证："这是司漂吗？"

老柴不解地摇摇头："我不知道啊，有点像，又有点不像。"

阮汕幽幽地说："比司漂高了五厘米，比司漂瘦了一圈，脸比司漂更小一些，皮肤跟司漂差不多白。

"真是司漂啊。"郭凡一拍大腿，"一年多不见你怎么变成了这样？"

"不至于吧，凡子哥，我有让你这么失望吗？"

"不是不是。"郭凡挠挠头。

"去吃烧烤吗，司漂？你柴哥我亲自烤的，要不要去尝尝？"老柴上来说话。

"他那烧烤可难吃了，别理他，你凡子哥我带了天文望远镜，今晚有流星啊，烧烤哪有天文望远镜好玩。"

几个人你一言我一语在司漂耳边不停地循环播放。

沿闻屿站在远处看到在人群中的司漂。她穿了裙子，这应该是他第一次看到她穿裙子。

裙子刚刚到她的膝盖上面，露出她白皙的小腿，腿部线条优美。她把头发盘起来，露出纤细的脖颈、光洁的背，小巧的锁骨、优雅的手臂，站在月光下像是抹了一层流光溢彩的蜜，让人挪不开眼神。

她礼貌地听着旁边叽叽喳喳的一群人的唠叨，时不时弯了弯嘴角。

沿闻屿下意识攥了攥自己的手心。

"司漂。"他走过去几步，唤她的名字。

司漂回应他，脸上的酒窝涤荡开来，笑得让人舒心。她挥了挥手臂："沿闻屿，你快过来，凡子哥跟我讲的大学生活可有意思了。"她晃着手的时候，手臂的线条连带着她瘦削的肩膀微微耸动，她的锁骨那儿瞬间就有了一个几乎能盛水的洼地。沿闻屿无意识地滚了一下喉结，试图挪开眼神。

沿闻屿脱下自己今天披在外面的蓝色牛仔外套，直接搭在司漂的身上，把她整个人都罩住，而后直接牵了她的手，试图让她远离人群。

"沿闻屿，为什么要给我外套，我不冷。"

"驱蚊。"

"驱蚊？"司漂疑惑地眨了眨眼，"那我可以跟凡子哥他们吃烧烤吗？"

"不行。"沿闻屿看了看她，"我给你去拿。"

"还要一罐啤酒。"

沿闻屿回头："还喝酒？"

"嗯呢。"司漂得意，"我成年了。"

沿闻屿听到这话，正打算迈出去的脚往回一收，扭头看她，意味不明地笑了笑。

司漂站在那儿，看着沿闻屿的背影，想到他刚刚的举动，突然就红了脸。司漂晃了晃脑袋。

"流星！"不知是谁先开口喊了一句。

司漂连忙抬头，海边的星空明朗澄澈，银河里有任何一颗开小差的星星不小心掉下来都能看得一清二楚。

司漂看到东边有几道流光划过，她兴奋地叫着："流星！"

她回头，看到手里拿着两串烤串过来的沿闻屿，指着天边嚷嚷道："沿闻屿，你看到流星了吗？真的有流星。"

"看到了。"沿闻屿走了过来，把一串烤馒头递给她，"你许愿了没？"

东边的天空还在时不时掉落着拖着长尾的星星，尾光是碧蓝色，外圈是橙黄的果糖色。

"没。"司漂摇着头啃着馒头，看着那流星越来越远，"小孩子才许愿，成年人才不会对着一种自然现象虔诚地闭上双眼。"

"你还有什么愿望？"沿闻屿没忍住轻甩了她的小辫子。

"我许的这个愿，成真不了。"司漂咬着馒头。

"怎么会？"沿闻屿觉得司漂有时候傻里傻气的，有时候又莫名地人间清醒。

"什么样的愿望，难度大到让你连许愿都不愿了。"沿闻屿看着她的侧脸问她。

"和沿闻屿一起去昌京上大学。"司漂停下嘴里咀嚼的动作，回头看他。

"这个愿望，是不是实现不了？"她带点笑意地看着沿闻屿。

他愣在那儿。

跟她一起去昌京上大学吗,那真的是个好美好的未来啊。

只是他沿闻屿,要怎么配呢?

02

沿闻屿站在码头,岔着腿,没有重点地扫视了一圈正要出港的船只。

在一艘高高的私人客船上面,两个男人趴在甲板的围栏上,俯瞰着身下破败的船只。

"沿老板,我真得感谢你,你朋友的船条件不错,我的那些孩子睡得舒服,也不吵闹了,长途出行,选择合适的交通工具实在是太重要了。"

"洋哥,我说了,我只负责租船,别的事我什么都不知道,您也别告诉我。"沿途的衣角被风吹起翻飞跳跃,他眼神苍老了几分,却不耽误他死盯着码头上的那位青年。

"看起来牢里的日子给你带来的惊吓不小啊。"那个头上画了个蝎子的男人笑了笑。

"租一艘船,把我欠的债都还了,天底下有那么好的事?我沿途不傻。"

"你是个聪明人,可你儿子跟你比起来,就差太多了。"那个叫洋哥的人指了指一直站在甲板上的沿闻屿,"他盯着我的人,盯了很久。"

"他不是盯你,他是盯我,怕我再给他欠债,盯着我的往来,从我出狱以来他就盯着。"

"他恨你?"洋哥突然说,"听说是他亲手把你送进牢里的?"

"白眼狼。"沿途骂了一句,收回自己的手,背对着码头,"早知道他这么克我,就不该把他生下来。"

"那你那天怎么不把他一起推下海去?"洋哥冷冷地干笑了两声,从烟雾缭绕中问道。

"你觉得我们这样的人,活着痛苦还是死了痛苦?"沿途也回他两声干笑。

"放心吧,你们的船离开这里,他就再也不会找你们麻烦了。"

"为什么?"

"为什么?"沿途重复着洋哥的话,脸上露出一个轻慢的笑,他笑问,"你知道怎么驯服狼吗?从他还没有还手之力的时候,把恐惧和服从种在他的心里。"

洋哥没有附和，审视的眼神越过眼前的沿途看向岸边的沿闻屿。

沿闻屿望着一艘一艘离开的船，望着客船上和岸边上因为离别相互依存的人们说着再见，有些恍惚。

郭凡从一艘小游艇上出来，检查好所有的救生设备之后，出来拍了拍沿闻屿的肩膀："都准备好了，屿哥。"

郭凡碰到沿闻屿肩膀的时候，才发现他身体僵直。他看了看神色不太好的沿闻屿，有些打退堂鼓："屿哥，要不算了，没必要。"

"试试吧。"沿闻屿一脚踩在游艇的甲板上，船体的晃动顿时让他下意识地抓着郭凡。

"去舱里好一些。"郭凡扶着他往舱里走，"等一会儿开船的时候，你一定要望着远处，对了晕船药吃了吗？"

"吃了。"沿闻屿坐在船舱里，抓住旁边的扶手。

"那我、那我开船去了？"

"去吧。"沿闻屿闭着眼睛，点点头。

郭凡担忧地看一眼，回头去了船舱。

郭凡刚一发动发动机，船身开始往外移动，沿闻屿就感觉脚下顿时失去了重心。

景物开始倒退，水波开始异动，他的脑子里全是靠近螺旋桨的船舱里发出的刺耳的声音。他觉得眼前一黑，滔天的巨浪就要袭来，摇摆不定的船只马上就要倾倒，他被飓风刮到船舱外的甲板上，腰身撞上重重的桅杆。

"小屿！小屿！"

歇斯底里的声音叫嚣着充斥自己的耳膜，随着大浪打过来的海水一波又一波。沿闻屿觉得自己的脑袋就要炸裂了，他纵身一跃，跌入海面。

直到包容一切的大海，把这些嘈杂和痛苦隔绝在外，他才感觉到那些近乎要吞噬他的剧烈头疼逐渐远去。

郭凡在驾驶室听到后面传来的落水的声音，叹着气，摇了摇头。他掉头回了岸上，从船舱里拿出块毛巾，等囚海的人上了岸，才把毛巾递给沿闻屿。

"屿哥，不着急。"

沿闻屿身上的海水从头淌到脚上，他抓过郭凡递上来的毛巾，胡乱擦了一通之后，才在那儿顺着气。

放在船舱里的手机振动了好几下，沿闻屿抬眼看了看来电人，接起来，清了清嗓子："喂，司漂。"

"沿闻屿，你在家吗？出成绩了！我考得比我预计的好，老刘说去昌京大学没问题！"

"真的吗？"司漂听到那头沿闻屿的声音上扬，好像也在为自己高兴，"恭喜你啊，司漂。"

"你呢，沿闻屿，你考了多少分啊？"

"喂？你有在听吗？"

"我在。"那头的声音清冽好听，"我回家查一下。"

"好，我晚一点来海边，来你家院子会合。"

他挂了电话，望着漂浮在海面上形单影只的帆船发呆。直到那血红的夕阳浸染到水面以下，泛起一圈圈朱砂般的水晕，他才拿起石子投掷出一环又一环的涟漪，离开了那里。

司漂挂了电话，手舞足蹈地从自己房间里出来，却意外地看到司荒年和王贞两个人都没有出门，坐在桌边很明显就是在等她出来。

司漂有点疑惑，但是没多想："爸、妈，我出去一下。"

"别出去了，你没听新闻说最近又出了几起失踪案吗？"

"那都是不到五岁的孩子，我这么大个人了。"司漂没当回事。

"等一下，小漂。"王贞率先说话，"爸爸妈妈想和你聊聊呢。"

"等我回来吧。"司漂有些着急。

"小漂，"司荒年着急地出声，"爸爸要走了。"

"走？"司漂反应了一会儿，"回昌京了吗？你这么早回吗，不是说等我填完志愿了带我一起回去吗？"

"我——我不打算回昌京了，我打算跟着我的那帮朋友去环球旅行。"司荒年说着这话的时候没敢看司漂。

"环球旅行！"司漂惊呼，"太棒了吧，老爸你可以带我吗？"

司荒年瞟了一眼王贞。

司漂连忙跑到王贞面前，少见地拉着王贞的袖子撒娇："妈，我高考考完了，而且你答应过我的，只要我考第一给你争气，你可以满足我的所有愿望，你能奖励我一次吗？"

"都这种时候了你还闹呢，你非得拗你这种艺术家的人设干什么，你为什么不直接跟你女儿说我们离婚了？"

王贞是个急性子，受不了司荒年拐弯抹角的样子。

"离婚？"司漂傻在那里，"爸，你要跟我妈离婚？"

"小漂，对不起。"

"你们？"司漂错愕地看着他们两个人，"爸，你不是说为了让我安心学习，你特地来桑谭岛陪我妈陪我的吗？"

司荒年没吱声。

"你们是不是早就想好了。"司漂转向王贞，"妈你带着我来桑谭岛的时候，是不是就想好了？"

"小漂，我们是为了你才坚持到今天的，你是爸爸妈妈值得骄傲的孩子，但是我们必须要告诉你，我们不能在一起了。"

"我不要为了我，什么都是为了我，你们什么时候真的为了我。"

"你是个大人了，我们以为你会理解。"

司漂抹了把眼泪："既然你们觉得我是大人了，好，那我自己做决定。我要去报考昌京大学，我要学摄影，我要去做自己喜欢做的事情。

"你说过的，妈你说过的，只要我考第一，只要我努力学习，我长大以后可以做自己想要做的事情。

"你说我可以去自己想去的地方，做自己想做的事情，我就想去昌京大学，我考第一就是为了去昌京大学。"

"司漂！"王贞当下就跟她急了，"我不回昌京，你爸也不在昌京，你一个人去那里干什么？"

"可是哥哥在昌京！"司漂几乎是吼出来。

"你们都忘了是吗，你们都忘记他了是吗？如果有一天他回来了，来昌京找我们怎么办，来昌京怎么办？"

"小漂，"司荒年拉过她，坐在椅子上神色凝重，"十四五年了，你哥哥他或许早就不在昌京了。

"其实出事以后，我和你妈就想换一个地方生活，想要忘记这些让我们全家这辈子都不会开心的记忆。

"小漂，或许对你来说，哥哥只是一个朦胧的背影，但对爸爸妈妈来说，他是我们这辈子难以愈合的伤口。

"我们找了他这么多年，了无音讯，心中的希望几乎毁灭，爸爸妈妈把所有的爱都放在你身上，就是希望你一辈子都能平平安安、开开心心的。"

司漂低着头站在那里，眼里的泪水止不住地就要流下来。她听不进去，只是觉得自己很委屈。

王贞吸了吸鼻子，打开那本志愿填报指南。司漂看到其中几页被翻得有些褶皱，还被折叠做了记号。

"妈妈有个同学在南城的气象局工作，他们那儿每年都会有几个直接从南汀大学直招录取的研究生，我觉得南汀大学的气象学很适合你。

"南汀大学还有妈妈的几个学生，你在那儿上学，按照你的成绩往后保研也是没有问题的。南汀的气象局也是个事业单位，到时候妈妈再跟人说说，别给你安排太辛苦的活儿。

"你爸去做他的艺术家，我把这里的房子卖了，去南汀给你买一个城区的房子。你只要顺顺利利地把妈妈给你铺好的道路走完就好了，好吗小漂？"

"你们问过我的意见吗？"司漂无力地抬头。

"你妈这不就在问你的意见吗？"司荒年帮衬着。

"我说了那么多，你一点想法都没有是吗？"司漂质问司荒年，"还是在一场安排里，你终于变得自由且没有愧疚。

"谁要去南汀大学，谁要去学气象学，谁要借你同学的面子去端事业单位的金饭碗。"

"司漂，你怎么说话呢！"司荒年动了气，提高了嗓音。

"我不去，我宁可在桑谭岛，我也不去！"

王贞动了动嘴唇，一脸错愕："小漂，我们都是为你好。"

"我不是小孩子了，不用一次又一次地哄骗完我之后，又跟我说是为我好，真为我好就应该尊重我的意见。"

司漂甩了门，一个人在近乎要被夜色吞噬的海岸边奔跑着。

她从前对于高考、对于成年、对于自由的幻想全部破碎。

努力学习却依旧去不了心仪的大学，高考之后没有欢畅的庆功宴，只有父母的各自告别和人生又被再次安排的局面。

她冲进迷雾里的小岛，沿着路边长长短短的路灯，一路去了沿闻屿家。

司漂跑进来的时候，沿闻屿正打开一辆车头扭曲、将近报废的黑色方头大众的引擎盖。他起先没注意到司漂的情绪，他只是半俯下身体，修理着引擎盖发动机旁边的导管。

直到听到旁边的人抽抽搭搭的声音，他才放下扳手，回头看她："谁又惹您了，祖宗？"

司漂低着头站在那儿，许久也没有反应。

沿闻屿脱了手套，揩了揩手，想抬起司漂的下巴看看她那憋屈样。他刚一伸手，却发现自己的手上，有着特别显眼的一片污浊，似是刚刚不小心染到了机油。于是他只能单膝微屈地半蹲在地上，自下而上地看着她，却发现她的眼睛又红又肿。

"没有。"

沿闻屿起身："你这是没有？你这撒谎的本事还得学三年。"

司漂把眼泪往里收收，连带着使劲吸着鼻子。沿闻屿见她不肯说，把身后那张放在院子里的小摇椅拉了过来："坐吧。"

"饿了吗？吃饺子吗？"他起身要走向厨房。

"沿闻屿，"司漂几步跑过来，抓着他的手腕，"你查分数了吗？"

她的手腕白皙纤细，跟块雕琢精细的玉一般。沿闻屿看到她就要抓到他有污迹的手腕关节，他往侧边退了退，自然地移开。

沿闻屿转过身来："查了。"

"考得好吗？"

沿闻屿想了想他之前早就收到的短信通知，摇了摇头："不太好。"

司漂沉默了一下。她抓着他手腕的手不自觉地往上移动，指尖攀着他手臂上的静脉微微用力，像是紧张。

"你想去昌京吗？"

"昌京？"

"对。"司漂吞了吞口水，"我是说，跟我一起。我们买一张船票，然后我们什么都不管，我们跨过海岸去陆地。在陆地上，我们骑着街跑，所有的烦恼都追不上我们？好不好？"

沿闻屿看到司漂的鼻尖红红的，原来轻灵的声音带着点哽咽，像是强忍了难过，在祈求他。

坐上轮船，**跨越海峡**，去到大陆，所有的烦恼都赶不上他们？沿闻屿承认，司漂是一等一的造梦家。

他脚踝上的神经突然一颤。

"司漂——"沿闻屿唤了她一声，"先吃点东西好吗？"

"我不要——"司漂摇头，"沿闻屿，我只想听你说，我不想吃东西。"

"我先去洗个手，你瞧，这样的我没法哄你。"沿闻屿摊开自己脏污的手。他依旧带着笑,带着点吊儿郎当的暧昧,试图带着话题东拉西扯、瞒天过海。

若是往日,司漂不再与他争执。但是今天,她太想要一个答案了,一个她藏了两年不敢问不敢面对的问题的答案。

"我不想你哄我,沿闻屿你不要再把我当小孩子,我是真的来解决问题的,不是想要像个小孩子一样过来发脾气。"司漂突然上前,她的手关节握在沿闻屿污浊的手腕上,"如果你不走,那要不我留在桑谭岛吧?"

沿闻屿下意识想要把自己的手抽出来。

司漂加重了力道:"总会有解决办法的是不是,如果世界上这么大都没有你能去的地方,那我就待在这里。"

"司漂,你知道你在说什么吗?你想告诉我,你这个让桑谭岛乃至桑城市都要刻在里程碑里的高考状元,现在要放弃别人难以企及的前程,然后留在桑谭岛当一个笑话吗?你说让我别把你当小孩子,但是你看看你做的事情说的话,像一个思想成熟的成年人该有的结论吗?"

沿闻屿看上去并不高兴。

司漂:"什么是我能拥有的东西,我没有,我什么都没有!

"你不跟我去昌京,又不让我留在桑谭岛,那你要怎么样?"

"你要让我怎么样?"

"我应该要怎么样?"

司漂说到后来近乎崩溃,她哭着跑出门去。

"司漂!"

她不顾后面沿闻屿的反应。她知道自己从来冲动,情绪起来不受控制,性子倔得像头驴,但是她就是觉得好委屈。

沿闻屿从来都在拒绝她,她只知道要等他、要对他好、要尊重他的想法,哪怕沿闻屿不愿意说过去的事,也不愿意做未来的决定。

可是她就是想要一个承诺。她也想要在这样的日子里,从他这里再得到一点点的依赖和力量。她也不知道自己要去哪儿,她不想回家,沿闻屿这里也没有她可以依靠的地方。

小岛的夜开始飘起了细雨,司漂一个人在街道上走着。

成长真是个不容易的过程,她带着成年后最大的关于自由的向往,却等来最亲的人残忍地告诉自己,他们会分开,她也去不了自己想要去的地方。

司漂充满悸动地幻想沿闻屿终有一天跟他们一样,随着人流去远方长大。到头来这样的结果,却和两年前一模一样,司漂早该知道他就是这样的,他兴起而至,兴尽而归。

至于未来和结果,大概是他最不喜欢的事情。

雨越来越大,司漂打了一个喷嚏,一个没看路,崴了脚跌落在地上。雨水淋在司漂脸上,司漂止不住地想如果司莱还在,这一切都不会发生,她不用在过度的保护中成长,甚至也不会遇上沿闻屿。

但司莱的的确确是因为自己的懦弱而走丢的。雨大得让她睁不开眼睛,她想起她就是在这样的天气里,看到司莱被一个模糊的身影扛在肩上。

他的眼神在求救,她明明就在现场,却没有记住那个人的样子。收回神来,她坐起身,揉揉脚脖子,正打算站起来,却看到对门两指宽的门缝里一闪而过极其眼熟的图案。

那一瞬间,司漂猛然回想起,这个图案她一定见过,而且就在司莱被扛走的时候。

司莱模糊的脸出现在司漂的脑海里,他被人扛在肩上,眼里满是叮嘱,让司漂躲在巷子里千万别出来。

是蝎子!那是一只蝎子!

这些遗忘掉的细节让记忆猛然变得清晰起来。她确定,当时司莱让她躲起来别出来,但她的眼神一直没有离开过司莱,只是当时年纪太小,又处于恐惧,她就吓得什么都不记得了。但现在如同梦回当初的雨夜,同样一闪而过的图案,两个画面彼此重叠,她想起来了!

就是他,就是那个光头!她跟沿闻屿放学回家的时候看到过他和沿闻屿爸爸说话,她就说为什么他头上的图案有些熟悉。

她觉得命运之神冥冥之中给了她一些赎罪指引。她顾不得脚踝上的疼痛,匿着身体跟了上去。

司漂蹑手蹑脚地来到仓库的窗户下,她要垫着几块石头才能趴在废弃的窗台看到那头的人,所幸黑夜里的雨成了她的保护色。

屋檐下,一个偏瘦的人神色有些不安地望着屋外的雨,他转头跟另一个人说道:"洋哥,今晚走吧,咱们在这儿待得太久了,听说条子已经开始注意我们了。"

"不成,风水先生说今天不适合出海,你没见天都开始下雨了吗?"

"我怕夜长梦多啊,趁岛上的人还没有反应过来先走为妙。"

"你第一天跟你洋哥混?胆小成这样,而且纪先生觉得这小岛景色宜人,风景不错,况且还有一支条件不错的地下车队,他的度假还没有结束。"

"洋哥,实不相瞒,纪先生等得了,我怕船舱里那些货等不了。"

洋哥啐了一口:"运送过程中哪有货是十全十美到岸的。

"纪先生的事情,轮不到我们管。"

司漂紧张得脚掌颤抖。货?什么货?跟司莱有关吗?跟最近出现的失踪案有关吗?

她越听脊背越凉,立在高高垒起的石块上的脚尖因为刚刚的扭伤而有些支持不住。

脚下的碎石头"咕噜咕噜"地滚出去,她暗叹一声不好。

"谁在那儿?"那头的两个人听到声音立刻赶了过来。

司漂随即从窗台上下来,她的右腿着地时有些疼,没稳住,一个趔趄跌在地上。没等她起来,明晃晃的手电筒就照在她脸上。

"你在这里干什么!"那个光头有蝎子文身叫洋哥的人,凶神恶煞地看着她。

司漂下意识地往后退去,她把手上的蓝色头绳解下来,一边眼神一动不动地盯着那个光头,一边道:"大哥,我说我出来看月亮,你信吗?"

洋哥直接一麻袋把司漂拎回了"家"。

他们不知用了什么法子让司漂昏睡过去,等到她醒过来的时候,司漂的眼睛已经被蒙上了。

她靠着听觉辨认,听到有人在议论她:"这是不是年纪太大了,不好出手啊。"

"偷听我们讲话你觉得能放过吗?这小丫头一定是要带走的。"

"不好出手就随便找个地方找个男人,实在不听话就给她丢海里。"

司漂努力保持着镇定,听上去她不是遇到了什么街头小混混那么简单。她周围传来细细碎碎的声音,像是孩子稚嫩地压抑自己恐惧的声音。

"吵什么吵,一边去。"

门"砰"的一声被关上。

周围鸦雀无声,从眼罩里漏出来的那几丝光也不见了。无声的时光被寂静拖成漫长的年轮,消磨着人的希望。

司漂无意间踢到了一个东西,根据她的判断,这个地方应该不止她一个人。

她压着嗓子问:"我们在哪里?"

"你们是谁?"她听到对面隐约传来有什么摩擦地板的声音,像是他们害怕她在后退。

"不要怕,他们走了。"司漂判断着对面的年纪应该比自己更小一些,或许比自己更慌乱,她试图从他们身上摸清自己所处的位置。

"干什么你!"

门被撞开,门外气势汹汹进来一拨人,他们拎起司漂就往外拖:"就你话多。"

司漂判断他们得到消息这么灵通,一定是装着监控。屋子里的那帮人定是吃过亏了,什么都不肯说。

她被拖着走了很久。

"好好待着吧你。"

司漂被重重地甩在地上,膝盖顿时传来一阵疼痛,随即大门又被重重关上。司漂的手腕被绑在一起,她用着手掌的力量支撑着站起来。

这个屋子显然比之前的屋子更安静,司漂判断了一下,她被单独关起来了。周围没了人,她获取不了信息,只能靠着墙养精蓄锐。

司漂不知道时间过去了多久,也不知道自己在什么地方。当她再次用耳朵贴着墙,想要听到点什么,却徒劳无功地发现自己根本什么声音都探听不到。

在这样的情况下,司漂很难说服自己能够再保持冷静。

她觉得浑身有些冷,浑身湿嗒嗒、黏糊糊的。司漂脑袋越来越沉,脑子里的想法也越来越多。

她甚至开始反思为什么今天一时冲动跑出来。

离婚就离婚吧,反正这些年来他们也不在一起过不是吗?去南汀就去南汀吧,总比她把命不明不白地丢在这里好吧。

沿闻屿不走就不走,比起她这辈子都要看不见他嚣张的样子了,她宁可他一直留在桑谭岛。

只是有些事情一直没做,怪可惜的。

其实桑谭岛也挺好的。司漂从一开始的抗拒这里到后来的适应这里,再到后来的爱上这里,从一个沉默寡言的姑娘长成现在乖张跋扈的样子,也是她自己没想到的惊喜。

不对,她的乖张跋扈好像只针对沿闻屿一个人。好想沿闻屿啊,司漂突然鼻子一酸。她不该这么说他。

只要她想起来,她跟沿闻屿的最后一面竟然是吵架,她嚷嚷着说他自私,说他心里只爱自己,她就后悔死了。

司漂知道,沿闻屿明明不是那样的人。现在好了,司漂叹了口气,连对不起都说不上了。她大概就要不明不白地把命丢在这里。

司漂的脑子昏沉成一团糨糊,什么样胡乱的想法都蹿上来。

她又渴又饿,眼睛都要被蒙瞎了。

"起来。"司漂突然被蛮力拉起来,她才发现自己的腿太久没有移动就连站在地上都有些疲软。来人并没有给她反应时间,绕到她身后,带着她不知道要去哪儿。

她走了一段,被人摁坐在一张椅子上,抓她的人扯开了蒙住她眼睛的黑布。

光明突然袭来,司漂下意识侧头想要躲避刺眼的光。等到缓了一会儿,她才动了动干涩的眼,面前的画面依稀清楚起来。

她面前坐了一个大约四十来岁的男人,跷着二郎腿,手里拿着两颗和田玉雕刻的珠子把玩,另一只手夹着指头般粗的雪茄。

他身边,是那个头上文着一只蝎子的男人。

那个男人半蹲下来对那个年长的男人尊敬地说:"纪先生,就是这个丫头。"那个叫纪先生的人从头到尾地打量着司漂。

司漂没力气跟这个男人打招呼,她现在被关在一个仓库里,唯一的光是从仓库的排风扇出来的,周围都是些丢得乱七八糟的棍棒、绳子,甚至还有不知何处来的血迹。甚至仓库的屋顶缝隙里,都渗着水,外面似是有一场百年难遇的大雨。

她别开眼,垂下头去,让他看吧。

"眼睛倒是很漂亮。"那个男人点点头,后来又指着她说,"外面那么大动静?就是为了她。"

"是。"洋哥点点头。

"放人进来吧。"

司漂听不懂他们在说什么。

厚重的铁门伴随着一声惊雷打开,在黑夜里狰狞地大张着口子。从两扇门之间,走出来一个人。他撑着伞,雨水从伞面滑下,围着他周身形成一道雨帘，修身的黑色衬衣被雨水打湿，贴合着他胸前起伏的肌肉，好像那伞根本就没有挡住风雨。

伞挡住了他的脸，司漂只看到了他握着伞骨的手，再近些，他的伞往上微抬，就露出那张凌厉的脸。

他左边的断眉凝重，眼下是道道血痕，唇紧紧闭着，在雨夜的灯下如鬼魅。

门外的人看到他不带善意地闯入，握紧了手里的东西，纷纷紧张地随时准备上前恶战。沿闻屿手里拿着一根金属伸缩棍，见到围上来的人，微微侧了一下头，用力地甩了一下，手里的弹簧就松开，原本一截的甩棍顿时就变成一把利器。

场内的气氛顿时剑拔弩张，气温降到了冰点。

"慢着。"门外的人听到里面的人传来的声音，"就是你？破了我外面十几个兄弟的防守？"那个叫纪先生的甩甩手，示意自己的人退下，他走到门口，撑着伞和沿闻屿对视。

人群散开来，沿闻屿目光绕开面前抽雪茄的男人看向他身后面色苍白的司漂。

她在大雨里，没人给她打伞，脆弱得让他心疼。沿闻屿收回了自己的伸缩棍，撑着伞径直走过去，不顾周围人的反应，走到司漂面前，用手臂夹着伞，腾出两只手来给她解绑。

"疼不疼？"沿闻屿轻声问她。

"沿闻屿。"司漂弱弱的声音跟只小蚊子一样，她见到沿闻屿了，是她的沿闻屿来了。她就知道，不管她漂到世界上的任何一个地方，他都能找到她。

"不疼。"她摇摇头。

"干什么！"一旁的洋哥凶恶地吼道，"让你动了吗？"

沿闻屿没理他，依旧替司漂解着手上的绳子。

洋哥刚要上手，沿闻屿反手一把扣过他的手，用未展开的弹簧棍抵着他的下巴，另一只手背擦了一下自己嘴边的血："外面十几个人都没拦住我，凭你？"沿闻屿的声音恐怖低沉。

洋哥突然就感觉自己的脊椎骨上起了密密麻麻的一层冷汗。

"陈洋，别招惹他。"

洋哥撒手退了下去。

"我见过你。"纪先生站起来,手里转着那两颗玉珠子。

"纪先生,我也知道你。"沿闻屿收了利器,恢复了冷淡的样子,语气里还算几分礼貌,"你和我本来就是井水不犯河水的关系,今天我上门叨扰,只是因为你的人误抓了我女朋友。"

沿闻屿看着在他伞下微微发抖的司漂,她的眼神对上来,恍惚又迷茫。

"哦?"纪先生来回踱了两步,"我很欣赏你,欣赏你的车技,之前押你的场子给我赢了不少钱,要不你以后跟着我吧。"

"多谢纪先生抬爱,只是我实在是不敢高攀。我只想把我女朋友带回家,她身体弱,再这样下去会着凉的。"

"她——"纪先生指了指司漂,"我听说她可是知道我们不少的秘密——"

"她不会说出去的,"沿闻屿打断他,"我保证。"

"你胡说!"洋哥插嘴,"我早调查清楚了,你根本就没有女朋友,你怎么证明她是你女朋友。"

"证明?你真想看?"他含笑问道。

沿闻屿低头看着一脸虚弱的司漂。他上前一步,臂弯一用力,把眼前的姑娘往自己怀里带。司漂只觉得身体一暖,下一秒,他的鼻尖蹭到了自己的鼻尖,他的唇近在咫尺,他没有犹豫,俯身下来。

司漂感受到独属于沿闻屿的味道,一寸一寸地褫夺着自己的灵魂。

那滂沱的大雨里,他突兀地闯入自己的世界,指缝交缠过她的发丝,用力地想要吞噬她。

即使在这样的场景里,司漂也能感受到从他唇间传来的难以压抑的星火在她身上蔓延,血液的咸腥一次次刺激着她的大脑皮层,她的全身在这个黑夜的雨天里被点燃。

他额头的血淌过他上扬的眼角,淌过他瘦削的下颔角,融进他们的吻里。

这一方泥泞不堪的破损仓库的门口,所有人都化成雨夜里的流光溢彩,只剩他们两个,在大雨中互诉心事,舐舔伤口。

沿闻屿最后松开了她,侧头对那帮人说:"看够了?"

沿闻屿:"纪先生,我可以带她走了吗?"

纪先生从屋檐下走出来,他面色一如平常,缓缓开口:"我知道你小子不是什么善茬,也知道你的脾性,既然这小姑娘是你小女朋友,那你想带走就带走吧。"

"大哥，这丫头……"洋哥连忙递话。

纪先生摆手："不过你们就这样在我这里来去自由的，未免也太不给我脸了吧。"

纪先生指了指外面那一群脸上挂着彩的男人："我被你打伤的十几个兄弟，要怎么算？"

沿闻屿检查着司漂身上的伤口，发现她除了微微有些颤抖，身上没有别的伤口，这才安下心来。

他把伞递给她，自己往前一步挡在她身前，这才接纪先生的话："上次见面，纪先生邀请我赛一场，因为时间关系我没有答应，不如这次，我陪纪先生玩一把。"

这纪先生是个摩托发烧友，早年间在地下赛车场里也是名震一时的人，后来没了对手自觉骄傲，就不再涉足赛车运动了。

只是他上次在赌局上看到沿闻屿，倒是把他心里的那点胜负欲点燃了。

"如果我赢了，你就放我们走。"

"如果你输了呢？"

沿闻屿轻笑一声："我输？除非我死了。"

外面的雨声势浩大，在这样的天气情况下赛车，溅落的淤泥一定会像战壕里的潜伏者被敌人的枪炮炸开一样血腥又灿烂。

纪先生来了兴致，他就喜欢这种耍起狠来命都不要的人。

"大哥，"洋哥见纪先生要动摇答应，忙劝阻道，"您别信这小子的话，说不定他已经报警了。他能找到这儿来，条子也能找到这儿来。"

"不会。"沿闻屿矢口否认，"纪先生不会平白无故地抓了我女朋友，这里面的误会还是让我自己来解开比较好，报警太伤和气，我不是那样的人。你说对吗？纪先生。"

"你小子还算懂规矩。"

纪先生："那就来一场，不过，我有个条件——你一个人，我们五个人，你得赢了我们五个，你才算赢。

"这场比赛没有任何的规则，赢的标准就是谁先到山脚那个具面鬼像那儿，谁就赢了。"

"可以。"沿闻屿丝毫不犹豫地答应了，"我留下，让我女朋友先走。"他也提了条件。

"不可以，大哥，这小妞会把我们的事情说出去的。"

沿闻屿："怎么，你们还会怕一个小姑娘不成？我人都在这儿，她现在虚弱得连路都走不动了，你还担心她会去报警吗？再说了，她被你们蒙着眼，什么都没有看到，她会做什么能做什么，对你们一点威胁都无法造成。"

沿闻屿鼻子里轻轻嗤笑一番："纪先生，你这兄弟也太小心了，不像跟着你见过世面的样子。"

"你！"洋哥被沿闻屿话里话外的嘲笑惹得气急败坏。

"行了。"纪先生没了耐心，"陈洋，你去准备五台车子，要改装过的，提速快的那种。至于这个小姑娘，让她走吧。"纪先生附耳在陈洋耳边说，"这丫头构不成威胁，先让这小子比完赛。"

陈洋这才点点头，带了一帮人准备去了。

司漂不愿意。她看着外面黑成墨一样的雨夜，她心里的不安像是煮开的一锅水，翻滚升腾。

这样的比赛没有裁判没有规则可言，等开始上场之后他们仗着人多一定会想办法让沿闻屿比不下去的。

这场比赛的结果很明显，沿闻屿一定会输的。

03

司漂看着沿闻屿鼻梁上的几道血痕，她拉了拉他衣角，沿闻屿低下头来，他抬手抚着司漂额间的头发。

司漂看到沿闻屿的手上，套着她送的红绳和她的蓝色发绳，是她那天晚上丢的那根。沿闻屿没有不管她，他来找她了，他发现了她的头绳和她的隐藏信息。

"司漂，你等会儿撑着伞，出去之后一直往北，过不了多久就能看到山顶的那个蓄水池。绕过蓄水池你就能找到那条小路，我们经常去的那条，你应该认识。"他细细地把她额间的每一根发丝缩起来，扣在她耳边。

"沿闻屿，我害怕。"司漂望了望他身后那些冷漠又凶恶的脸，望了望她前方黑色的路，望了望沿闻屿额头上微微有些凝固的血。

他用着她的蓝色头绳，把她松散湿漉的头发全部扎起来，抿着她脸上的污浊："别怕，我会回来的，我会带你回家。"他扶着她的肩膀，低头对她说道，声音平静得像是冬日里温暖的阳光。

她的不安就像这场大雨一样，把她心里的城池淹没得一塌糊涂："真的吗？你会不会骗我？"

"不会，司漂，你忘了，我每一次答应你的事情，都会做到。凡是我答应过你的事，我都做到了不是吗？"他把手里的伞递给她，把着她的手让她握紧，"像从前一样，我们彼此信任，彼此承诺。"

那边的人已经开了摩托，用大灯照着他们，似是不满他们还停留在原地，急促的鸣笛一声又一声。

沿闻屿给了司漂一个故作轻松的表情，他耸耸肩，挑了一下眉，走进雨夜里。

司漂看到别的人都穿了特制的赛车服，尤其是那个纪先生，他蓝色的赛车服是正规比赛专用的，防火防水又减少阻力。他坐在车上，戴起别人递过来的头盔，扭动着车把，发动机发出暴躁的声音，嚣张地挑衅着。

沿闻屿的车停得更远些，他什么防护装置都没有，只身孤影，只有一个头盔。

大灯一开，他戴上头盔，递给司漂一个眼神，而后头往下一勾，挡板瞬间掉落，算是一个告别。

车子发动，他们去了比赛开始的地方。

司漂撑着伞，拼命地往沿闻屿说的地方去。她不敢停留，她要回去，她要救下沿闻屿。她不能在这个雨夜里再失去第二个人！她不确定那些人会不会出尔反尔地又扣下自己，她脚踝的伤还没有好，踩到雨夜里湿漉漉的石头的时候脚下一滑，她一屁股坐在泥泞里。

她从草垛里看到了盘桓在山间的几道光。

司漂和沿闻屿他们相隔得不算远，他走公路，她走小路，他们同时朝着山脚而去。这毫无规则的比赛已经开始了，沿闻屿的KTM冲在第一个。

司漂撑着站起来，她顺着小路往下走，她小跑下来。按照这样的速度，她每下来一截小路，沿闻屿他们便刚越过一段盘山公路，她会觉得沿闻屿依旧在自己身边陪着自己。

只是没过几段路，他身边紧追不舍的那些灯光就开始不安分了。

这条山路，是出了名的危险，寻常的车子在天气不好的时候都不敢开上来。转弯的时候靠近内侧的车拼命压制着沿闻屿，逼得他减速。他没遂着他们的愿减速，而是一再地往山路的外侧退让。那边的人像是达成了某种战略，排列整齐就像一群迁徙的海燕，驱赶着最外面的"外来者"。

沿闻屿为了不影响速度，一让再让，到后来的时候，司漂看到一道光悬挂在山路的最外侧，不安分的海浪重重拍上崖壁，一个不稳就要被海浪吞噬。她的心提到了嗓子眼。

一击不成，下一场针对马上来临。刺耳的鸣笛声接踵而至，车队散开，那辆为首的车，带引着它身后的其他车直直地撞击沿闻屿的车子。

有一辆车刚要接近沿闻屿车的时候，沿闻屿突然把他车头一掉，直接闪开了。那去撞的车顿时就散成碎片，连带着原来嚣张的车灯都被架在古怪的树杈上，线路损毁地"吱吱"作响。

解气！司漂捏了捏拳，同时她又很担心沿闻屿。他们穿了赛车服，这样的撞击虽然可怕但不一定会致命，要是摔在地上的是沿闻屿，司漂不敢想象。

后面的车依旧没有放弃的想法，他们迅速调整了位置，这次，他们跟得太紧了，要跟上次一样轻巧甩开，实在是太难。

司漂紧张得腿一颤一颤的，脚发软得踩不住实地。

而在那最关键的一刻，她突然就看到了曙光。一声嘹亮的警笛声划破长夜，明亮的车灯也捅破墨一样的黑夜，沿闻屿刚刚跟他们说的是自己不会报警，那坦荡诚信的样子把司漂都骗了。

原来他早有预谋，故意答应他们在拖延时间！

司漂加快了脚步，最后她从小跑变成冲刺，往山脚疯狂奔去。

另一头开着摩托的人听到警笛声之后迅速聚拢在一起。

"大哥，别管什么比赛了，再往前开就跟警察遇上了。"

"往山脊上走。"纪先生拧着变速器，身下的车速度没有慢下来分毫，在大雨里紧紧地跟着沿闻屿。

"这小子报警了，大哥。"

"留得青山在不怕没柴烧啊，大哥，警察再过两个弯道就能追上来了。大哥！"

纪先生一直目不转睛地盯着前面时速嚣张的小子。他一直在提速，几个弯道下来他已经有了优势，眼看下两个弯道他就能超过这小子，警察却来了。他看了看身后的警察，咬了咬牙："撤！"

纪先生正要掉头，却心下一乱，他没想到原本在他面前的沿闻屿却骑着车反身扑过来，直直地朝着他的车头过来，橙黑相间的车宛如一匹火狼。

沿闻屿把车头放到极低的位置，利用车身的惯性朝着后面人群反向扑去，车身带着的光就像是着火的回旋镖，瞬间，车队顿时被打散，刹车片在雨夜里撕扯出刺耳的声音。

这声音大到司漂都捂住了耳朵。她朝山路上看去，带头的光已经冲到了人堆里，直接把车队里带头的那辆蓝色的改装车抵到了山路边缘。

沿闻屿这是干什么？他再不刹车下一秒就要顶着那个绑匪头子一起滚下山崖了。

刹车啊，沿闻屿！

那头的沿闻屿却没有一点恐惧。从他毫不犹豫的选择中司漂看到的就是他铁了心要把纪先生留下来。

两车相撞，即便是在这样的雨夜里，高速旋转的轮胎之间也迸发出璀璨的火星，两车纠缠在一起，跌入山路旁茂密的树林。

司漂看着沿闻屿黑色的身影如弧线般被抛在密林里。

其他的车子只是微微一犹豫，便想要掉头逃窜，奈何已经来不及了。警车在后面逮捕，而刚刚掉落车子的地方被警戒线围起。

雨逐渐变小。

司漂从小路上冲下来，来到大路上想要朝着那个树林的凹陷处走去，却被已经循声而来的警察拦在原地。

"警察叔叔，让我进去吧，那是我朋友。"

警察抬头打量了她一圈，才不确定地说："你是司漂？"

司漂讶异，而后点点头："我是。"

"你家里人都找你找疯了，你已经失踪两天了。"他对着对讲机说道，"队长，人找着了，让家属过来吧。"

警察看了一眼司漂身上狼狈不堪的样子："你爸妈等会儿就过来，你跟护士先去医护车上坐着。"

"警察叔叔，你帮我跟我爸妈报个平安，我现在，真的要去找我朋友。"

"别去了，下面的人找着了。"警察拦住她。

"找到了？"

"嗯。对讲机刚传来的消息，你朋友还算命大，摔断了腿而已。"他话音刚落，搜救队伍就从底下的丛林里出来了，几个人还合力抬着一个担架。

司漂急忙冲过人群往前走，却发现躺在担架上的，根本不是沿闻屿，而是那个绑匪头子。他穿着赛车服尚且伤得昏迷不醒，司漂不敢想象沿闻屿,她往身后看去,扒拉着人群问道:"还有一个呢,他在哪儿?"

"下面的林子太密了,搜救队伍设备下不去,我们叫了外援……"

司漂没等人说完就冲下密林。

"哎,你干什么!"

她没理会后面搜救人员的责怪。她现在心里就只有一个想法,她要找到沿闻屿。

"沿闻屿!"她冲到密林里,才发现灌木交错得让人难以前进。司漂拨开草丛和枝叶。她就不相信活活的一个人还能没了。她越找越心慌,周围的植物围得她寸步难行,只得沿着一旁的小路往下一段盘山公路走。

沿闻屿做了最好的安排,找到她的踪迹并且报警,孤身一人闯进来给他们不会找外界帮忙的错觉,用赛车拖延时间并且成功地困住歹徒,协助警方破获一起大案。

那些困在仓库里的孩子都能回到自己的家,司漂也能重新顺利过自己的人生,可是他想过自己吗?这样的雨夜里,他要把自己放在什么位置。

司漂站在空无一人的公路上,对着密密麻麻的丛林大喊:"沿闻屿,你个笨蛋,你以为你这样做,我就会记住你吗?不会的,我会狠狠忘记你,忘记你这个自负的笨蛋。我以后走到哪里都要跟别人说,我认识过这个世界上最傻最傻的笨蛋,他就住在桑谭岛,住在这个地图上都找不到的地方。

"沿闻屿,你最好别出来,你这个不守信用的家伙,你不是说要带我回家,你就是骗我,从来都骗我,我真后悔认识你……"

她口不择言地骂着,把自己的担忧和失落全部发泄在哭得不成声的骂声里。

她团在那里,心里没有安全感,她真的好害怕,害怕他就这样与她告别,他什么都没有留给她,只留下一堆遗憾。

"你这个骗子!"

司漂蹲在地上,拿起脚边的碎石狠狠地朝着远方掷去。

"别生气了,人不大手劲儿却不小。"从那边的黑暗里传来一道声音,声音不大,尾音是微微向上的,像是熟悉的懒散含笑。

司漂立刻从地上起来:"沿闻屿?"

随后从那团浓雾里走出来一个人。他步子缓慢,身上的衣服没有一处完整,她快步跑过去,直接抱住他的腰。

沿闻屿原本微微张开的手一僵,而后,少女身上的味道弥漫开来。他犹豫了一下，最后还是右手摸着她的脑袋，左手自然地垂落着。

"你这是怎么了？"他有节奏地轻轻拍着她的脑瓜子，安慰在他怀里哭得一颤一颤的人。

司漂才到沿闻屿的胸膛，她触碰到他结实的腰身，听到他胸膛里鲜活心跳的时候，才感到无比心安。

"你没死啊？"她哭得一把鼻涕一把眼泪。

沿闻屿嫌弃地看着她把鼻涕都粘在自己的衣服上："差不多了，再骂要被你骂死了。"

"你都听到了？"

"听到了，听到你说我自大傲慢，听到你说我是你认识的最傻的人。如果可以重来的话，你一定不想认识我。"沿闻屿重复着她的话，笑着拍着她的背，安慰她，"骂得可凶可凶了。"

"不是的……"司漂垂着的脑袋晃了晃，吸溜着鼻涕，"我害怕，沿闻屿，如果再来一次，我还要认识你，我还要更早更早地认识你。在每一个孤单的夜里，都想陪着你，陪着你长大。你不要离开我，我没你不行的。"

"我知道。"沿闻屿压制着自己突然苦涩的鼻音。

司漂说让他不要离开她，她没他不行，他也不想离开她，但司漂可以在任一个季节里，却不能在他这里耗死。

他单手扶着司漂的身体，替她揩去眼泪，认真地看着她的眼睛："司漂，或许我会骗很多人，会说很多的谎言，但是在你面前，你要知道，只要我答应了的事情，我就不会食言。"

司漂点点头："我知道，你会出现，一如既往。"

"一如既往。"

"走，我们去找医生还有警察。"

沿闻屿掸了掸身体，让司漂松开他，轻松地说："我没事，我命大，你不是送了我吉祥的红绳嘛。真的没事。"

"小漂！"司漂听到后面王贞和司荒年的声音。

王贞苍白着张脸，披着厚厚的毛毯，似是病了。她一见到司漂，顾不得司荒年在她身后追着给她送毯子，忙不迭地把司漂整个人抱进怀里。

"你吓死妈妈了，你好端端的，你跑出去干什么，你是要吓死我。"王贞抱着司漂就一顿哭。

"妈。"司漂委屈，"对不起，我下次不会了。"

"漂，你受伤没？"司荒年拉着司漂左右检查，"他们有没有欺负你？我和你妈都急疯了，这两天把整个桑谭岛都翻过来了。"

"几位，有什么回家说吧，这儿空气潮，等会儿我们警队还要勘察一下现场。"

司漂注意到身后的中年男人。

"好的好的，刘队。"司荒年连连应声，"走吧，女儿找回来了，有什么我们回家说，别耽误人家警察办案。"

"小漂，我们回家。"王贞把司漂攥得紧紧的，关切地拉着她往外走。

司漂回头看了一眼沿闻屿。他站在微光下，看到她投过来的眼神，笑着宽慰她："没事，走吧。"

王贞和司荒年也随着司漂的目光看到了身后的沿闻屿。

"走吧，小漂。"司荒年挽过司漂的手，"回家睡一觉。"

"我走了。"司漂跟沿闻屿告别。

"走吧。"沿闻屿点点头，"我车坏了，我搭刘队的车回去就行。"

等到一行人走过，刘队才走到沿闻屿身边："还装呢你小子，再不去医院你腿和手就都废了。"

沿闻屿这才无力地靠在一旁的路灯下，揉了揉自己酸痛的眼。从高处摔下来的后遗症让他觉得自己眼球充血，大脑眩晕。

"真把自己当超人了。"刘队对着对讲机说道，"救护车下来，这儿有个重患。"

一行人手忙脚乱地把他抬上支架，护士掏出笔记录着："家属名字？"

沿闻屿垂落着眼："没家属。"

"没家属可不行，你这拉回去是要手术的，哪怕评估后不需要家属签字，后续照顾也是要家属出现的。"

"就填刚刚那个小姑娘的号码吧。"刘队长知道沿闻屿的情况。

"不了。"他原本合上养神的眼睛睁开了，"刘队，我跟她没关系的，你不要给人家添麻烦。"

"你小子，为了人家命都不要了，还说跟人家没关系。"

"她的胆子小猫儿似的，你跟她说了又是一顿担惊受怕的哭，"沿闻屿动了动胳膊，扭过头去，"不如不告诉她。"

第六章：昌京
司漂，昌京好吗？

01

很多年后，司漂半夜从梦中惊醒的时候，都会恍惚地想起这一段故事。在她看来，在那样的经历里她至少能找到一丝一毫他明明爱她的痕迹，以至于她往后几年都无法想通，那样为了她不要命的人，一起经历过生和死的人，最后都没有在她身边。或许沿闻屿说得对，他说过的承诺，一定会实现，而至于他没说过的话和没答应的事情，她还是不要抱有任何的幻想为好。

清晨司漂从床上醒来的时候，昨晚的高烧带来的不真实感少了很多，她揉了揉太阳穴，拉开窗帘，露出外头白晃晃的光。

客厅有动静，司漂走出去发现栾筝已经买好了早饭。

"起来了，司漂？今天托人给你请假了，片子就不要去拍了。"

"那怎么行，我一天实习工资就没了。"司漂喝着桌上的淡粥，摇摇头，"我今天啥事没有。"

"请都请了，别去了，我们今天在你们学校后面的餐馆聚餐，你去不去？"

"不去。"

"你都不问问有谁，就不去啊。"

"还能有谁，不就是咱们大学期间两个学校联谊的时候一起玩的那群人吗？你们每次都去我学校后面那家川菜馆，我都吃腻了，我不去，我得去上班。"

司漂拿起身后椅背上的外套就要走。

"你干吗去?"栾筝站起来,伸着脖子在后面喊。

"上班啊干吗?"

"我劝你还是别去了。"栾筝抱着手,脚尖敲了敲地板,一字一句地说,"Blizzard说你表现太好,提出今天要加拍一场。"

栾筝读的是昌京大学隔壁的传媒学院,前几年没少带着人来昌京大学玩,混来混去,大伙都混熟了。

餐馆生意太好,他们搬了椅子坐在外面吃饭。

早春季节天气微微有些发凉,司漂坐在椅子上看大伙高谈阔论的,托着个脑袋附和地笑笑。

齐闵中途被栾筝叫来了,坐在司漂旁边,一坐下来就叽叽咕咕说个不停:"司漂学姐,你跟Blizzard是什么关系啊?"他是个南方人,吃不了辣,一边兑着白开水,一边作死地打探着。

"怎么了?"司漂懒散地回他一句。

"怎么了?"齐闵放下了筷子,"我得打探好敌情啊,对方来势汹汹,我得知道你跟他是什么程度的关系。"

"我和他没什么关系。"她笑着摇摇头,"要说有关系,大概十来岁的时候多看过几眼吧。"

司漂随手接过齐闵递过来的饮料,单手拉开了雪碧的易拉罐铝环,一瞬间,气泡向外冒,她习惯性地捏着易拉罐的铝环,却从那咫尺之间窥到一闪而过的人影。

她手一颤,甜腻的气泡水顿时洒到她的虎口关节,就像那年她在桑谭岛的海岸线上,掐着嗓子跟沿闻屿说她打不开雪碧时的紧张和不安。

"不如今晚去酒吧喝酒吧,我知道一个清吧,刚开业的。"

司漂摇了摇头:"不了,戒了。"

"司漂学姐你不去啊。"齐闵第一个拉下脸,"你不去我多难过。"

"那你难过就难过吧。"司漂起身捏了一把齐闵那张俊俏的脸,手欠地占了便宜,准备打个车回去了。

她过两个月就毕业了,但是实习的单位离学校太远,于是和栾筝在校外租了房子。

"那我们走了。"栾筝也不勉强,司漂喝起酒来没个度,每次都得闹出些闹剧来，难得司漂今天有自知之明，她自然不劝。

"行，回来了打我电话。"司漂晃晃手机。

司漂跟他们分开后排队等车好一会儿都没等上，她循着学校后街的路再往外走了一段。

这个点的后街很热闹，大大小小的摊贩摆了一路，卖小吃的、卖首饰的、卖衣物的……应有尽有。

"让一让，让一让。"道路一旁骑着三轮车卖油炸串串的大叔卖力叫喊让一让。

但小巷的人流太多，他控制着方向，司漂微微靠边让着他。前面的几个女生没发现，直到三轮车过来的时候，她们才惊呼一声。三轮车只得往旁边一偏，大叔又没看见放在旁边的障碍物，一个不小心，整个车子就朝侧面倾倒过来。

就是司漂刚刚站立的地方，滚烫的油锅尽数朝她而来，她根本反应不及。

一瞬间，司漂手臂上传来一阵力道，而后她身体一斜，等到她再转过的时候，她已经被拉离现场来到了旁边的巷子里。

她小小惊呼一声，却对上一双熟悉的眼。

沿闻屿戴着帽子和口罩，穿着一件黑色的夹克衫，右边的衣衫被他撑开形成一道屏障挡在她面前，也拦住了高温的热油。

沿闻屿脱下了自己的外套，甩了甩上面的油水，发现已经无力挽救了，随手一抛，衣服就落在了不远处的垃圾桶上。

司漂看到他右手虎口的绷带像是被油锅溅到，留下了一大块黄色的斑驳。

"不是说生病请假？"沿闻屿淡淡地说道。他今天拍摄的时候没有看到司漂，听同事说她请假了，他就没心思在那里拍什么木头人了，想来昌京大学看看，却在小吃摊路边看到了缩着个脑袋笑得敷衍的她。

"你这是生的哪门子病？"他抱着手，"几年不见，撒谎的本事倒见长。"

"你又不是我领导，我又不要你发工资，你管我请不请假。"司漂回怼他。

他抱着手，依旧跟从前一样看着她，说话的习惯语气依旧那样，但她就想伸出利爪，给他点颜色看看。

沿闻屿调整了自己的神色："走吧，送你回家。"

"谁跟你说我要回家。"司漂直接掉头原路返回,"我不回家。"

"司漂——"沿闻屿牙关一咬,在后面喊她,"你偏要和我对着干?"

"不好意思啊,我跟你不是很熟呢。"她转过身体来,手依旧背在身体后面。

沿闻屿上前一步,伸手支撑在墙上,把人拦了下来,按着她的肩膀迫使她面对自己。

"司漂,我不是什么 Blizzard,我是沿闻屿。"他扣着她的下巴,一寸一寸地感受着她的真实,"是桑谭岛的沿闻屿。"

司漂的下颌上传来他指尖粗糙的触感。她迎上他的目光,眉眼舒展开来,跟从前一样,笑成一弯清澈明亮的月亮,说的话却让人心下一寒:"你不是,沿闻屿不会来昌京的。"

司漂最后回了栾筝他们去的酒吧。

沿闻屿没有跟上来,他只是远远地停在巷子口,问她:"司漂,昌京好吗?"

"挺好的。"司漂不假思索地回道,"车水马龙,到处都是朝气蓬勃、前途无量的年轻人。"

他右手虎口的绷带上的污渍尤为显眼。

"但昌京没我想象的那样好。"

"那你可以选择更好的城市居住和生活。"司漂笑笑,"只不过是做个选择而已,不难。"

"去任何一个没有你的地方生活?"他侧过身,"你以为我来昌京,是为了什么?"

"小漂,你怎么老是走神啊,刚不是跟我打电话说过来跟我们玩吗?"

"对啊,不是嚷嚷着好些天没喝酒啦,今天酒吧开业,他们家酒水直接打对折,可便宜你这个小馋鬼了。"

"真的吗?那我今天可要不醉不归啦。"司漂打起精神,趴着身体把靠近她这边的酒水统统揽进怀里。

"你们少听她装可怜。"栾筝站起来,"这人昨晚还瞒着我一个人偷偷去喝酒。"

"你就让她喝嘛,小漂那个摄影项目天南地北地跑,难得聚聚,喝喝喝。"一旁烫着大波浪的小姐姐性格爽朗,对司漂这种看上去软软糯糯却古灵精怪的小姑娘天然有好感。

"你又不是不知道她贪嘴没个度，酒品还差。"栾筝依旧阻拦着。

她跟坐在司漂旁边的齐闵说："看着你司漂学姐。"

"得嘞。"齐闵得了消息，转过头却跟司漂说，"漂姐，别听栾筝姐的，她经纪人当习惯了，管我们管得比妈严，你放开喝，喝个痛快。"

司漂的唇瓣刚碰到酒杯，听到齐闵这番话，扭头带点笑意："你倒是挺会阳奉阴违的。"

"我那是率真自然。"他拍拍胸脯。

"你倒挺像我认识的一个人。"司漂捏着酒杯笑着对他说。

"那你跟他关系好，照理说跟我应该也不错，可如今看来却不是这么回事，这是如何？"

司漂下意识地看了看他的头发："他有一头红发，你可以借鉴一下。"

齐闵皮笑肉不笑地扯扯唇："拜托，我是暖男。"

司漂笑笑，不再与他多言。她随手拿过放置在她面前的那杯黄澄澄的洋酒。悠扬的吉他声把心事带到很远的地方，酒里折射的人间暖色也碎裂成一段段破碎的记忆。

吧台上的小姐姐微微沙哑的声音在唱最近很火的《像鱼》。

> 我要忘了你的样子
> 像鱼忘了海的味道
> 放下所有梦和烦恼
> 却放不下回忆的乞讨
> …………

司漂的思绪回到那海浪声此起彼伏的桑谭岛。

那次绑架事件发生后，司漂在家发了两天烧，躺了几天之后才慢慢恢复了力气。

栾筝听说了这件事情后过来陪了司漂几天，但她马上又要跟她妈去姥姥家，在桑谭岛待不了几天了。

她每天打开网络看着那些铺天盖地的消息，指着新闻里被扣押的那些人的图片说："乖乖，你这次干大事件了，这直接抓了犯案多年的犯罪团伙，特别是那里头那个老大，深居简出，谁知道最后竟然落在你这个刚成年的少女手上，你真是不得了。"

司漂抱着栾筝拿过来的漫画书，沙发旁还惬意地放了杯饮料，她从书里面抬了抬眼："跟我没什么关系，要说牛，那还是沿闻屿牛。"

"是是是。"栾筝拼命点头，"孤身一人勇闯匪穴，以身犯险实施缓兵之计。"

"帅爆了！"她侧着头，仪式感十足地鼓着掌。

司漂放下书："你也觉得他很帅对不对！"

"当然，这点我承认，他这个人真的很有魅力。"

"栾筝，"司漂话到嘴边，"沿闻屿考去了哪里？"

"我还真不清楚，你知道的，他对这些不在乎。"栾筝小心翼翼地说，"我之前听说，沿闻屿不想去外面上大学。"

司漂表情略显凝重地思考了一会儿，继而眉眼舒展开来，像是找到了一个很好的解决办法。

"没关系啊，我可以去他的城市找他，就算他不去读大学也行，反正他也能养活自己，读不读大学对他来说不是很重要。"

"你傻啊，读大学当然很重要，或许你现在觉得无所谓，等你真的大学毕业之后，你就知道了。"

"知道什么？"

栾筝收起原先八卦的态度，这会儿倒是格外认真："虽然这么说对你来说很残酷，但是我觉得女孩子也要多为自己想想。

"不说学历和家境的歧视吧，就说两个人的认知同步吧。你在外面接触的事情越多，越会逐渐改变自己的想法。我说得丧气点，可能你会遇到更好的人，可能就不喜欢沿闻屿了。

"他在桑谭岛的顶端作为是什么呢？会不会很多年后就变成了一个落魄且没什么大成就的中年男人，顶多在这个岛上有人还忌惮他尊称他一声屿哥。

"他会变成所有人年少时想起来只是淡淡一笑的坏小子，等年少的滤镜褪去之后，人们会向往从大城市里走出来的商务精英，会向往四驱跑车上的车牌连号的虚荣，会向往用金钱解决所有生活难题的一掷千金，但没有人会向往三十出头没有文凭仅有一家修车铺和一辆两轮摩托的落魄男人。"

司漂一点一点地听着，突然觉得那些明明就还没有发生的事情却特别真实。留在桑谭岛的沿闻屿的未来，在那些话里被过早地预言着。

她突然觉得栾筝好残忍，残忍地说了很多成年人的世界里担心的真相，栾筝说这话时的模样和出事之后王贞支支吾吾探寻她跟沿闻屿的关系的时候一模一样。

好像所有人都已经做好了判断，她会有一个辽阔的未来，她不管在未来的世界里做什么都可以拥有一个光明的人生，而跟着沿闻屿只有一个结果，那就是挨不过生活的柴米油盐和两人之间所隔的山海距离。

"栾筝，"司漂摇摇头，"我不在乎他未来潦倒还是富有。"

她眼前浮现的是沿闻屿坐在操场的裁判架子上，眯着眼晃着腿勾着脚下的云。一如那天他跃下，把手里的狗尾巴草轻易地捏成一个戒指，随意地套在她的手指头上，满不在乎地笑着看她："那有什么关系，那就是我沿闻屿的人生而已。"

但是司漂觉得栾筝有一件事说得对，不管怎么样这件事的第一必要性就是先确认沿闻屿也喜欢她。

司漂拿出自己那部依旧只有短信电话功能的老年机，从通讯录里找出来沿闻屿的号码，编辑又删除，删除又编辑了很多次，最后才颤抖着手点击发送。

司漂约了沿闻屿在西海岸的洞崖边，那儿有个更好的名字，叫作"情人岸"。

夕阳把最后废弃的染料丢在这个因为风蚀形成的独特崖岸的时候，忘记把人鱼的眼泪收走，于是那高高低低的崖边就垂着一串一串酷似珍珠的垂落熔岩。

许多人会在那熔岩上刻上他们的名字，后来出于对环境的保护，不让刻字了，但是这种传统还是被保留了下来。

后来人们就用一棵树代替，一棵长在情人岸边上突兀又孤单的树。

司漂在那棵树下，等了一天。

树下的蚊子咬了她好几个大包，她一边扯着不怎么适应的刚刚到肚脐的水彩条纹针织吊带，一边眨着被假睫毛弄得不舒服的眼。

她今天出门前，特地打扮了一番。

司漂对于审美，没有什么太大的见解，可她又不好意思跟栾筝说她今天要做什么。

于是司漂对着柜子发了一天的呆，拿出自己宽松的T恤，对着镜子比画了半天后，看到镜子里跟学生一样的自己摇了摇头。她换了套之前栾筝帮她带回来的泡泡袖小裙子，又觉得她这样太幼稚——沿闻屿可能会把她当小孩。

她今天，可不是去做什么小妹妹的。

于是她戴着个帽子，鬼鬼祟祟地去了岛中心最大的商贸市场，在一堆四五十岁阿姨打包卖货的商场里头，挑挑拣拣地搜着东西。

司漂低着头，在各大摊贩处找了半天都没有在繁杂多样的商品类目里找到自己想要的东西。

她这奇奇怪怪的样子最后还是被热情的售货阿姨发现了。

"小姑娘，我看你来回几次了，怎么，看衣服啊？"

司漂被她拦住，抬头看了一圈她店里挂的老少皆宜的各类服饰，不确定地点了点头："嗯。"

"你早说啊，你快进来，阿姨给你挑，你想要什么款式的？这件好不好，这件很适合你嘛，学生感满满。啊哟哟，你穿上之后嫩得跟刚剥出来的莲子一样。"阿姨一边说，一边从衣服堆里精准地抽出一条白色的娃娃裙在司漂身上比画。

"阿姨，我不想要这种。"司漂连忙摇手。

司漂看中一条彩色的小吊带，像是蝴蝶轻薄的羽翼一样，轻轻用手一挥就涤荡出一种迷幻的色彩。这件衣服让她想起小蝴蝶，想起梁闯，想起每一个曾经在沿闻屿身边的姑娘。

她们的样子都刻在司漂成长的记忆里，她鬼使神差地伸出手去拿。

阿姨连忙张罗着司漂试穿，她不太适应地在更衣室摆弄了半天之后才分辨出哪面是正面，哪面是反面。

那吊带小罩衫就到她的肚脐，露着她浅浅的腰窝。

"真漂亮。"阿姨最后还搭配了一条低腰的破边牛仔短裤。

做完这些，隔壁开化妆店的小姐姐顿时来了兴趣，招呼着司漂给她搭配了发型和妆容。

"成熟、野性。"小姐姐说出这几个字的时候，司漂思考了一会儿之后才下了决心般地点了点头。于是她顶着一脸厚重的粉底，涂了一嘴跟要吃人一样的大红唇，在树下等了一天。

她光顾着约会前准备一切，却没有确认过当事人到底会不会出现。

司漂回头看了看在她身后挂着同心结的树枝被风吹得"呼呼"作响，自己却像是吊死在这棵树下的女鬼。

她叹了口气，依旧拿出自己的手机，界面上只有她一个人的消息。

沿闻屿自从那天出事以后就莫名消失了几天，司漂给他发消息他要么说在外面，要么说工作室忙。

他今天可能也很忙，忙起来的时候是会一天都不看手机的。

司漂望着那即将沉到海里的夕阳，挠着被咬出一堆蚊子包的腿，决定直接去沿闻屿家找他。

司漂走到沿闻屿家门口，对着路边的玻璃窗倒影检查着自己的样子。

上扬的猫系眼线，黑色的烟熏眼影，身上的紧身露脐小吊带和紧身低腰牛仔短裤把自己的身形勾勒得些许窈窕。

她觉得还不错，司漂是一个成年的女人，不是什么孩子。等她真的到沿闻屿家的时候，推开门之后却发现他就站在院子里那棵凤凰树下，手里还拿着他的手机。

他看到了。司漂给自己构造的借口不够用了，他看到了，却没有回，也没有来。

他安静地站在开得如天边晚霞一样火红的凤凰树下，那橙如血色的羽状复叶和天际都要融合在一起。

司漂收起自己微微的失落，依旧换上笑容，她跑过去，嘴里跟从前一样，嚷嚷着："沿闻屿你在家啊？"

凤凰树下的人转过身来，他肩膀上还落了盛夏岛屿出了名的凤凰火花。只是他眉眼里的疏离和清冷，像一层天然的屏障把司漂隔绝在外面。

她一时间竟然不敢向前，莫名有些紧张："你看我的短信了吗？"

"看了。"他依旧在那儿，没有上前。

"那你为什么不来找我？我等了很久。"

沿闻屿背着手："我没想好。"

"没想好什么？"司漂几步上前，她抓过他的手背，试图握在自己手心。他的手背，很凉很凉。

"没想好要不要来。"他的手试图从她的掌心里抽离。

"没关系啊，我想好了，你不来没关系，我来。"反正她也主动了这么多年了，再主动一次，没关系的。沿闻屿眼眸低垂，司漂看不出他的表情。

他侧了侧身，欲离开院子："起风了，回屋吧。"

司漂抢在他前面拦住他，把他堵在墙角："沿闻屿，别转移话题。"她决定做个大胆又张扬的女生，热烈地来捅破这层窗户纸。

她的身体跟了上去，她的手微微发抖，攀附上他的胸口，摩挲着他突起的喉结，最后落在他薄凉的唇边。

"沿闻屿，你喜欢我对吗？"她试图让自己变得风情万种，青涩地踮脚在他耳垂边有意地来回。

"你说过我是你女朋友的。"她一字一句，抛却矜持。

司漂看着他的眼睛，可是他依旧站在那里，神情肃杀，眼底是一如既往的死寂。

即便他手上没有动作，这种陌生和疏离，瞬间让司漂觉得她像个小丑。

"那天是形势所迫。"他淡淡地说道。

"所以你不会跟我在一起吗？"司漂咬着嘴唇。

"对不起。"沿闻屿抬眸看向她，终于收回了最后被她依旧握住的两截指关节，"我不能。"

司漂觉得她眼角有些湿漉漉的，连带着涂着睫毛膏的睫毛开始在眼睑上打架。

"为什么？"她不死心，慌乱的情绪让她开始胡乱揣测。

"是因为你不喜欢我这一类型吗？你喜欢小蝴蝶，你喜欢梁闻，你可以对任何一个抬起你下巴、勾着你唇的姑娘笑，可以让任何一个酒吧里撩着耳边发丝、抿着红唇的姑娘笑里含媚地叫你屿哥，但是你却不喜欢我对吗？

"沿闻屿，或许你觉得我简单又稚嫩，或许你觉得我在你身边的角色一直是个小妹妹，我今天来，就是想跟你说，我是个成年人。

"我可以变得跟其他出现在你身边的女人一样。"

她说到后来声音越来越小。

"我们，没可能。"沿闻屿的语气变得像是见一个陌生人一样冷淡锋利，"别模仿别人，那不像你。"

司漂的睫毛微微颤抖，从脚心到小腿都在打战。她把语气和姿态放到卑微，她以为自己在沿闻屿心里，多少是不同的。

司漂从来都知道沿闻屿某些时候的自我封闭会拒人千里，她一次又一次飞蛾扑火麻痹自己。

只是今天，在她笃定他们的过去是彼此拉近的过程，他却轻易地否认这个梦。

司漂忽然觉得身上这套衣服没法见人。

"你是故意这么说的吗，不是真心话。"司漂喃喃自语，更像是说给自己听的。

"没有。"沿闻屿否认，"你知道的，我不愿意的事情没人强迫得了，我做的决定也从来不会轻易改变。"

司漂再也没法在沿闻屿家待下去。

她偶尔能听到门外大街上嚣张的机车声，看到男男女女在后半夜的街头灌着海啤。

而被抓的纪先生那伙人也透出了司漂哥哥的最后行踪是在昌京。

一家人决定重新北上。

王贞和司荒年的关系缓和了很多，司漂如愿报考了昌京大学，考虑到摄影是艺术系，司漂没有就读资格，最后报读了建筑学。

一切都在往好的方向发展。

司漂在要走之前的夜里偷偷去过沿闻屿家，隔着玻璃她看到他屋子里热闹如白昼，一箱一箱的海啤被那群一起玩车的人搬进去。

她最后把装满心事的笔记本丢在了他家不远的垃圾桶里。

司漂狠狠地抹了把眼泪，把手机里的号码拿出来删了。

她打算不要他了。

永远不要他。

02

过去的记忆随着沿闻屿的出现再一次回旋在司漂的脑海里。这些年，司漂尝试把自己和过去割裂开来，尝试把那些她现在想起来就有些丢人的情绪束之高阁。

"司漂，你输了，真心话还是大冒险？"她跟他们玩得火热。

司漂几杯酒下肚，没了动的力气，懒散地趴在桌上，挥了挥手："真心话吧。"

"我来我来。"齐闵第一个举手，"我问点大家都想知道的，司漂学姐谈过几个男朋友？"

司漂把手伸出来，掰了半天，眼见她把十个手指头都掰完了，大伙都瞠目结舌的时候，她却狡黠一笑，摇摇头："没有。"

"不可能吧。"

"主要是我家漂忙。"栾筝补充道，"在建筑学院拿了奖学金还不算，还要天天往隔壁传媒学院跑，摄影、建筑一个都没落下，她哪有时间谈恋爱。"

"去去去，我对爱情还是很渴望的。"司漂托着下巴，脸上微微带点红晕，笑得都不过心。

"那追你的男生那么多，也没见你点过头，话说司漂你喜欢什么样的啊？"

司漂把龙舌兰一饮而尽，不犹豫："读书的时候还真遇过心动的，大帅哥一个。"

一群人的八卦之心顿时都被熊熊点燃："多帅！"

司漂朝那头脸色微微僵住的栾筝抬抬头："不信你问栾筝。"

大伙一脸好奇，又把目光转向栾筝。栾筝对着大伙好奇的目光，点点头："这倒是，圈里人找不出几个比他还帅的人。"

"这么帅？是什么款？"一行人又追问栾筝。

栾筝只得解释说："就是读书时期特别迷恋的那种机车少年，酷帅拉风。"

司漂接话："逞强好斗、逃课打架，谁年少的时候没对这种看上去很酷的小混混动过心呢。"

这话一出，局里的人都知道是怎么一回事了。

"这倒是。"一个女生附和道，"我也曾迷恋过这种男孩子，现在想起来还觉得是自己的白月光，直到我上次同学会见到他——他还穿着那紧身小皮裤在那拗放荡不羁的人设呢，吹嘘着又认识了哪个大哥。"

"可不是嘛，成年以后谁还会喜欢这种人啊，大部分能高中毕业就很不错了，搞不好家里头还乱七八糟，极有可能有对潦倒且不管事的父母，开个店或者修个车赚点钱，一辈子最风光的时候估计就是他当小混混的时候了。过几年了他要试试自己是否魅力还在，就会来找当初迷恋过的小姑娘，怪天真的。"

"不信你问漂，后来那小子来找过她没？"

"对啊，他来找过你吗？"

周围人的话语一句一句递过来，司漂混在人群里听着这些话像是听一个遥远的故事。

聚光灯打在台上拿着吉他的小哥身上,他在唱周杰伦的《一路向北》。

> 我一路向北
> 离开有你的季节
> 你说你好累已无法再爱上谁
> 风在山路吹
> 过往的画面全都是我不对
> 细数惭愧,我伤你几回
> …………

司漂想起那年把装满自己心事的笔记本留在桑谭岛的夏天,她踏上回昌京的轮渡时,耳旁放的就是那年火得一塌糊涂的这首OST(原声配乐)。

"后来?"

司漂想起那天在拍摄结束后的沿闻屿,还有刚刚小巷子里的沿闻屿。司漂轻笑一声,指着齐闵说道:"我喜欢温文儒雅、彬彬有礼的。"

"听见没,司漂学姐说我温文儒雅、彬彬有礼。"齐闵得意地跟人炫耀。

"得了吧,你小子,当个挡箭牌都那么开心。"

司漂随着他们笑。越来越上头的酒意开始变成情绪在她脑子里横冲直撞,她又想到那天雨夜里沿闻屿带着伤的眼睛,明明像是不被驯服的狼。

"还爱他吗?"不知道是谁小心却大胆地切着要害问。

她托着腮帮子,眼神透过酒吧里静谧的灯光和渲染情绪的音乐:"我不爱。"

周围的人还在嬉笑打闹,继续着自己的人间游戏。

司漂却从那些飘散的影子里看到了一个熟悉的身影,司漂手里的酒一颤,不知道是不是自己的幻觉。

司漂猜测,她大概是不爱了,重新燃起的悸动只是不甘还在作祟。

不甘自己没有真正地走进他的内心,不甘自己在新闻里重新看到熟悉的他,更不甘心各大平台都在转播他的比赛——但是明明他说过,他离不开桑谭岛的。

可是偏偏他的出现,就像一点火星子,未燃尽的篝火重新迸发热度,而在这样的夜晚她也只敢借着酒意,假意证明:她司漂爱憎分明,拿得起放得下。

酒吧的王老板是个摩托车赛的发烧友，他听说 Blizzard 这段时间在昌京停留，于是在圈里人脉找了一个又一个，就想在开业的这天能不能想想办法请他来，给自己撑撑面子。

结果对方也不管他找的是车队赞助商还是赛车教练，直接回了两个字：没空。

王老板本来不抱希望了，谁知道沿闻屿直接出现在店里，杀他个措手不及。王老板心生欢喜，想带着他去包间坐坐，这人却又说坐在大厅就好。后来他听人说这祖宗坐了会儿大厅又走了，跑到后厅里的贵宾包厢，一个人喝闷酒。

王老板派人送去名贵好酒，都被撵了回来，唯独留下几瓶海啤。

这头的司漂明显有些上头，有栾筝在，她没束缚着自己，敞开喝了个高兴。

酒过三旬之后，司漂按着太阳穴，摇摇晃晃地往洗手间去。她高估了自己的酒量，今天的龙舌兰下肚之后起来才发现就连找洗手间都尤为艰难。

在她晃晃悠悠了许久之后，栾筝给她发消息说他们去了后面的包厢。她按着门牌号摸着包厢敲开了门，却被里面陌生的客人接连赶出来两次。

司漂晃了晃自己的头，连看清楚包厢号都变得有些困难。包厢里的音浪冲得她头疼，她很自然地朝另一边安静的地方走。

周围变得越来越静谧，就连走廊的灯都罩上了一层雾纱般朦胧的美。

司漂心想，栾筝还真会找地方。

她兴趣来了，把手机一收，打算试一试她的第六感，光凭直觉就能找到他们这种事情，够她等会儿上桌后吹嘘一晚上了。

司漂稳了稳身体，左右看了看这走廊里的每一道门，最后选了个门把手，买定离手。

"我回来了！"她向天伸出双手准备给他们一个惊喜。

门后的光很淡，一个男人坐在沙发上，单手解着虎口的绷带，牙关上还紧紧咬合着另一端，他警惕的目光对上来，看到来人后微微有些疑惑，而后眉头才算是微微舒展，没停手里的动作，嘴里说道："怎么？"

司漂一愣，环顾了一圈，四周没见到任何熟悉的人："你怎么在这儿？"司漂混沌的脑袋快要管不住嘴。

沿闻屿从棕栗色的沙发上起来，一步步朝着她走过来，他用打量猎物的眼神打量她。

司漂莫名有些怕，往后退了几步，抵到了门后，回头一看自己的脚就要越出门框外。

她一摇头，晃晃反应迟钝的脑袋，看到他明显殷红的脖子，顿时有了勇气。司漂咬着牙，努力凶狠地威胁他："沿闻屿，你可别耍狠，这可不是桑谭岛，昌京是我的地盘。"

沿闻屿没理她，在离她半米远的时候，左手抓着她的手往前一带，右手顺势把她身后的门关上。

"我怎么会在这儿？"

沿闻屿轻笑一声，脸上的神情却莫名带了点司漂不理解的狠劲。

"司漂，你看清楚了，这是哪儿，我又是谁？"他的目光幽暗，气息颓然，带着浓重的酒意且不加克制地靠近。

他右手将司漂的两只手禁锢在她头顶上方，自己却坦然地入侵她的领地，把恼意诉在她耳边："我是你口中那个早就被忘记的市井小混混，是他们口中那个比不上写字楼里出入的职场精英的潦倒男人。"

他全部听到了，听到谈笑风生里的人群对他的偏见，听到司漂不痛不痒地说着他。他从来都无所谓别人怎么说他，今天却含着酒意带着不甘地质问她。

司漂试图做些什么挽救一下局面，她舔了舔有些干燥的嘴唇："你还有酒吗？"

沿闻屿愣了一会儿之后，还是挪开身体，露出身后茶几上的东西。

"哇，有海啤。"司漂跑过去蹲在地上，左右手各拎一瓶，抬头露着自己醉醺醺的眼睛，"我可以带走两瓶喝吗？"

"不可以，要喝你就在这里喝。"他存了私心。

司漂像是被点了穴道似的定格在那里，过了几秒才跟连通了电一样，点了点头："也好，我也不着急。"她四下看了一圈，连带着把墙角都摸了一遍。

"你在干什么？"

"我看看还有没有人。"司漂见包厢里没人，蹬了鞋子蜷缩在沙发一角，指着沙发边上放着的海啤，"帮我拿一下，谢谢。"

她缩成一团,明明都已经快困死了,却依旧贪恋这点人间酒色。

"自己拿。"沿闻屿没惯着她。

"拿一下嘛,沿闻屿,你什么时候这么小气了。"她絮絮叨叨的埋怨声瞬间把他拉回从前,好像他们两个之间的那些裂缝不曾存在过。沿闻屿只得手腕一弯,捞过桌上的海啤,递给她,顺势坐在沙发上。

"明明喝了酒要闹笑话还硬着头皮喝。"

"谁要闹笑话。"她手里掰着啤酒易拉罐的拉环,手上用着力道,连带着伸出的脚丫子的五指都用力地张开来。

沿闻屿见她那吃力的样子,从她手里捞过易拉罐,随意打开,递给她:"虽然度数低,但我看你应该喝了不少了。"

司漂有一瞬间都恍惚了,她好像又回到曾经他骂骂咧咧又拿她没办法的那个时候。

司漂侧头,看到沿闻屿坐在沙发上,手肘靠在沙发背上,微微合着眼。她见不得他沉寂下来的样子,好像生命力在他身上流淌得特别快。

司漂发誓,一定是酒精乱智。她不由得往前蹬了蹬腿,像是很随意一样,但是脚丫子不受控制地攀爬到他的腿上。

这"不小心"的行为顿时惊扰了那头的人。司漂眼睛往上瞟,假装没发现,数着镶嵌在天花板里的灯。

那边传来动静,而后司漂就感觉到了自己的半个脚掌落到他的手心里。温热的触感传来,她没有伸直的腿被他拉直,往上拉了拉。

"司漂,你这些年就是这样跟别人去喝酒的?"他带着点无奈在质问她。

"才没有呢。"她转过身体,把脸朝向沙发,试图把腿收回来。

"你走吧,我一个人待会儿。"她开始驱赶人了。

沿闻屿没放开她的脚丫子,有一下没一下地用食指和拇指捏着她最短的小脚指头。她觉得痒,想要把脚抽回来:"沿闻屿,我困了,你别惹我。"

她放在茶几上的手机恰好"嗡嗡"作响,沿闻屿回头一瞥,看到手机来电人名称——"喝醉了找他"。

"有人找我。"司漂从沙发上挣扎着起来。

沿闻屿终于把人放开:"接。"

她捞过放在茶几上的手机。那头果然传来一个男人的声音:"下班了,顺路过来，栾筝说你喝着喝着就不见人了？"

"嗯。"司漂捣蒜似的点着脑袋，"喝完了又困又迷糊，就走丢了。"她心虚地看了一眼沿闻屿。

"困了就回家睡觉。我来接你，哪个包厢？"四周很安静，声音不用外放也能听见。

司漂努力从自己脑袋里找答案，手里的手机就被人抢了过去。沿闻屿接过手机："8806。"

那头微微停顿了一下，挂了。

沿闻屿看了看司漂依旧放在那里的手机，没有设置锁屏密码。

沿闻屿见到来人。

男人戴着一副眼镜，穿一件干净的衬衫，头发抹了发胶，样貌干净，斯斯文文地站在那里。

沿闻屿觉得这人有些眼熟，但没想起来在哪里见过。

他一上前，司漂就自然地走到了他的身边："Blizzard，有劳了。"

他的手绅士地搭在司漂肩上，既扶着她，又没有超越界限的亲近。

"听上去你很了解我？"沿闻屿见他直接叫出自己的名字，又从他落在她肩上的动作揣测道。

"算不上很了解，但多少知道点。"

"你怎么送她回去，开车了吗？"沿闻屿问。

"没有，我们打车回去。"

"打车不安全，不如我送吧。"沿闻屿走过来尝试挽过司漂的手。

"Blizzard。"那个男人拦着他，"你喝酒了。"

沿闻屿沉默了几秒，没再坚持。

"把行程分享给我。"沿闻屿也不再与他多言，把手机拿出来露出微信二维码，递给司漂。

那个男人笑了笑，把沿闻屿的目的直白地翻译给司漂听："小漂，Blizzard想要加你的微信，你觉得有必要吗？"

司漂木讷地抬了抬快要撑不住的眼皮子，不知道这两个男人你一言我一语地在干什么，她现在脑子里就只有一个想法，回家找到自己的大床，睡觉。

她摇了摇头。

那头的男人依旧谦逊:"小漂不是很想打扰你。这样吧,你加我的微信,我给你分享行程,最后也能达到你确认她安全到家的目的。"

沿闻屿极不情愿,没来得及收回,那个男人却已经扫上了他微信。

沿闻屿被扫后收回手机,大不了不通过吧,加不到司漂加个情敌干什么。

"通过一下。"那人并没有着急走,站在旁边盯着他。

沿闻屿只得打开了手机,通过。

"那我们就走了,一会儿上车就把行程分享给你。"说罢,他就带着司漂走了。

沿闻屿望着那个男人的身影,总觉得在哪里见过。他想到手机里的微信,坐下来翻着男人的朋友圈。

沿闻屿把男人的朋友圈全部翻了一遍,知道他来自一个高知家庭,高中的时候读到一半就送出国去了,国外留学归来在一家私立医院实习,现在专攻人体营养医学方面。

沿闻屿最后翻到一张照片——那是夏天的桑谭岛。

他拿着一串糖葫芦对着镜头,镜头的最后面,是一个梳着蘑菇头被甜腻的糖汁甜到露出一整排牙齿的姑娘。他的心一颤,那是十五岁的司漂。

祁垵看着旁边脸色通红的人,摁了车窗让风灌进来。

"司漂,要是被你哥知道了,他非得连我一块骂。"

"那你就别告诉他嘛。"司漂嘟囔了一句。

"他是科室主任,我能对领导撒谎?"

"没关系,领导的妹妹站你这边。"

祁垵见她撑不住的样子,把自己的肩膀递了过去,右手微微扶了扶她的头,让她靠在自己的肩膀上。

"要不是司莱呢,换作别的男人呢?"祁垵脑海中出现一个人的身影,微微转头,看向她绯红的脸颊,"那时候你要怎么做?"

"别的男人?"她搓了搓眼睛,打着哈欠,"别的男人就更没有祁垵重要啦,当然是站你这头。"

他这才满意地把行程分享给刚刚加上的人。

"你哥说下周回家里吃饭,让我也去。"

"好的。"司漂依旧闭着眼,"记得夸我妈年轻漂亮,你才能吃上饭。"

祁垾笑笑，不再打扰她。

司漂睡了一路，到家后强撑着眼皮洗漱完毕，整个人就倒在了床上。

喝了酒之后，她白日里胡思乱想的情绪就被驱逐得一干二净，很快就睡着了。

什么关于沿闻屿有没有爱过她，她还爱不爱沿闻屿，沿闻屿来昌京是要做什么，他们两个以后用什么样的方式相处……这些恼人的问题就留着以后再说吧。

第二天，司漂是被一阵手机铃声吵醒的。

她睡眼惺忪地从床头柜摸过手机。

"起来，在楼下等你。"听筒里传来明显和祁垾不一样的声音。

司漂恍惚了一下，对着手机确认："沿闻屿？"

"看起来酒醒了。"

司漂从窗户往下看去，楼下停了一辆路虎，沿闻屿慵懒地靠在门边。

她收回视线看了看时间，昨晚喝得晕七晕八的，忘记定闹钟了，这会儿已经快八点了。她住的地方离市区远，这会儿公交车转地铁是来不及了。

她火速洗漱了一下，挑了条方便工作的宽松牛仔背带裙，把头发随意地绾在后面，下了楼。

司漂没敢抬眼看沿闻屿，抬手就要开后座的门，手刚碰到门把手的一瞬间，就被挡了。

沿闻屿眉眼挑了挑："前面。"

她果断换到副驾驶座，沿闻屿刚上来正要帮她系安全带的时候，她已经麻溜地自己系上了。沿闻屿敛了敛目，从后座捞过来一个牛皮纸袋子，递给司漂。

"这是什么？"司漂没接。

"早饭。"他把东西放在座椅之间，发动了车子，打着方向盘拐出去。

纸袋里时不时飘散出一股诱人的味道，司漂不争气地朝里头瞟去，鸡蛋煎饼。她上学那会儿见到鸡蛋煎饼就走不动道。

"谢了。"司漂终于还是把东西捞了过来，"我会给你转钱的。"

"嗯。"沿闻屿目视前方，她还真分得清清楚楚的。

"你怎么知道我住在这里？"

"行程分享。"红绿灯变化之际,他停下来,"昨晚接你回去那小子,我问他要了行程分享,能看到起始地和目的地。"

"问他要行程分享?你是担心他会对我怎么样吗?"

"我是担心你会把人家怎么样。"

"我会把人家怎么样?"司漂指着自己。

沿闻屿敲敲方向盘:"比如你突发奇想要去他家看看,喝醉了酒像占我便宜一样也想要占别人便宜。"

这是含沙射影呢。

"我到了,我要下车。"

"这不还有段路吗?从地下停车场入内,直接坐电梯上去。"

"外来车辆不得进入内部停车场。"司漂认真地指着不远处的牌子,"你开不进去的。"

她话音刚落,沿闻屿脚下油门一踩,直接冲进了停车场。

她转过身来,却发现沿闻屿已经将车大摇大摆地停进了专用停车位。司漂颤颤巍巍地指着那写着"88"的停车位:"你停这儿啊?"

沿闻屿看着后视镜,稳妥倒车:"怎么了?8是我的幸运数字,我喜欢。"

司漂赶紧从车上下来:"行,你喜欢,我要先走了,你快点走吧。"只要她走得早,应该撞不到丁总的。

沿闻屿熄了火,从车上下来,摁了一下钥匙,车子发出"咔嚓"的声音。

"你锁车干吗?"

沿闻屿手里还捏着车钥匙:"我也要上去拍摄。"

"昨天不是补拍了吗?"

沿闻屿笑着拉着她的手往前走:"我的御用摄影师昨天不在,我怎么拍?"

他自然地拿出手机,刷了二维码,宽敞的高层专用梯就缓缓地降下来。他扶了一下电梯的门,侧身让出一个空间,对司漂说:"走吧。"

司漂犹豫,她只看到过创意总监和爱丽丝上下过这部电梯。

沿闻屿似是看出她的心事,晃了晃手机上定制的贵宾专用通行码:"我可不是非法进入。"

专用电梯直接通高层办公室,一出门就有专门的秘书接待。

秘书看到司漂脖子上戴着的实习生员工卡的时候,微微有些吃惊,但也热情地带着他们去会议室。

两人刚被带着走,迎面就看到创意总监和爱丽丝拿着一沓杂志封面过来。

爱丽丝柔声说:"Blizzard 来了,怎么也不提早跟我说一声,我好让人下去接你。"

"嗯,无妨,已经有人接我了。"沿闻屿转身看向司漂。

爱丽丝这才看到跟在沿闻屿后面的司漂,她看了看两人不远不近的距离,心里微微有些揣测。

"小司早上好。"她笑得灿烂,打着招呼,"谢谢你啊替我招呼 Blizzard。"

司漂微微点头:"爱丽丝早上好。"她心里嘀咕,沿闻屿的脸真大,就连平日里高傲的爱丽丝都主动和基层员工打招呼。

到了会议室,爱丽丝简单地把最近的杂志销售情况做了个说明。

最新一期的杂志期刊售卖比起上一期直接上浮了两个百分点,各家代理商反映这两天还有预定量需求,就连之前的废片都有几家合作商来问过价,眼馋新晋 MotoTP 联赛夺冠热门唯一的亚洲面孔 Blizzard 带来的人气。

这热度完全不输娱乐圈当红炸子鸡。

司漂总算是知道为什么坐在会议室里的这些人从项目经理到执行总监都对沿闻屿一口一个"您"了,这不是财富密码是什么?

"Blizzard,您看我们后期多定几个拍摄的主题如何?"

"多定几个?"沿闻屿合上了资料,"陈译没跟我说后面还有安排,只要补了今天一个镜头就行。"

"陈助没跟您说?"丁纵假装一脸诧异,"一定是 Blizzard 太忙,他没来得及跟您说。是这样的,我们还想跟 Blizzard 后面有合作的机会,车队的赞助费我们会加倍。当然,您个人的出场费我们也按照之前的三倍给到您……"

丁纵还没说完,沿闻屿打断他:"我之后的训练计划排得很满,怕是没有时间。"

"摄影师是小司。"爱丽丝见 Blizzard 要拒绝,连忙递话,"小司现在已经是正式摄影师了,作品库里如果有您,她一定会成为昌京最年轻、最有名气的摄影师的。"

司漂:我这就转正了?

"小司,你不是一直都崇拜 Blizzard 吗?一直想要跟他有合作机会的,现在人就在你面前呢。"

爱丽丝不愧是八面玲珑的项目经理,察言观色一绝。

果然一直没什么表情的沿闻屿这会儿微微倾身,低头问着司漂:"你说过这样的话?是你心中所愿?"

爱丽丝拼命地朝司漂使眼神。

司漂只能拼命喝着水逃避这一尴尬关头。

沿闻屿:"被戳中了心事倒也不用这么害羞,训练我往后推了就是。"

太好了!司漂仿佛都能听到其他三个人心里激动的欢呼声。

"好的,那我等会儿就让人拟合同,我们就按照之前的拍摄风格和主题吧。顺便说一句,Blizzard 你超欲的。"

沿闻屿点头:"合同的事情交给陈译吧。"

"不过我有个小要求,合作的女模特我可以指定吧。"

"当然,一切以您觉得最舒服为宗旨。"

"那就她吧。"

四双眼睛齐刷刷看过来时,司漂不干了:"丁总,我是摄影师。"

丁纵耸耸肩:"有什么关系吗?"他双手合十,点点头,用领导的姿态鼓励道,"能者多劳嘛。"

"那多得吗?"司漂机智地反问。

"单人照的时候是摄影师,双人照的时候是模特,辛苦司摄了。"沿闻屿说得冠冕堂皇,"这么辛苦当然是要给双倍正式薪酬的。"

司漂:"好的,我没问题。"

沿闻屿还算是比较配合,几套室内硬照下来都表现不错。

一旁的助理打着下手,直呼过瘾。"随便一张都是难得,情绪片、时尚片都到位了,Blizzard 要不直接进娱乐圈算了,就冲他这镜头表现力,不红才怪。"

司漂放大着监控屏里的照片:"什么镜头表现力,也就靠脸。"

小助理不说话了,难怪司漂还没有正式毕业就已经是正式摄影师了,难怪 Blizzard 的影照都能交给她,人家对工作的挑剔和追求完美也不是一般人能比得上的——就连 Blizzard 这么完美的外形条件在她眼里也就"靠脸"的水平。

中间休息的时候，沿闻屿走到司漂身边蹭着她的相机里看成果："还挺帅。"

司漂回头看了一下他额头上微微沁出的汗，对着化妆师说："化妆老师，Blizzard 的妆补一下。"

化妆老师连忙拎着一箱东西过来。

"能不化妆吗？"他坐下来，低声对司漂说着，尾音带点含混不清的上扬。

化妆老师的手微微一抖，不敢相信这声音是 Blizzard 发出来的。她哆哆嗦嗦地就想说：好的，不化不化。

"不行。"司漂头也不抬地回绝他。

"不舒服。"他重复了一句。

沿闻屿一脸不爽地看着她。

"化妆老师，给他全卸了吧，我们换个主题，不需要化妆。"

"好的。"化妆老师听话地给他卸了。

司漂拿来油彩，靠近沿闻屿。她手里拿着细长的笔刷，微微低下头，直视他的眼睛，眸子里像是有层水晕，倒映着他的影子。沿闻屿不由得做了一个吞咽的动作。

"别动。"她拿着笔刷，细细地在他眼下描绘着什么。

司漂认真的时候，眉头会微微蹙在一起，跟从前一样，专注又笃定。

"好了。"她收回了笔。

沿闻屿从她的眼睛里看到了过去狼狈的自己。

他的眼下是大大小小的红色伤痕，虽是用上妆的油彩画的，可是那一笔一画所描绘的地方，是他真实存在过伤疤的地方。她在描绘、她在复刻、她记得他每一处大大小小的伤口。

司漂做完这一切，拍了拍沿闻屿的肩膀："去换套衣服，最后一组了，好好表现。"

司漂看着跟他们进去换衣服的沿闻屿，舒了一口气。他还算是配合，没多说什么，倒是比想象中的进度要快。

司漂在外面玩着手机等他，那头传来小小的惊呼。

司漂循声望去，沿闻屿穿了黑色的西装套装，头发也都梳到脑后，配了一副大边框的金丝边眼镜，还没恢复的虎口又重新绑上了纱布。

"开始吧。"他走到摄影棚里，手还没从裤兜里伸出来。

司漂这才重新拿起相机。她从长镜头里看着他，放大着他脸上的瑕疵，回忆着过去的故事，重新啃噬着他带来的悸动和不安。她稳了稳自己的手，尝试把注意力集中在取景框里。

"Blizzard，克制，给到我。"她在那头指挥。

"想一些可以让你集中注意力的事情。比如我必须达成的目标，历经千辛想要得到的东西。"

"想要的东西？"他低声重复着这句话。

他望了过来，准确地说是落在司漂身上。那种眼神，拒绝又克制，莫名透露出的渴望配上他现在全身散发出来的戾气，实在是太完美。

司漂心头微微一颤，他在看她。她的手顿时有些僵硬，控制着自己快速摁下快门，平心静气地打算不再去看他。

"OK！"艺术指导得到了满意的照片，喊了停止。

司漂忙不迭地走到后台，大口地灌着水，她鬼使神差地从后台的帘子缝隙处偷偷望着在外面的人。

沿闻屿太像过去了，像是过去依旧没有做完的一场梦一样，总是把她整理好的情绪击碎。

"司摄，艺术总监说拍双人的摄影师到了，让你跟Blizzard准备一下。"

"知道了。"

爱丽丝之前嘱托了很多次，让司漂好好配合拍好这一组双人照，就连主拍的摄影师都找了圆点资格最老、最有经验的金摄来，就怕出什么幺蛾子。

金摄给了他们一堆样片："两位，定什么主题好？"

司漂翻来覆去地看，从商业的眼光来说，Blizzard拍情绪片卖点更高。她选了几组更有氛围和情绪的对比着看，翻过一页的时候，她的手指停留在上面。

黑色的复古机车上，浑身是伤的男人穿过尽头是光的隧道，后面的女生几乎被夜色吞没，只露出满是担忧的眼睛，大片的黑暗在后面追赶。

"逃亡。"沿闻屿合上样本，"我觉得这个主题不错。"

司漂下意识地看了看拿着的样本右下角的主题名称——《逃亡》。她装作无所谓的样子，把样片递给了助理："那就按照他说的吧。"

造型师给他们换了造型。

沿闻屿的更简单些,他只是脱去了外面的西装外套,只留一件似是墨迹沾染的花样式白衬衫,把鞋子换成了一双白色的板鞋。他坐在椅子上玩手机,听到动静,猜是司漂换好了,这才抬起头来仔仔细细地将司漂的新造型看了个全。

她的刘海被打散,半扎的头发被随意地挑散,披落在她换好的白裙子上,身上的裙子破了一半,被撕扯开的裂缝直接到了大腿根部。

复古机车已经被推出来,室外摄影,补光灯几乎打成白昼。

两人随意上去拗了一套造型,养眼是养眼,可没有情绪。

金摄:"不太对。要不直接演一段?我们抓拍会更好一些。"

"行。"司漂答应。

"各部门准备。"

艺术总监在做最后的调试,对着镜头跟他们说着片段的动作调配。

司漂把乱七八糟的情绪全部赶走,她现在想的只有一个事情,完成它,别输给他。

司漂在适应阁楼里黑暗的环境,找寻着孤身一人的无助与惊慌,夜色就要将她的人影吞没,她听到叫嚣的机车声如约而至。

他冲破外面的防护,单手搂过她的腰将她扛在自己的肩上。

破碎的裙摆摇曳如高傲的白玫瑰。她被这一套动作搞得心跳加快,心里暗骂沿闻屿不按照剧本来,不是说温柔的拯救吗?这明明就是鲁莽的绑架。

她正要偷偷给他一个怨毒的眼神,那头的人稳住了她的身体之后却在月光下,站在车边捧着她的脸。

等到她从惊慌中回过神后,沿闻屿才把手放下来。他双手支撑着车子,直直地看着她,压得她的头只能微微往后仰,才能对上他的眼。

司漂听到"咔咔咔"的声音,她的直觉告诉她,现在一定是一个完美的画面定格。

"别开小差。"沿闻屿微微抬着她下巴,她感受着他指尖传来略微粗糙的磨砺感,像初夏的桑谭岛沙滩上特有的细碎沙石。

那一瞬间,夏季的闷热如约而至,海浪声重新被唤醒,崖岸边的凤凰花开了一年又一年。

他从来就没有等到她回来。

"司漂,"他看着她,"跟我走。"

"或者，带我走。"他低低的声音萦绕在司漂耳边。

他希望她不要害怕，不要无助，不要惊慌。不管她在哪里，他都会来。

那年的那个晚上，她身边是家人，是他难以打破的桎梏，也是难以明说的情感。

今天的这个夜里，他什么都不想，只想揽着她坐在车后，跟她曾经说的一样，他的速度够快，随便去什么地方都可以，只要从年少的时候就一直永远地在一起。

司漂从他眼里看到了难得一见的温柔，他不紧迫也不慌张，就像那天早上，他乘着红霞把她接回家，笑着问她是不是爱哭鼻子的美人鱼。

直到金摄喊了"咔"，司漂才从这种沉湎的情绪中出来。

她深深地吸了一口气，故作轻松地在车上晃晃脚，晃得堆积在一起的裙摆像是桑谭岛的雪白浪花，不断乍现，且撩拨着沿闻屿的心。

03

爱丽丝最后把庆功宴定在了洲际。

圆点上上下下从编辑部到摄影组甚至到运营几乎是全员出动，好不热闹。

"小漂姐。"小助理跟着司漂一块盯着精致的甜点，"不是说好了是给你的庆功宴吗，这上上下下盛装出席的，比年会还热闹呢。"

"这你就不知道了吧。"司漂用小勺子指了指舞池，"今天是选妃的日子。"

"给谁选妃？"小助理摸摸脑袋。

"今晚男主角 Blizzard 呗。爱丽丝忙进忙出，不就是为了他嘛。"

"小漂姐，你是不是跟他认识啊？我感觉你跟他很熟的样子。"小助理又补充道，"我觉得 Blizzard 还挺好的。"

"你瞧瞧，这就是他厉害的地方，他就会蛊惑小女生。"

"可是我感觉他好像有点喜欢你。"

"我也时常有这种错觉呢。"司漂说得风轻云淡的，"吃腻了，换地方，找杯饮料喝。"她伸了伸懒腰要走。

酒店厅门被打开，一群人围了上去，不用多说，沿闻屿来了。

众所周知，MotoTP 并不是以一场比赛定输赢的，一届的比赛采取的是积分赛制，对应着五场比赛，每一场获得的名次都从高到低对应积分，全球的六十九位参赛选手里，Blizzard 现在积分处第二，不仅遥遥地甩开了曾经多次获得过冠军的欧洲选手，就连此刻比他积分微高的上一届冠军，也倍感压力。

毕竟 Blizzard 是第一次参加这么大的赛事，而且入行又晚，训练时间又少。所有人都知道，MotoTP 的天早晚是 Blizzard，他会成为第一个拿下桂冠的华人选手。因此他名声大噪、炙手可热，绝不是一场虚幻的泡沫。

他在人群里点头微笑，穿了一身干净利落的西装，精神干练，倒是把平日里乖张歪痞的样子收了收。

沿闻屿在人群里扫视一圈，就锁定了自己的目标。司漂对上他的眼神后快速挪开，溜了出去。

昌京四月下旬的夜还有些微凉。

司漂无趣地在酒店后厅的假石山水后面打着哈欠。

"怎么，在我面前抬不起头来了，跑得比兔子还快。"沿闻屿的突然出现，把司漂吓了一跳。

"我没有。"

沿闻屿："一走了之这一套，你倒是玩得很溜。"

司漂仰着头，假装看月亮，不说话。

"我要去比赛了。"他说话间抓过司漂的手，绕了一圈红绳在她手上。

司漂怔怔地望着那根绳子，那是很多年前她在南山寺买的，她以为他早就丢了。如今，他却虔诚地将那红绳贴合着她的手臂，细致地确认着松紧。

"这么快。"她下意识地说出一句。

"我马上就回来。"

"你不会不回来了吧？"她摩挲着手里的红绳，一截一截地数着上面的节结，声音有些哑哑的。

"瞧你那样，过来抱抱。"他索性伸手把她揽过，拥在自己怀里。

"我会回来的。"

"我找到你了，就不会走了。"

后来他们说了些什么，司漂记不太清了。她只知道自己最后在他怀里哭得抽抽搭搭的，止不住的鼻涕通通沾在他熨帖平整的衬衫上，他也不恼，任由她嘴里骂骂咧咧。

两人没有在那天确认任何的关系，也没有来得及对过去发生的事情做解释与和解。

就是很奇怪的,在他拿出那根红绳系在她手上的时候,在突然又要分开的时候,司漂突然不想出语顶撞,只想让他这样抱着自己,感受着她许久也没有真实感受到过的温度。

不管怎么样,她是真的有些想他了。

他走之后,突然就把喧闹世界里的五彩缤纷都带走了。

司漂的实习工作变得两点一线,刚好赶上五一,回了趟家。

王贞搬到了郊区,说是要把昌京的房子留给司漂。司漂不习惯一个人住,偏跟栾筝挤在一个出租屋里,硬是把市区的房子出租了。

"你这孩子,一点都不恋家,要不是你哥叫你,你能回来?"

司漂躺在沙发上吃水果,完全不管王贞在旁边絮絮叨叨的。

"哥是你的小棉袄,我就是让你操心的熊孩子。"司漂选择躺平。

"别总是躺着,对脊椎不好。"从书房走出来一位青年,眉宇清朗,气质不凡。他过来拍了拍她肩膀,"起来。"

"真受不了你,我估计我未来嫂子有得受,当代年轻人谁能受得了你这极端的养生方式。"

"管好你自己,我让你叫祁埈来吃饭你叫了吗?"

"叫了啊。"司漂把手机丢过来,"你瞧,一会儿就过来。"

"妈,我爸呢?"司漂闻着香味就坐到桌旁。

"跟你一个样。"王贞没好气。

"什么意思?"司漂问司莱。

"没什么,就说你跟爸一样,闻着饭香马上就出现了。"

果不其然,门一看,司荒年拎着个鸟笼子从外头回来,看到司漂喜笑颜开:"哟,我家闺女回来了。"

"爸,新寻的宝?"司漂望了望他手里的鸟笼,木材加工利落,烤漆讲究。

"你哥买的。"王贞过来。

司莱扶着王贞往里头走:"妈,你上次逛西湖的时候看上的丝巾,我让人给你带了。"

王贞顿时喜笑颜开:"妈就是随便说说,你怎么还真让人去带了。"

司莱从包装考究的盒子里拿出一条做工精制的丝巾,对着镜子给王贞系上:"难得有妈看上的东西。"

"哟哟哟。"司漂走过去围着王贞转圈,"您就是西湖白素贞,您这往街上一走,还有我爹啥事,直接就是断桥不了情。"

"就你贫嘴。"王贞笑骂司漂,"怎么不见你给我买点好的,你看看你哥。"

"哥是亲儿子,我是假闺女。"司漂背着手踱步离开,回到餐桌上开着雪碧。

"全是糖。"司莱把她手里的雪碧换下来,给了一袋牛奶。

"莱,你给爸爸妈妈买东西的时候记得给你程爸程妈买。"司荒年嘱托一句。

司莱在程家长大,他惯用的名字,其实是程之诺。

程家财力雄厚,早年就把司莱送出国深造,获得医学博士学位回来,在科室里算是最有发展潜力的年轻医师。

直到近些年被司漂他们一家寻回,司莱才逢年过节都在两家走动,互不落下。

"嗯,过两天我回一趟程家。"恰好门铃响了,司莱指挥司漂,"去,给祁垵开个门。"

司漂从原来坐好的桌边挪到门边,打开门。

祁垵拎着大包小包站在门口,这双手满满的把司漂吓到了。

"怎么,不请我进去?"

王贞听到声响从里屋出来:"司漂你愣着干什么,快让祁垵进来啊。"

司荒年过来帮衬着:"就来吃个饭而已,你买那么多东西干吗?"

"也没什么。"祁垵从外面把东西一样一样搬进来,"都是些我爸妈朋友寄过来的特产,听说我要来,一定让我带上。"

"哎哟,真是的。"王贞也过来帮着递东西,"跟你爸妈说下次可千万别再拿那么多东西过来了。"

祁垵跟司莱是同个科室的,司漂和祁垵以前都是同学,两家人走得一直就比较近。

"吃饭。"王贞张罗着,"司漂,别玩手机。"

栾筝刚跟司漂分享娱乐圈的八卦,就被王贞逮了个正着。

"你说祁垵好不容易来我们家吃饭,你就不能跟人家说说话。"

"哦。"司漂扒拉着饭,"祁垵你好,我妈做的饭好吃吗?"

祁坂笑得饭都要喷出来："倒也不必这么见外。"

"还是祁坂这孩子阳光。"司荒年在一旁突然开始夸祁坂，"莱莱，祁坂在你们科室，应该很受欢迎吧？"

"是的。"司莱点点头，"跟他示好的医生、护士还挺多。"

"哪有司莱哥多。"

"司莱不行。"王贞摇头，"司莱不开窍的，前些日子隔壁的王大妈给我介绍了一个女孩子，人家是事业单位的，长得又乖巧，脾气也好，说好了去见面的，这孩子直接放人家鸽子。"

"妈，不是说好不提这茬吗？"

"你看祁坂这孩子，乖巧懂事，工作又体面，不像我家漂，整天没个正行。"

"阿姨，小漂在摄影上很有天赋的。"祁坂帮着说话，"我见过她的很多作品，开个人作品展指日可待。"

这句话把王贞哄得心花怒放的，她似是确认着什么："我们家漂啊也就在你心里是完美的。"她话里话外暗示，"我都担心她以后嫁不出去。"

"那不用你担心。"司漂快速扒拉完面前的碗，"嫁不出去是不可能的，女婿太多选不过来才是你要考虑的。"

"你也忒杠了。"王贞想要继续数落司漂。

"阿姨，小漂说的是实话，我听说他们学校追求她的人还是挺多的。"

王贞撇撇嘴："要按照我的口味来，我觉得祁坂这样的就挺好，外表出众，人又礼貌懂事。"王贞看了看没心没肺的司漂，"是不是你倒是说句话啊。"

"是是是。"司漂点头，"祁坂最好了，你最爱祁坂了。"

祁坂摇着头笑笑。

王贞还要说些什么，司漂放下了碗筷："我吃好了，你们慢慢吃啊。"

她火速逃离现场，躲进自己的房间里。

"祁坂，你不要管她，尝尝阿姨做的糖醋里脊。"

"最近实习顺利吗？"司莱见王贞可算是没了含沙射影的人，这才跟祁坂聊着工作。

"挺好的，司莱哥。"

"那就好，跟着科室里那几位老前辈多学学。"

几人你一言我一语的，饭局到了尾声，司莱帮着王贞收拾完东西，这才坐在沙发上跟祁垵说起了话。

祁垵正坐在沙发上翻着茶几上的那本《中枢神经学》。

"我房间有几本更详细的，待会儿你都带上。"司莱把茶水放在茶几上，他削了水果，在客厅里喊，"司漂，出来吃水果。"

"待会儿。"司漂在房间里回了一声。

司莱只得端着切好的去她房间敲了敲门，一开门就见她卧在床上玩手机："祁垵在外面，你不打算出来？"

"嗯？"司漂没抬头，"祁垵不是来找哥哥的吗？"

司莱迟疑了一会儿，只能无奈地说："你这话也没错。"

"你们都是学医的，肯定比我有话题，我就不出去招我妈嫌弃了。"

司莱拿她没办法，只能自己出来在外面跟祁垵聊着天。

"没关系的，司莱哥，随她去好了，下次我约你们去湘山玩，那儿有些稀奇古怪的小动物，司漂一定感兴趣的。"

"嗯。"司莱点点头，"平日里你们联系得多吗？"

"蛮多的，大学那会儿也经常一块玩，不过这段时间，司漂有些忙，就约得少了。"

"她在忙些什么？"

"他们公司让她拍一个赛车手。"

"赛车手？"司莱眉头微微一皱，"什么赛车手？"

司漂百无聊赖在群里面拉人聊天。五一假期朋友圈都在晒出游踏青的照片，就她一个闷在家里头刷别人的朋友圈。

手机振动，司漂以为又是群发的假期祝福，出来的头像却让她重新搓了搓眼。

沿闻屿：【吃饭了吗？】

司漂：【吃了。你那边呢？】

那头回得很快：【刚训练回来。】

司漂：【训练顺利吗？】

沿闻屿：【还不错，场地都已经熟悉了，明天就正式开赛了。】

沿闻屿：【你呢？】

我？司漂晃了晃脑袋，在输入框输入：【我回家了。吃吃喝喝一天了，有些无聊。】

沿闻屿：【挺好，省得出去拈花惹草。】

司漂：【谁说一定要出去才能拈花惹草了，网络很发达，动动手指就可以。】

她刚发完，那头就直接微信视频弹过来，她像是捧着个烫手的山芋，忙不迭地扔开手机。

这人怎么一来就弹视频的，也不管人有没有准备好。

手机在床上"嗡嗡"地响着，那头似乎没有挂的意思，司漂一咬牙，抓过手机，摁了接听，但没把自己的脸露出来，让手机就朝着白花花的墙。

"喂。"熟悉的声音从手机里传出来。

司漂别过头去看了一眼屏幕。那头的人似是刚洗完澡，头发都没来得及吹干，只是拿了块白色的毛巾擦拭着。

"人呢？"那头的声音似是有些不满。

司漂这才凑上脑袋。沿闻屿穿了一件浴袍，胸前露着大片小麦色的肌肉，她看了一眼之后又迅速别开。

"你就只敢看一眼？"沿闻屿语气微微上扬，在嘲笑她。

激将法对司漂来说一如既往地好使，果然那头马上就出现了她精致的小脸："那有什么不敢看的，我要是想看，我用得着这样看吗？我相机里多的是，我随便看，我甚至可以打印出来挂在卧室里天天看。"

"倒是你，"司漂翻过身体躺着，把手机高高举起，"动不动就用这种方法色诱，一点意思都没有。"

"训练辛苦吗？"

"不辛苦。"沿闻屿摇摇头，"只是我的工作而已。"

"倒是身体有些不舒服。"

"不舒服？"司漂皱皱眉头，"怎么不舒服，找车队医生看了吗？"

"心里七上八下，惴惴难安的。"

司漂正有点担心，赛车是一项极限运动，对身体素质的要求极高，稍有不慎就会导致非常严重的结果。

"有查出什么缘故吗？"

"是太想你的缘故。"

司漂作势要挂断电话。

"别。"沿闻屿连忙阻止她，"是真的想你，让人比赛都不专注，只想回家抱抱你。"

司漂的脸瞬间涨红，立刻挂了。

那边又弹出一条消息：【我睡了，宝贝。明早还有热身赛。比完赛我就回来。】

宝贝？

司漂拿着手机侧躺在床上傻笑。

司漂点开他的头像看他的朋友圈——光秃秃的一条线，什么都没有。

她离开桑谭岛后的这些年，他发生了什么，为什么会成为赛车手？司漂不得而知。因为沿闻屿的关系，她多少知道一点机车，但是不太了解这个MotoTP的锦标赛。

司漂花了一个下午，把关于这个比赛的情况都了解了一遍，包括过去举办过多少次比赛，比赛的举办时间，比赛的规则。

让司漂感到震惊的是，即便已经做好完善的比赛规则，比赛还是有一定的伤亡率，更别说受伤和摔车这样家常便饭的事情。这比赛哪有他说的那么轻巧。

她看了很多过去不曾也不敢拿出来的比赛视频，发现他从早期的寂寂无名到现在的名声大噪，只花了三年。这三年来，他应该吃了很多的苦。

司漂在半夜十一点多的时候，守在了电视机前看直播赛。这是她第一次看他比赛，从前是不关注，后来是本能地回避与他相见。

专业的红黄色赛车服从头到尾做好了防护，沿闻屿站在预备候场处，从一旁的助理手里拿过功能性饮料，安静地等待着开场。

沿闻屿脸上没什么表情，神色淡淡，跟旁边充满活力的外国选手形成鲜明的对比。他倒是把自己不爱社交的性子发挥得淋漓尽致。

预检结束，所有的参赛选手都依次前往赛场，等待开赛灯。沿闻屿之前的排位赛名次靠前，给他争取到了一个不错的出发位置。所有的车都已经是发动状态，引擎带着气缸"轰轰"作响，蓄势待发。

司漂缩在沙发上裹了个小被子，紧张到连手里的酸奶都忘了喝。

比赛开始，沿闻屿没有冒头，保持前五的速度前行。

司漂耳膜里充斥着轮胎在赛道上磨损的声音，相差不过毫米的追逐看得人热血沸腾。

如果说前几圈是看各家厂商机车配置，良好的配置条件纵然能赢得先机，那么后几圈才是对一个赛车手真正的考验。几圈下来，有较大失误的已经摔车出局，小失误的开始落后队伍，只有那些经验丰富又技术高超的顶级赛车手,仍能顶住 300 千米/小时的速度紧紧咬合地面。

几圈下来,沿闻屿凭借高超的进弯技巧,一直在赶超,目前已经在第三了。

现在位于第一的是目前积分排行榜上的美国选手,八年老将,三年蝉联冠军,发挥稳定,遥遥领先。第二名是匈牙利的小将,今年虽然只有二十岁,但是初生牛犊不怕虎,一出发就赌上了全部的速度。

司漂觉得沿闻屿追这个第二名完全没问题,她看了一下午的比赛并不是没有收获的,这个小将虽然爆发力强,被媒体吹得天上有地下无的,但是奈何他比赛经验和心态阅历受限,续航能力太差。果不其然,他在下一个进弯的时候就丧失了机会,太急于抵抗后面追赶的沿闻屿,把自己的车身压得太低,反而险些失去重心。

沿闻屿借此一举反超,进入直道后,他嚣张地挡在那小将面前,一点反超机会都不给。

司漂在被子里不由得蹬着脚,果真是个爱记仇的家伙。沿闻屿挡了人家四五次,把后面的人气得翘胡子,这才撇了撇车身,追着第一的美国选手过去。

阿根廷是 MotoTP 的倒数第二场比赛了,积分争夺已经到了白热化的阶段,积分暂时位于第一的这位名叫斯迪姆。纵使前面几次比赛里,沿闻屿赢过他。到了倒数第二场比赛,司漂不敢说沿闻屿会超过他。

斯迪姆严防死守,计量着每一次转弯他需要的角度,保证后面的人没有一点有弯道超车的可能性。

出了弯道之后,最后两百米,就是他最擅长的直道,历史上还没有任何人可以超过他。

斯迪姆发现 Blizzard 虽然跟他差不了分毫,但始终没有找到机会超车,他就要驶出弯道了,这场赛事的积分拿下后,他只要最后一场比赛不掉出前三,整个赛季的冠军非他莫属。

就在他要驶出弯道的最后一瞬间,他余光看到了 Blizzard 那辆嚣张的橙红色 88 号 KTM 出现在了他面前!怎么会,他的弯压得够低了,怎么可能?

"观众朋友们,我看到了什么,斯迪姆已经把弯道压到五十几度了,这几乎是个极限弯度,如果我的眼睛没有看错的话,Blizzard 用了六十五度的超神弯道进场。天哪,他是怎么救起这辆几乎都要贴到地面上的机车的。"

"对的,你没有看错,Blizzard 是直接用了更低的进弯角度直接超车!我们来看看斯迪姆还能不能守住他的强势直线。"

司漂眼睛一眨不眨地盯着屏幕,生怕错过一秒。

赛事主播把紧张的氛围带到极点。

电光石火之间,一橙一绿同时冲过终点线。

"什么?是同时吗?细节判断一下两人的前后。

"是的,裁判放了回放,最后是两人同时进场!

"这样一来,Blizzard 就拿到了阿根廷赛的并列第一,虽然目前积分还在第二,但我们或许会在本次赛季的终点站葡萄牙看到 Blizzard 的冠军加冕之日。"

"太牛了!"司漂从沙发上起来,沿闻屿是怎么做到车子几乎都要侧翻了却能救起来的操作的。

她要第一时间给他道喜。

司漂翻过沙发,从沙发反面掏着手机,影音室的门却突然开了。司漂抬头,司莱刚从外面回来,把着门把手,看了看投影大屏幕。

电视里还播放着赛后采访,沿闻屿摘了头套,捋着稍稍凌乱的发型,接受着记者的提问。

他标准的英文回荡在耳边。

"口音很地道。"司莱站在门边突然这么说了一句。

司漂拿过遥控器,想把电视关了,却不小心摁到了静音键。

司莱走过来,坐在沙发上,也不管司漂脸上是什么表情,专心地对着电视说道:"大晚上不睡觉,就是为了看他比赛?"

司漂站在沙发后面,支支吾吾:"也没有。"

"还没有呢,不过 Blizzard 这次表现很精彩。"他评价了一句。

司漂这才从沙发后面绕过来,坐在沙发上。

"哥,你认识 Blizzard?"

"我听爸妈说过。"他淡淡地说,"怎么说也算是我们家半个恩人,没有他,我都不一定能回来。"

司莱说的是实话,却也是他的痛楚。

"我看过他的一些资料,他这样的人,很像一阵风,自由来去,难以把握。

"他的工作和职业,身上应该有大大小小的伤口,他能走到今天这一步,应该是吃了不少的苦头。

"赛车手的黄金时光不长,没人能控制自己不走下坡路,若是不做这一行了,没有一个傍身的技能,还是不能给家里人一份安全感。

"拿一个世界冠军很难。

"但是这个社会,忘记世界冠军的速度比你想的要快。"

司漂眉头紧皱,越听越觉得司莱话里有话:"哥,你想说什么?"

"司漂,你知道的,全家最疼你。若是你那场虚无的梦还没有做完,你继续做当然没有问题,只不过要是当真了,最后又会伤到自己。"司莱冷静的声音回荡在屋子里。

司漂迟疑了一会儿之后,最后坚定地摇摇头:"我觉得哥哥说得不对。

"按照哥哥这个说法,世界上就没有稳定的工作,不管什么工作,都不能保证做一辈子的。即便有可以保证一辈子不失业的工作,人这一生还有可能遭遇种种呢,谁也不能保证一生顺利。怎么到了 Blizzard 这儿,就成了他日后没有保障,无法支持家人了呢,哥哥你不公平。"

司莱见平日里随家里人数落的司漂突然认真起来,几句话就探出了沿闻屿在她心中的分量。

司莱:"我看不公平的人是你。

"说到 Blizzard,你处处维护,事事支持,怎么妈说到祁垵的时候,你就装聋作哑了?

"那若是有一天,他跟你说,他不想跟你做朋友了呢?"

司莱步步紧逼。司漂长这么大没有设想过这种假如,她杵在那儿。

"你可别忘了,你每次喝酒闯祸的时候,是谁把你从各种醉酒现场领回来;你随口说一句想吃永春堂的片鸭,是谁半夜绕了大半个昌京城给你送到家门口;每次撒谎出去玩的时候,是谁给你把黑锅背下来。祁垵回来的这些年,我一直以为你们会走到最后的,甚至在工作上,我都把他当作自己的半个准妹夫看待。"司莱说起那些事牵扯着司漂过去的记忆,她失神地看着从窗外透过的月光在地上来来回回地迁徙。

"我暂且不用市侩的条件评价,也不论家世、不论学历,光是关爱你、照顾你这一条,他在我这儿,是过了线的。"司莱拍了拍司漂的肩膀,"司漂,本来做哥哥的真的不应该干涉你的选择,但是两者比较之下,我们会建议你选更没有风险的一条路。"

司漂的目光在地上凝了好一会儿，才抬起头对司莱说："哥哥，可是那不是爱情。"

"傻孩子。"司莱突然笑了。

"有一些细微的感情藏在心底最深处，作为异性，你们有着比一般朋友更好的交情，一定有些东西是被你忽视了的。

"哥哥没有说你一定要和祁垵在一起，我只是希望，你在确认自己的心事之前，能够把一切都看得更明白一些，不要平白无故错失身边的人。哪怕你要选，也希望你能公平地给个机会。

"他错过的那些年，或许有人已经填补了你心里因为他的离开而留下的那些窟窿，哪怕暂时还没有填补，面对会再次受伤的风险，不走回头路也不失为一种最好的选择。"

司漂夜里躺在床上，翻来覆去都是这些话。

祁垵是很好。回到昌京的夏天，她很多个夜里都跟他在街头撸串，听他聊国外的事情，他总能聊些天南地北的古怪奇谈，引经据典、引人入胜。

她跟着摄影组出去野外摄影结束遇到了大雨，司漂躲在离昌京五十几公里的一个公交车站下躲雨，来往的水花溅起泥水，她避让不及的时候却看到祁垵撑着伞出现在她面前。

所以，真的像司莱说的那样，他们的爱情，是藏在她不知不觉却印在脑海里的记忆里的吗？

那里储藏的感受，到底能不能细细品味，想到最后，司漂什么时候睡着都不知道。

第二天，司漂被敲门的声音吵醒。知道是催自己吃早饭，她按了按睡姿不端正引发酸胀的脖颈，穿着一条棉质的睡衣走到客厅。

餐桌上是热腾腾的煎饼和豆浆，煎饼里包裹着她最爱吃的里脊肉。司漂有些惊讶，王贞一直说煎饼里的里脊肉太多油，不让她吃来着，就连司莱也支持王贞这个说法，今天怎么突然转了性？

她听到厨房里的动静，看到了里面忙活的那个年轻男人，于是跑到厨房，趴在门沿上，问："哥哥，今天为什么这么好，我的煎饼里有里脊肉？"她声音软糯，似是在撒娇。

那头的人转过来，司漂愣愣的表情都没来得及收回来。祁垵笑得似是有些宠溺，右手还拿着汤勺："你哥才没那么好，也就我，敢冒着被他骂的风险。"

"祁垵？"司漂搓搓自己眼睛，"你怎么在我家？"

"昨晚回来太晚了，司莱哥说王贞阿姨房间都给我收拾了，我就住下了呗。"

"我哥呢？"司漂晃了一圈房间。

"他今天临时有个研讨会，早早出门了。"

祁垵催促她："愣在这儿做什么，快去吃，等会儿凉了。"

若是在平日里，司漂一定会杠几句，但是今天，她心里平添了许多别样的情绪，少了些插科打诨的心思。

"怎么了？今天话这么少？"祁垵把刚熬好的小米粥放在她面前。

司漂把他的份递给他："谢谢祁垵。"

"司漂，你今天倒是格外有礼貌，礼貌得有些生分。"

"没有吧。"司漂心虚地否认着，"吃人嘴软嘛。"

祁垵见她神色恢复了几分，这才吃起早饭："今天天气好，要不要去湘山玩？"

司漂本想今天惬意地在家躺一天，恍然间想到了司莱说的"公平的机会"，如果非要选，也得试之后才能选吧。她点点头："好啊。"

祁垵穿了件白 T，木降色的衬衣披在外头，直视道路，车子开得稳当，行进京郊宽敞的绿荫路上。

五月的暖风熏得司漂睁不开眼。

她系着安全带，坐在祁垵的副驾驶上，望着窗外倒退的景色出神。今天她试着用异性的相处方式，第一次跟祁垵出去，这应该算是一场约会吧。

过去让人神伤，未来又充满极多变数。祁垵不超过四十迈让人安心的稳重，或许比刺激却又危险的街跑要合适得多。司莱说或许往前走，不要回头，会比再来一次要轻松一些。

她眯着眼睛想这些几乎要打盹。

车子经过一片学校区域，高中生挤在校门口返校，自然而然就造成了一阵道路拥堵。

司漂无聊地看着街边穿着校服的学生。

她发现走在前头的一群少年吵吵闹闹的，其中一个帅气的男生显然是这个小团队的话题中心，却拿着篮球不参与这场闹剧。

司漂注意到，他们身后，跟着一个看上去安静怯懦的女孩子，她低着头，控制着脚步的大小，保持着疏远的距离，虽然不敢上前，却也没让自己掉队太多。

司漂勾了勾嘴角，她看出来了，后面那个女孩子，一定喜欢手里拿着篮球的那位。他一定足够引人注目，才能让她莫名自卑吧。

不过那个男生一定不知道，有人在身后偷偷追随着自己的影子，在心里蕴藏不敢言说的秘密。司漂太懂这一切了，她不自觉地为那个女孩子惋惜，这场兵荒马乱一定让女孩的青春惶恐难安。

果然前面的那群男生根本没有发现跟在后面的女孩子，他们也没有回头看，只是互相打闹着往前走。他们的速度很快，快到女孩子只能微微小跑才能跟上。

大约走了一段之后，那个手里拿着篮球的男生突然停了下来，跟他们说了些什么之后，其余的男生就作鸟兽散开般走了，只留那个高个帅气的男孩子在那里。

司漂有些疑惑，不知道那个男生要干吗。

他没有回头看，但是脚下的步子却慢了很多，直到慢到身后的女孩子可以追赶上他的脚步，慢到他能听到她跑得气喘吁吁却依旧不敢靠近的心跳。最后，那条去上学的路上，在光阴交错的绿荫下，只剩他们两个的身影。一前一后，只有影子在静谧的交流。

女孩子一定很庆幸上天眷顾，这一场偶遇和邂逅没有以失败告终。

司漂在那一瞬间，心里涌上一阵难言的情绪，她迅速转过头："祁垵，麻烦停一下，我要下车。"

祁垵见她着急，忙踩了刹车停在路边，关切地问道："怎么了？"

司漂有些抱歉："对不起，祁垵，我可能不能和你去湘山了。"

"怎么了，是出了什么事吗？"

"没有。"司漂摇摇头，她不知道怎么和祁垵说，有些局促地咬了咬下嘴唇。

她没法做到像司莱说的那样，她没法做到公平，在这场爱情的角力中，没有公平可言。

"祁垵，对不起，如果我哥哥，我爸妈跟你说过什么冒犯的话，我想代表他们跟你说一声对不起，是我的疏忽，没有更清楚地表达我的立场和我的感受。"

祁垵原本紧张的眉眼突然舒展开来，原来是为了这个事情。

她说到这份儿上了，祁垵也知道司漂要表达什么了。意思其实就是说，她哥哥和她爸妈的撮合，不是她本愿，如果让他产生了某些错觉和误会，她还是要澄清一下的。说到底，是不愿和他再有所发展罢了。

司漂见祁垵只是淡淡地抿着唇，看着窗外的景色，一直没有说话，以为是自己没有表达清楚。她尝试着再加了一句："抱歉，祁垵，我之前没有考虑过太多你的感受，也没有注意太多的分寸感。"

"不用抱歉。"他出声打断，"是我没有注意太多的分寸感，该说抱歉的是我。"

"嗯？"司漂有些不理解。

"是我让司莱哥和王贞阿姨他们误会了，我们只是玩得比较好，才让你有这样莫名其妙的压力。"祁垵淡淡地笑了一下，露出右边非常浅的一个酒窝，"这倒是挺大一个乌龙的。"

这厢的姑娘听完这话之后，从早上一直背负着的不安和紧张似是才在一瞬间完全瓦解。

"原来是误会。"司漂的眉眼终于弯起来，"我哥、我妈也太扯淡了，我就说嘛，他们瞎点鸳鸯谱。"

"好了，不是说还有事吗，要我送你过去吗？"祁垵问道。

"不用了。"司漂摆摆手，"我自己走就好。"她一边重复着话，一边解怎么也解不开的安全带，"下次让我哥请我们吃饭，这不是瞎闹嘛。"

祁垵微微弯过身体，伸过右手，单手帮她摁松了安全带。

安全带弹开的一瞬间，她抬起眉眼，在她的眼神就要对上自己时，祁垵慌忙把眼神挪开，转过身体。

司漂打开车门："我走了。"

"司漂。"祁垵叫住她。

司漂转过身，祁垵那双眼睛，用一种司漂难以读懂的复杂情绪正在看着她，司漂觉得他有话要说。

只是司漂等了好一会儿，他也没有说什么，而是从副驾驶递出一只包："你的包。"

"多谢。"她笑笑，糖咖色的贝雷帽下，几缕发丝调皮地跑出来。

"我真走啦。"她拿过包，挎在肩上，笑着摇摇手。

直到祁垵那辆银白色的英菲尼迪开走之后，司漂才叹了一口气，误会也好，真的也罢，她刚刚算是对自己的感情方向有了个交代。

她转身回去打了个车，在家庭群里打了个招呼，提早回了学校，去图书馆研究自己的毕业设计。

她坐在车上，思绪怅惘。司莱说有些人的爱情是轰轰烈烈的，是必定充满曲折，让人百转迂回肝肠寸断的；但有的人的爱情是细水长流融在平淡的生活中的，是让你说出来的时候心如净水却万万不可脱离的。

他说让司漂想一想，她的那些心动，是不是遗漏在了跟祁垵的相处之中看似平淡的细水流长里。司漂原先不懂，只是她刚刚在车上，只是简单地看到那少男少女的缩影的时候，她知道了，她的爱情，注定是轰轰烈烈的，注定是爱一个人，爱了一个青春，哪怕他不在的这些年里，也没人进来过自己的心里。

司漂拿出手机，把沿闻屿的头像从聊天记录列表里拉出来。她几乎是不加任何思考，直接对着对话框输入：【我有一点点想你，你有没有想我？】

而后，司漂又想到，现在的他，一定是开不完的复盘会和推不了的各种采访会和庆功宴，应该没有时间看手机。

司漂觉得自己有些情绪化和冲动，她连忙把消息撤回，只是没想到她撤回的一瞬间，那头就发过来一条消息：【不是有一点，是一直很想你。】

司漂望着"对方正在输入"的聊天框发呆，他比赛完了之后就跟自己说了接下去几天可能会有点忙，消息不一定会及时回。

距离司漂撤回也就半分钟的事情，那头又发过来：【怎么了？不是回家了吗，有一点无聊了？】

司漂回复：【嗯，收拾东西回学校了。】

她又加了一句：【不是说这两天有赛后采访？】

沿闻屿：【对，正在采访呢。】

司漂对着屏幕似乎能想象到他一边点头微笑，一边趁着记者提问的瞬间低头把手藏在桌子底下回消息。

那边回复：【我过几天就回昌京来陪你好吗？】

司漂倒是有些吃惊：【这么快就能回来？】

不过，好吧。

脸上却难掩欣喜。

第七章：秘密
我告诉你一个秘密，我爱你，爱了很多年

01

司漂没想过这辈子会和杨谣以这样的方式见面。

这次拍摄对象是私人派对，本来圆点是不接这种活的，但是对方给的价格非常诱人，爱丽丝觉得赚谁的钱不是赚，就使唤着司漂所在的项目组上了。

私人派对开在一个小庄园，来往宾客都是昌京有头有脸的人，这开派对的主人公就是庄园主人的女儿，是唱歌剧的，派对本身也是为了欢迎她从国外回来的活动。

司漂本来专心取景，今天目标很明确，把这位大小姐拍得光彩照人。

只不过等到来人在掌声中走出来的时候，司漂脑子里的弦就突然"嗡嗡"作响。等到她看清来人的样子，她手里的快门摁不下去了。

如今她站在人群中，穿着黑色赫本裙，戴着大礼帽和黑色手套，在人群里觥筹交错，根本看不出她干过的荒唐事。

司漂没法忽视她。不过更让司漂感到震惊的是，跟在她身后，帮她拎着包，穿着一身职业衬衫裙的那个神色淡漠的女子，竟然是梁闯。

梁闯的五官没有太大的变化，只是把头发梳起来之后显得整个人更为清冷了几分，梁闯脖子上系着一条丝巾，那是她受伤的位置。

而现在，凶手在台上当主角，受害人在台下当拎包的助理。司漂站在那里，愣了很久也没有反应过来这跌宕的人生。

取景取得差不多了，摄像组把摄像器材收起来，宴会也给司漂他们安排了位置。

司漂坐在不远处，只留了一台小的摄像机在记录一些散镜头。

梁闯安静地跟在杨谣后面，给她的那些朋友递酒换盏。

一位穿着艳丽的女人从不远处走过来跟杨谣打招呼："谣谣，终于把你盼回来了，你都不知道，你不在国内，下午茶都没人陪我喝。"

她走过来时，几乎是推开刚刚接过他们手里红酒的梁闯。梁闯穿了一双五厘米的黑色高跟，她没稳住，身体不自觉地往后倒去。

手里端着的红酒朝着在杨谣旁边穿着白色礼服的女生泼去。那女生惊呼一声，身上的白裙子上已经沾满了酒渍。

"对不起。"司漂看到梁闯标准九十度鞠躬道歉。

在她印象中，梁闯就从来没有为谁弯过腰，梁闯在桑谭岛夜里唱歌，像一朵开在雪山的冰莲，从来没有给过众生任何一个眼神。

"你干什么啊！"杨谣没给梁闯好脸色，"你知不知道 Anne 这件衣服是巴黎春季定制款，就我爸给你开的那点工资，你赔得起吗？"

"算了算了。"Anne 劝杨谣。

"不能算，不给她点教训，以后怎么让她在我身边做事。"杨谣走上前去，扬起自己的右手，对着梁闯就是一个巴掌。

梁闯被这道力度打得翘起，差点没稳住。

"还不快滚。"杨谣心生恼怒。

梁闯低头快速地消失在了杨谣面前。

司漂走过去，端着手里的酒杯，抿着笑对杨谣说："杨小姐，欢迎回国。"

杨谣在看到司漂的一瞬间，眼里有一丝慌乱，而后又迅速藏下来。她侧过身体，打算直接忽视司漂。

"谣谣，这位是？"Anne 问杨谣。

杨谣要面子，司漂站在那里无辜地对着自己笑，自己反倒畏畏缩缩的，显得自己反而不大度。她心下一横，站了起来，脸上带点讥诮："她啊，我可得好好介绍。

"圆点新晋热门摄影师，而且还和最近的夺冠热门人选 Blizzard 登了最新一期的圆点杂志封面。"

"难怪我说这么眼熟，和 Blizzard 一起拍照的那个女模特就是她啊？"

杨谣对着 Anne 说:"你倒是来看看,Blizzard 不接你家广告反倒是跟这个小摄影师合作,你是输她哪儿了?"

"是她呀。"

司漂的周围顿时围上来一群瞧热闹的人。

"好像也没什么特别的。"

…………

杨谣拿起酒杯,碰上了司漂的杯子:"这么久不见,原来混上女主角了。"

"谣谣,你们认识?"

"认识,学霸,门门考满分的那种。"

"那现在她在哪里高就啊?"

司漂反倒大方地笑笑:"普通打个工,我们拍完了,杨小姐这样的性子,尾款一定是一次性结清。"

杨谣脸色一变,她成片都没看到,付什么钱。

她要不是看司漂在这家摄影公司工作,才不会找跟拍团队。

杨谣心里恼怒,但脸上神色还挂得住:"老同学来跟拍,打个折吧。"

"杨小姐去专柜,也是这样讲价的吗?要讲价不如去昌京后巷的古着店,那儿的二手或许还能打折。"

"你!"杨谣吃了亏,用更难听的话讥讽她,"要我说啊,这做人就都得跟你学学,潜伏了这么多年之后,趁别人出国,还是成功上位了哈。"

"你说什么呢!"司漂当下就不能忍了,她不知道为什么梁闯要忍杨谣,但是她不会忍。

杨谣反而笑道:"我说得不对吗?当年最大的受益者不是你吗?你敢见梁闯吗?你敢说你那个时候对沿闻屿一点想法都没有吗?"

"你还胡说八道。"司漂举起右手,打算以牙还牙回去,反正她今天回去横竖都要被爱丽丝骂了,兴许连工作都要没了,不如再过分点好了。

"司漂!"

司漂回首看到从远处赶来的梁闯。

梁闯急切道:"住手!"她发出的声音喑哑难听。

司漂的手最后没有落下去。她对杨谣心生厌恶,恨不得送杨谣进监狱。若不是杨谣,梁闯的嗓子不会这样;若不是杨谣,沿闻屿也不会终日活在还不完的债务中。

凭什么所有人都付出代价了,就杨谣一个人光鲜亮丽地活在上流社会,不开心的时候不痛不痒地拿他们这些人开涮。

梁闯跑过来,杨谣一脸得意。

司漂不忍再看下去,收了自己的相机,走了。

杨谣恶狠狠地推开梁闯:"没用的东西,自己男朋友都看不住。"她最后几句说得很大声。

司漂当然知道这是说给她听的,她在这一场关系里,从来都没有越界过。司漂根本不在乎杨谣怎么说自己,她在乎的是梁闯。

是那个说要去做自己,像风一样自由的梁闯。

深夜,昌京安和医院。

司莱今天排的是晚班,入夜了之后,病人就少了。

他对着电脑研究病人的病历报告,护士却带着一个女人进来。她穿着衬衫裙,却别扭地戴了个鸭舌帽。

司莱抬头对上她的眼睛,原本因专注而皱起的眉毛在看到她的时候就舒展开来。他对护士说:"交给我吧。"

女人这才把鸭舌帽摘下来。

她一开嗓,声音还是哑哑的:"程医生,您好。"

司莱坐在对面:"梁闯?你怎么回国了?"

"做秘书助理工作,随着老板,老板回国,我就回国。"

梁闯问:"你呢?怎么样,家人找到了吗?"

"找到了。"司莱点头,"家人健康,全家和乐。"

"挺好的。"梁闯点点头。

"那你呢?"

"我?"

"你想做的事情做完了吗?"司莱问她,"或者说,你原谅自己了吗?"

梁闯笑了笑:"快了。"

司莱最后拿出酒精和棉棒,替她擦拭眼角的红肿,问她:"你这隔三岔五地受伤,到底是怎么来的?"

梁闯笑笑:"多吗?那是你不认识我年轻的时候。"

"年轻的时候?"司莱笑笑,"病历本上写着你二十四岁。"

"年少的时候。"梁闯改口。

"你要是认识年少的我,你一定会被我迷倒。"她笑起来的时候带点坏。

"那你年少的时候一定有很多男朋友。"

"没有。"梁闯摇头,"我没交过男朋友,到现在也没有。"她对上司莱那没有一点风月之情的眼睛。

"真的没有?"司莱像是随意搭话。

"要说有,还真有一个,发小,不过那都不算,我就当了他半天女朋友,帮他挡桃花来着。"

"那怎么没索性拿来挡一辈子?"司莱开始剪绷带。

"发小你知道吗,那就是兄弟情,两肋插刀我可以,当女朋友,饶了我吧。"

梁闯讲完了之后反问:"你呢?"

"我?"

"我把情史说完了,该说你的了吧。"

司莱粘好了纱布最后一个角:"你是来看病的。"

"行吧。"梁闯耸耸肩,接着她自然地伸手扯了扯一路来束缚自己的那条领结,让自己舒了口气。司莱的眼神落到梁闯脖子的伤口上:"你这伤口,就没去再看看?"

梁闯像是想到了什么,这才慌忙把自己的衣领往上拉了拉,她自嘲:"老毛病,没啥事,就是影响美观。"

她挥挥手,背影倒是洒脱:"走了,程医生。"

司莱收拾了东西,在窗口看着她离去的背影,奇怪的人。

沿闻屿回国下了飞机,给司漂打电话她没接,听陈译说她今天差点跟人打起来,他火急火燎地赶到圆点的办公室。

他直接进了创意总监办公室的门,看到司漂安静地在那儿坐着。

他直接半蹲下来,双手扶着司漂的肩膀:"受伤没有?"

司漂恍了恍神,有些困倦地抬眼看他,迷糊的眼里倒是有些惊讶:"沿闻屿?你回来了。"

沿闻屿松了一口气,看样子没事。

杨家因为杨谣和司漂打架的事情扬言要是不炒了司漂就跟圆点解约,让圆点赔偿损失,还要找律师起诉司漂让她赔偿。爱丽丝左想右想都觉得这事棘手,再怎么样也得通知一下沿闻屿,不然他们和沿闻屿的合约还没到期，司漂就不在圆点了，沿闻屿要是撒手不干了，圆点不仅赔了买卖还折损人员。

爱丽丝将其中的利害拎清，直接通知陈译让他把 Blizzard 找来。

"我都说了让他们不要跟你说。"司漂嘟囔。她有私心，她不想让沿闻屿知道今天和她冲突的人是杨谣，也不想让沿闻屿接触梁闯。

陈译在旁边补充："司漂小姐是被动起冲突的。"

"还有什么？"沿闻屿问个详细。

"圆点的意思是，对方说要么赔偿，要么起诉，要么走人。"

"起诉？她是受了什么程度的伤害，经得起我们对她的诽谤诬陷和名誉权的诉求吗？"沿闻屿直点要害。

"可是屿哥……"道理陈译都明白，就是怕这件事情牵扯沿闻屿精力影响他比赛。

"没什么可是的。"沿闻屿直接打断陈译。

"按照正常程序走。"

爱丽丝刚好谈完事情回来，隔着门就听到沿闻屿发火的声音，赶紧拿了杯茶进去"灭火"。

"别动火，Blizzard 先喝杯茶。"

沿闻屿用手挡了茶杯，既是对陈译说的也是对爱丽丝说的："你能不能搞定，你不能搞定，我自己去找。"

"不要了。"司漂连忙来拉沿闻屿，"走啦走啦。"

司漂架着沿闻屿往外走。

沿闻屿架不住司漂拖着自己，跟着她出来了。两人坐在车里，沿闻屿给她系好安全带，才打算兴师问罪。

"说说吧。"

"没什么。"司漂侧过脸去。

沿闻屿见司漂不理他："下次遇到这种情况，第一时间给我打电话。若是我在训练没接到，就给陈译打，我手机都在他那儿。"

"知道了吗？"

"知道了。"司漂软声软气的。

沿闻屿这才算是训完了，带着人往家里走。

到了沿闻屿家里的时候，司漂才发觉自己怎么就跟着他来了。司漂拍了拍脑袋转身就要走。

沿闻屿拉过她:"干什么去?"

司漂支支吾吾,想到了一个绝妙的借口:"我没有带换洗的衣服。"

沿闻屿指了指沙发:"那儿。"

司漂一回头,沙发里躺了一排的名牌衣服,都是新的。

"估摸着大小买的,应该合适。"他拦在门旁,颇有自信。

司漂胡乱抓过几件,敷衍道:"喜欢喜欢。"

司漂有些烦恼,总觉得白天哪里不太对劲。

想到杨谣那些杀人诛心的恶言恶语,又想到今天梁闯看自己的那个陌生又疏远的眼神,心里又气又不好受。

她早早地躺到床上,捂着被子缩在一侧。

不久后就感觉身边的床一凹陷,是沿闻屿,洗完澡他身上带了点洗发水的味道。

"怎么了,一个人躲在被窝里?"

"困了。"

沿闻屿用手整理着她耳边散落的头发:"你的心事都写在脸上。"

他把司漂往自己怀里带了带:"不是说了吗,桑谭岛的司漂,沿闻屿是要罩一辈子的。"

"你骗人。"司漂在被窝里置气。"我还是习惯没有你一些。"她说着外强中干的话。

"哪有你这样没有良心的人,说不要我就不要我。"他捏着她的指尖,轻轻一掐就能起一层血晕,蔓延在白皙的肤质下,看得他心神荡漾。

怀里的小人似是累了,她絮絮叨叨发了几句牢骚,大抵都是埋怨他来得太慢,消失得太久。

他哄了许久,终于是安心地睡着了。

沿闻屿轻声起来,拿起电话走到阳台上,给陈译打了个电话。

杨谣觉得自己最近运气不好,找了一家 SPA 店做了个全身按摩,可那按摩的技师力道总不在自己的点上。

她本就烦闷的心情一瞬间被点燃:"干什么吃的。"

按摩的技师垂着脑袋,一直在道歉。

"把店长叫来。"

店长低头哈腰地出来:"对不起啊,杨小姐,我们一定给您个交代。"

"杨小姐，您那个穴位力道要轻一些……"那位姑娘试图解释。

"你还狡辩。"她扫了一眼那个技师胸前佩戴的金牌技师的勋章，一把夺下来丢进垃圾桶。

"晦气，下次来别让我再看见她。"杨谣甩甩手，走了。

店长看着姑娘，叹气道："你……为什么要顶嘴这样的大客户呢？收拾东西回去吧，这个月工资照常给。"

小姑娘抹了一把眼泪，去后台收拾东西了。

杨谣从 SPA 店出来的时候，司机就已经在门口等着了。她头也没抬，司机就已经麻溜地把她的东西放到了车上。

杨谣一直在后排低头玩手机，没注意司机换了人。等到她回过神的时候，车子早就开到了郊区外面。

她原先以为因为堵车司机绕远路了，可看着窗外越来越荒凉的景色，这才慌了神。

"这是去哪儿？"她没好气地踹了一脚座椅靠背，却没人理她。杨谣这才对上后视镜他的眼睛，这人根本就不是她的司机。

"你谁啊！你要带我去哪儿啊？"她四处环顾，心里的不安越来越多。

"你知不知道这车我爸装了实时定位的，你最好把我送回去，不然过不了多久，我爸就能找到你。"

前面的男人终于出声儿了，他笑了声，从兜里掏出块电路缠绕的电子板："杨小姐说的，是这个？"

杨谣大惊，车里的定位系统都被拆了。她慌慌张张地想要拿出手机打电话，却发现连手机都没信号了。

车上，估计早就被动过手脚了。

"你开个价吧，五分钟之内入账，只要你放我回去。"

"钱？"那个男人在前面夸张地笑笑，"你以为人人都稀罕你那两个臭钱。

"不过你也别紧张，违法乱纪的事我们不干。

"今天请杨小姐来呢，就是聊聊天。"

杨谣："聊什么天，我有什么可跟你们聊的。"

男人踩着油门，一手转着方向盘，半点要停下来的意思都没有，另一只手摁了摁车里的 CD 盘，里面传来一道中年人的声音。

"小子，钱你收好了，谣谣的事情，就到此为止吧。"

"什么到此为止,她杀人了,她是凶手,她应该被送进监狱,这件事情没有到此为止。"

杨谣的脸色一变,嘴唇突然泛紫。

"哼。"中年男人像是听了个天大的笑话,"你以为,我是来跟你谈条件的?"

"这一百万,算是个道歉,以后,我走我的阳关道,你过你的独木桥。"

……………

"关掉它!关掉它!"坐在后座的杨谣突然歇斯底里地叫起来,她扑过来就要关掉录音。

男人没有阻止杨谣,而是直接打了个急转弯的方向盘,甩得杨谣重心不稳地往旁边倒去。

随着车子一声刺耳的刹车响,一辆豪华轿车就停在了废弃的小路上。

车子里的录音CD一遍又一遍地重复着。

杨谣的嘴唇发抖,再也没有了往日颐指气使的神态。

"关掉它,关掉它。"杨谣抱着自己的头,痛苦地求饶。

"别再说了……我没有杀人,我不要坐牢,没有发生过……"她神神道道地重复着同一句话。

她蓦地从座椅背后伸出手,抓过驾驶座男人的领口:"我真的没有杀人!梁闯就在我爸公司,她活着的!"

"你觉得刚刚的录音重点是你有没有杀人吗?你爸可是亲口承认了,他当年为你平事,动了那些关系,你说,杨家经不经得起查?"

杨谣顿时像散了骨架一样瘫在后座椅上,杨家不能出事,她依赖的财富不能没有。想到这儿,杨谣反问男人:"沿闻屿?对吧!"

"还算不傻。"

"因果循环,你做的事儿,一件也逃不了。"

"他……"杨谣的泪在眼眶里打转,"可是他也拿钱了啊。"

"你回去问问你爸,屿哥这些年是不是一直汇钱过去。"

杨谣不相信,她不是没查过沿闻屿,他高中毕业后连大学都没去上,这一百万对一个高中生来说简直就是天文数字,没有人能顶住这种诱惑。

梁闯都收了钱,沿闻屿为什么不要钱,他拿钱换一个更好的生活不好吗,世界上会有这样的人吗?

驾驶座的男人才不管她在想什么,话说完了,起身把人从车上拖下来,一把摔在泥地里。

杨谣回来的时候，杨父还奇怪，她又是抽了什么风，最近流行剪寸头吗？

接连几天杨谣都闭门不出。

圆点还约了她，说要协商司漂的事情。她现在最不想见的就是司漂，更是拒绝出门。

就连梁闯来家里，她碰见了也都好声好气地说："请。"

就怕当年的事又被翻出来，更怕沿闻屿找上门来，她现在恨不得直接飞到国外去。

02

司漂忙活了一天，伸了伸懒腰，掀了掀自己的眼皮，看到沿闻屿的电话的时候，才想起来他昨天说带她去见老朋友。

等她收拾完东西，到楼下，发现沿闻屿已经在楼下接她了。

司漂连忙上车："我们去见谁，是你的朋友吗？"

"去了你就知道。"

司漂满怀期待，她看了一眼导航，途经的路段都标红了："我们会不会迟到啊？"

"没事，让他们等着。"

司漂听完这话就不担心了，头歪在一旁闭目养神。

昌京堵归堵，但道路上的车流动性更大。最后他们还算准时到。

店家的位置处在人流密集处，来往的人多，沿闻屿自然地与她指尖相扣，回头对她说："跟着我，别走散了。"

司漂微微一愣，眼神落在她手上。如果她没有记错的话，这是沿闻屿第一次在公共场合牵她的手。

从前年少时，他要么是虚虚地扯她的衣袖，要么就是慌乱时带她逃离相握，发觉后又迅速撤离，但没有一次，是这样主动的十指相握。

他走在前面把人挡开，她在他的庇佑下缓步前行。

司漂不自觉地抓得紧了些，随他上楼。

进门前，沿闻屿在她耳边留下一句话："今天允许你喝酒。"

司漂顿时喜上眉梢："这么大发慈悲，看起来今天来的这位朋友，是我的贵人了。"

"贵人谈不上，勉强算狐朋狗友。"沿闻屿笑着推开门。

里面人声鼎沸的，桌子边围了一圈的人，吆喝着最中间的那个人吹啤酒瓶子。

中间的那人眼睛不算大，留了个中分头，正仰着头灌酒。听到开门声响的时候，男人放下酒瓶，推开挡着的人，几个大跨步来到了司漂面前。

沿闻屿把人挡在后面："凡子，这就开始飘了？"

凡子？司漂还正犹豫呢，郭凡就露出一个比哭还难看的笑容："哥们儿，我见你一面不容易，你说走就走，这些年桑谭岛就留我一个人，你说我进城一趟容易吗我，你你小子真是没心没肺。"

司漂听完郭凡的"情真意切"后，从沿闻屿身后探了个脑袋出来，幽幽地喊人："凡子哥。"

郭凡这才发现沿闻屿后面还躲着一个小姑娘。

他看着眼前的小姑娘，比记忆中的要再瘦些，穿得简单，但是难掩她身上的灵动和容貌的甜美娇俏。

"司漂？"

"对啊！"司漂从沿闻屿身后跳了出来。

郭凡"哇"的一声哭了出来，他张开怀抱把司漂整个人裹在怀里："想死哥哥我了，你也是个没良心的，跟沿闻屿一样，走了就再也没回来过。"

"好了好了。"沿闻屿把郭凡从司漂身上扒下来，"你把她弄脏了。"

郭凡怀里一空，幽怨地看了一眼沿闻屿。

"凡子哥，你也在昌京吗？"司漂适时递话给郭凡。

"那倒不是，你知道我家做运输的嘛，我毕业之后就回去帮我爸。这次昌京是接了一单生意，刚好屿哥回来，我是连生意都顾不上就过来了。"

没等司漂回上话，郭凡的话题又跳开了："小司漂，那你怎么跟屿哥一块来的？我们都没你联系方式，他怎么找到你的？"

司漂记得她离开桑谭岛的那天，心灰意冷到连同那部老旧的手机都没有带走。她打定主意要把那里的人和事都忘记，除了记了栾筝的号码，其他的她没记。

一直在跟对面人寒暄的沿闻屿突然插话："上天注定的。"

他暗地里钩了钩司漂的手，继续嘲讽郭凡："公主不遇见王子，遇见你个小矮人干什么？"

司漂被逗乐了，她突然觉得过去的沿闻屿又回来了。

"得，我说不过你，你等着，我找援军去。"郭凡扒拉着手机，"老柴和梁闯怎么还不来！"

司漂听到梁闯的一瞬间，眉心跳了跳。

郭凡话音刚落，外面就传来老柴的声音："来了来了，路上堵车。"

老柴推门进来，他穿得干练简单，整个人也阳光。跟在他后面的，是司漂前几天才见过的梁闯。

她把头发披了下来，脖颈上依旧系着蓝色的丝巾，穿了一件垫肩的黑色裙装，把她整个人衬托得精英无比。

司漂偷偷地缩回被沿闻屿握在掌心里的手，不知所措地捏了捏自己的衣角。

最惊讶的还是郭凡："这是闯哥？"他恨不得拍自己几个嘴巴子，"你告诉我这都市丽人是闯哥。"

梁闯笑着反手打他："起开，这么多年没见，嘴还是这么欠。"

"是吧，我去接她的时候也差点没认出来。"老柴添油加醋，"她给我地址的时候我都吓坏了，怎么这么高的高楼，主要她还让我去她办公室等她。你知道吗，闯哥现在可是一个人一间办公室。"

梁闯站在一旁，嘴角带笑地看他们吹牛，也不反驳，她真的好久没有再听见这样的声音了。

她眼尾一扫，看到了屋子角落里的沿闻屿。她走过来，对着沿闻屿抬了抬头："许久不见，别来无恙啊。"

"什么时候回国的？"沿闻屿问道。

显然两人之前也许久没有联系。

"不久。反正，我要回来也不是我能决定的。"梁闯的语气有些无所谓，似是想起什么，换了明显兴奋一点的语气问，"你呢？我听说你最近不错啊。"梁闯又看向沿闻屿一旁的司漂，"小司漂，也许久不见了。"

司漂想到那天梁闯拦在杨谣面前挡着自己，有些不知道该用怎么样的表情回梁闯。司漂低着头，表情不算热情，但也没有甩脸冷漠。

沿闻屿不喝酒，一群人哪能饶过他，被他们挟持着去叙旧。期间老柴他们都过来跟司漂打过招呼，就连梁闯也过来跟她寒暄了几句。

只是他们默契地保持缄默，谁也没有说起杨谣。

梁闯大概是感受到了司漂对她的某些隔阂，说了几句就顺势跟郭凡他们喝酒去了。

司漂也尴尬得不好意思再待下去，匆匆和沿闻屿告别，转身走了。

司漂没走多久，沿闻屿就在聚会上接到陈译打来的电话。

"屿哥，魏老给我打电话了。他说过两天云家乔迁，您还是得去。"

"知道了。"沿闻屿挂了电话。

魏老是他的贵人，如果他没有遇到魏老，那么他现在还是满身油污的修车工，哪有如今的 Blizzard。

魏老目的性很强，对事情的发展和结果要求都很高，巧的是沿闻屿对认准的事情也是出了名的轴，两人在比赛理念上很契合，在赛场上，一个是赛车手，一个是车队的幕后合伙人，私下里，两人情同父子，久而久之，圈内人还真以为 Blizzard 是魏老的儿子。

魏老有个特点，说私事的时候会直接给沿闻屿打电话，说公事的时候会让陈译给沿闻屿打电话。

他说的这个"云家"，是车队最大的冠名商云茶背后的财阀世家。

沿闻屿不稀罕搞这些人情关系，魏老也就由着他。

可云家不一样，云老和魏老算是老交情，魏老早年还欠过云家一个大人情。云老在魏老面前不止一次说要见 Blizzard，魏老没办法，私人电话打了几次，沿闻屿不愿，索性拿着自己合伙人的头衔，打给陈译来压制 Blizzard。

沿闻屿挂了电话，看了一眼陈译发给他的时间地点。

魏老的这个面子看来不得不给了。

沿闻屿在出发去比赛的前一天，来到了云家。

云家把新宅子搬进了一个低调的深林别墅里，大开家门四方迎客，一时间宾客如云。

沿闻屿上了主楼台阶，魏老早在二楼的贵宾室跟云老聊着，见到沿闻屿，才笑着对云老说："你瞧，我那不争气的孩子来了。"

云老摆摆手："你说这话可就是谦虚过分了，Blizzard 这孩子不争气，还有谁争气，明日一别，回来给你拿个世界冠军哄你开心，我看你这老头，就是得了便宜还卖乖。"

魏老被哄得开心，对沿闻屿说："Blizzard，见过你云叔。"

沿闻屿今天只管点头微笑："云叔好。"

"对了，云翘呢？"魏老发问。

云老一拍脑袋："不知道又去哪儿玩了。"他托了托鼻梁上的眼镜，叫来人问，"云翘呢？"

被问的人正要寻人去找。

"我在这儿呢。"一道清脆的女声响起，随后从人群里走出一位娇俏女子，二十出头，气质却还是天真烂漫。

"你魏叔叔来了，来跟人家打个招呼。"

"魏叔叔好。"她拉着云老的胳膊晃，"咱们下来吧，去小花园聊天多好啊。"

云老带着歉意地说："你瞧瞧，被我宠坏了，要不，我带着魏老和Blizzard去花园逛逛。"

"无妨。"

一行人顺着楼梯走了下来。

云翘走到沿闻屿面前，抓着他的胳膊问："闻屿哥，你不是说你不来吗，怎么突然来了？来了也不提前跟我说一声，我好早些准备。"

沿闻屿下意识把自己的手往回缩："临时陪魏伯伯过来。"

魏老见沿闻屿没什么心思，把不想说话都写在脸上，连忙打着圆场："这不就来了嘛。"

"要不让云翘带着Blizzard逛逛，我们两个老头子，去那边的凉亭喝杯茶。"云老建议。

魏老心知肚明，连忙接话："走，我可是馋云老的茶很久了。"

这小花园里，顿时就剩下了沿闻屿和云翘两人。

沿闻屿见魏老不需要自己跟着了，索性坐下来有一搭没一搭地看着手机，翻开昨天给司漂发的消息。

云翘倒是活力满满在他身边叽叽喳喳说个没完。

别墅这头，爱丽丝代表圆点也接到了邀请，她索性叫上了司漂，端着酒杯一个又一个地跟司漂介绍她知道的人物关系。

司漂左耳朵进右耳朵出的听得随意，说到后面，爱丽丝扔下她去社交，司漂也落得清静，早觉得这熙熙攘攘的人群烦闷，连忙跨出厅门朝一侧的小花园而去。

司漂循着东边的长廊走，却在月季墙上看到了贴着墙根的一排人。

"看到了没，我说什么来着，云翘喜欢 Blizzard。"

……………

Blizzard？她们在说沿闻屿？司漂赶紧快步上前，在围栏后面真的看到了沿闻屿。

他今天穿了一身裁剪优雅的西装，像是颇有准备的来出席这场宴会。

昨天晚上的不愉快，她没有主动跟沿闻屿搭话，没想到在这里遇上。

沿闻屿身边站了个明眸皓齿的姑娘，在那花园里仰着头跟他搭话。小花园那么大偏偏往他身边挤，明眼人都看得出来，那姑娘喜欢沿闻屿。

围在那一圈的女孩子们若有所思，倒是有一位姑娘小声嘀咕："那也得看 Blizzard 喜不喜欢她吧？"

"谁会不喜欢云家独女啊，她长得漂亮人又善良，娶了她就是娶了整个云氏，天下乌鸦一般黑，你不会还觉得 Blizzard 和那群贪婪的男人不一样吧。"

"走了走了。"一群人议论完之后散开。

戴着假发挤在人群里的杨谣，在看到云翘和沿闻屿有说有笑的时候，想哭的心都有了。她现在对沿闻屿是又怕又恨，在家里惶恐地待了几天之后仗着杨家和云家还有几分交情想出来透透风，谁知道又在这里得知云翘喜欢沿闻屿。

杨谣转过身，看到了人群之外的司漂。

杨谣起先还有几分犹豫，在意着沿闻屿对自己的警告不敢放肆，但转念一想云翘喜欢沿闻屿的事情，司漂一定是知道了，何不借云家的势杀司漂的威风。

她故意走过去，假意体谅道："不太好受吧姐妹。"她上下打量一番司漂，又指了指那头的云翘，"你别说，你们两个还真是同一款。"

司漂从进门起就在忍耐，见是杨谣上前挑衅，便一点不客气地用力推开杨谣，她看向沿闻屿和云翘所在的方向："怎么哪里都有你？"

杨谣顺势摔在地上，发出凄厉的声音。

她想得不复杂，她就是想引来人。最好云翘也不是真单纯，能在这中间也掺和一脚。凭借她家和云家的关系，云翘又在这其中，她不信云老不会偏袒。更重要的是，这次沿闻屿还能护住司漂吗？

杨谣计划简单却有效，离得近的宾客亲眼见了司漂推倒杨谣。好事的主持公道，瞧热闹的人围了一圈又一圈。

管事的见事情闹大，连忙去请云老和魏老。

杨谣见云老过来了，连忙告状："云伯。"

云老跟杨家打过几次照面，对杨谣自然有印象，但在这样的日子里大吵大闹，云老也不怎么有耐心："这是怎么了？"

杨谣声音充满委屈："您问周围人，我被欺负成什么样儿了。"

前面好事的人，马上接话："杨家小姐不知为何被对面这位小姐推翻在地。"

"云老，确实是我们亲眼所见。"

众人七嘴八舌，司漂自觉解释没用，对着云老微微俯身："这是我和杨小姐的私事，叨扰到云先生，我道歉。"

"站住！"

司漂步子一顿，额头微微生疼，看起来今天这事，算是被她惹上了。

今天杨谣在他家的乔迁庆典上出事情，日后被杨家问起来，要怪云家不顾交情，袖手旁观。他今天怎么说，也不能让这事儿就这么揭过去。

"这位姑娘，我想，你应该给杨小姐道歉。"

云老背着手来到了司漂面前，司漂对上他威严的眼神。

杨谣收拾好自己微乱的仪容，又是一位光鲜亮丽的小姐。她站在云老身后，威风凛凛。

司漂扫了一眼人群，她看见了沿闻屿，还有他身后那位娇俏的姑娘。

沿闻屿跟别人站在一起的时候，永远是最般配的。花园密会被她打扰吗？司漂自嘲地想了想。

"云老。"沿闻屿走到云老面前。

"Blizzard，你不要插手。"一直不说话的魏老突然插嘴。

"魏伯，云老。"沿闻屿挡在司漂面前，"今天不管发生了什么，我替她道歉。"

"这与你有什么干系？"云老对突然出现的 Blizzard 很是疑惑。

"云老，她是我带来的，她是我女朋友。"沿闻屿抓过司漂的手。

"什么？"云老看向魏老。

魏老也很无奈，他皱了皱眉，瞪了一眼沿闻屿。

一旁的云翘拉着云老的袖子，眼神忍不住地朝司漂看过来。

"什么，这是 Blizzard 女朋友。"

"亏云家还想牵自己独女和 Blizzard 的红线，敢情是搬起石头砸自己的脚。"

"今天云家的脸,算是丢光了。"

云老自然听见了这些话,气得拽着云翘就走,魏老也失望地看了看沿闻屿,摇了摇头之后走了。

杨谣早就随着人群走掉了。

只剩沿闻屿和司漂在原地。

司漂把手从他的掌心里抽回来,他又说自己是他的女朋友。

同样的场景,又发生了一次。他拿她挡箭也替她解围。

司漂觉得好累,低着声音说:"我想回家。"

沿闻屿抓过她冰凉的手:"好,我们回家。"

他带她下停车场,坐上车,给她系上安全带,全程,她都很安静。沿闻屿心里有一些不安。

他开着车,开始跟她解释:"魏伯伯是我车队的合伙人,也是我的伯乐。"他尽量简单化人物关系,他不确定司漂是否想听这些,她眼睛里有淡淡的血丝,像是有些疲惫。

"至于云家,是车队的冠名商,魏伯伯欠他们人情,我欠魏伯伯人情。"

遇到红绿灯的时候,沿闻屿把手伸过来,捏了捏司漂的掌心:"至于云翘……

"我并不知道这是他们的一场安排。"

司漂看着窗外,她有认真在听他解释,但她听着听着就分神了。

就像他说的,一切都是身不由己的误会,都是与他无关的误会。

司漂抽了抽鼻子,那她这些不开心,去埋怨谁好呢,埋怨自己吗?

沿闻屿最后带着人去了他玉兰春墅的住处。

沿闻屿进了浴室,在浴缸里放满热水。他裹了人进浴室,水汽氤氲之际,司漂趴在膝盖上发呆,湿漉漉的刘海粘在脸上。

沿闻屿蹲在一旁,替她拨开凌乱的刘海,露出精致的小脸,柔声问:"跟我说说,今天怎么会出现在那儿?"

司漂揉了揉自己的眼角:"就准你出现,不准我出现?"

"还说上气话了。"他握住她的手,拿了干净的纸巾替她揉眼睛。

"我不要你帮我道歉,我没有做错事情,我也不需要道歉。"

沿闻屿的指尾扫过她白皙的脸颊:"你当然没有做错事,但我需要给两位老人家一个面子,这个台阶,我得给,不是?"

司漂又不说话了。

沿闻屿只得耐着性子:"我们不说别人好不好,说我们自己。"

他对上她在水汽里也逐渐柔和的眸子:"明天我要启程去葡萄牙,最后一场比赛,要不要跟我去?"

司漂无力地垂下头,抵在沿闻屿的肩膀上,声音透着虚:"我不去,我还要上班。"

沿闻屿的手抚上她的头顶,有规律地轻轻拍着:"那你要等我回来。"

"嗯。"她嗓子里哼出点声音,算是答应。

"还有,记得看我的直播赛。"他轻轻掐了掐她的脸,"我希望你能看到。"

直到水汽把人泡得脸蛋微红,沿闻屿才带司漂回了房间。

第二天,司漂醒来的时候,沿闻屿已经走了。

司漂拿起手机,却意外地看到学校摄影系的林教授给自己发了个链接。

林教授的课常常爆满,他的作品极具个人风格,跟普通的商业摄影不一样的是,他更专注于天地和自然的思考,作品的艺术价值也更高。

她有幸做过一次林教授的助理。

林教授:【司漂,有没有兴趣,有兴趣的话报名给我,时间比较赶。】

司漂打开链接,这是一场以拍摄人文和自然景观为主题的摄影活动。

司漂在圆点的工作,基本都是拍摄虚头假面的上流社会人设,她早觉得审美有些疲软,这次能跟着林教授去参加项目,机会难得。

也理清点其他事情,她需要想清楚,这一场梦,还有没有需要继续做下去的必要。

03

司漂走的时候没跟沿闻屿说,也没跟陈译说。

她留下字条就走了。打扫卫生的阿姨应该能看到,她这也不能算不辞而别。

司漂回到自己的住处收拾了几套衣服,给一直在外面出差的栾筜留了个消息,也给家里人留了个消息之后,就搭上了最近的一班飞机。

项目是今年才启动的，林教授和几位学弟学妹早就在机场了，这次是因为有人缺席，才有名额空出来，不然司漂这样的准毕业生是没有机会跟林教授一起去做项目的。

司漂踏上飞机的一瞬间，抬头望了望昌京湛蓝的天空。

"司漂学姐！"走在前头的学妹喊她。

"来了。"她深吸一口气。

机舱门一关，几个小时后，飞机就落地在祖国的西南地区。

刚下飞机，湿热感便扑面而来，司漂恍了恍神。

一行人随着颠簸的乡村巴士越过土丘沟壑，最后在一个叫作帽子村的村庄落脚。

村子里的人很热情，司漂借宿的这户人家，主人是一对年迈的老夫妻，儿子媳妇去外面打工，家里就剩下个小孙子。

那孩子看着瘦弱，却意外的皮实有劲儿，奶奶唤他小谷子，希望他跟地里的稻谷一样，结实惹眼。

司漂早起去山间，为了拍到晨间雾气弥漫时外出觅食的麋鹿，司漂在草丛里一动不动一蹲就是三四个小时，剩余的时间又去拍了山间的蘑菇，等下山的时候，脚都麻到走不动道。

林教授倒是对司漂青睐有加，他听说司漂入职商业摄影公司时，还觉得可惜。商业拍摄赚钱归赚钱，但实际上司漂更适合去学术圈和艺术圈发展工作。她有她的视觉艺术解读。

到夜里的时候，一行人在村口的大榕树下点了一晚上的篝火。

小谷子爱听司漂他们带来的那些外面的故事，盘腿坐在地上，当下正听林教授讲他如何穿过沙漠、漂过海洋的故事。

小谷子的奶奶裹过小脚，走起路来不稳当，依旧给司漂他们送来了当季的水果，小谷子的爷爷就跟在后面一步一步地护着。

篝火旁的一群人看着这对结婚四十多年的老夫妻，一时间都觉得岁月温柔缱绻，没有电子产品的世界过得简单又幸福。

火苗闪烁之际，司漂看到林教授从自己的钱包里，拿出来一张女人的照片。照片上的女人样貌很年轻，扎着两条辫子。林教授察觉到司漂的目光，手指头细致地抚动照片："这是我妻子。"

"师母长得真好看。"司漂凝神细看，照片上的人柳叶眉、杏核眼，眉眼温和。

"她年轻的时候,是真的好看。"林教授的神色柔和下来。

察觉到司漂眼里的讶异,林教授继续解释:"我妻子十几年前就过世了,我们没有孩子。"林教授把照片收回自己胸前衣襟的内袋,"她喜欢看我拍的自然风景,她走了之后,我就带着相机,替她看完这个世界上她没有看完的风景。"

他说这些话的时候,神色与平日里无异,但司漂知道那份爱意的厚重。她看过林教授的作品,在他的作品里,总能看到那份宁静和平和。

"你呢,小漂?"林教授反问她。

"我吗?"司漂双手撑坐在地上,抬头望着那干净澄澈的星河,"有一个爱了很多年的人。但是现在,我不确定还要不要爱他了。"

"为什么呢?"

司漂把脚并拢,把头靠在自己的膝盖上:"可能爱是有限的,从前爱得太多,或许已经爱完了。"

林教授笑了笑:"你这个比喻倒是新奇。"

没有了外界的干扰,所有人的情绪都酝酿在这热烈的篝火里,就连心中那些汹涌的爱意,都被细碎柔和的晚风吹散。

小谷子抱着一本残损的故事书,让司漂给他讲讲里面都发生了什么。

司漂翻过书页看,是一本《三国演义》。她皱着眉头,尽量讲得通俗易懂,让小谷子能听得明白。

"小漂姐姐,你讲的怎么跟电视上不一样?"

"电视改编了,"司漂打了个哈欠,今天趴在老枯树的残木渣里拍蘑菇可把她累坏了,"自然是不太一样。"

"说起电视,小漂姐姐,我家电视今天不知道怎么了,全是雪花片,你能帮我去看看吗?"

司漂不忍拒绝小谷子,她捶了捶自己酸麻的腰起身,随着小谷子往他家走。

越过几级高高的台阶,小谷子爬上了自己家的阁楼,司漂在后面跟得有些费力。

"不知道它怎么了。"小谷子把电视机前面的天线拉得老长,还拍了拍电视机,"怎么今天都不来了呢?"

司漂蹲下:"让我看看。"她检查了一圈,挠挠头,平时这种活都交给司莱，她哪会。

但小谷子期待地看着她，司漂只得硬着头皮上，拿着遥控一顿乱摁，对着电源键关闭又重启，电视依旧花白一片。

司漂绕到电视机后面，也学着小谷子扯了扯那电视天线，没想到她刚碰到，电视上就闪过画面。

"有了有了！"小谷子激动地叫起来。

司漂探出脑袋。

"又没有了。"小谷子叹气。

司漂只得维持刚刚的动作，电视上又出现了画面。这会儿，司漂明白过来了，这是天线接触不良。

她指挥小谷子："去外面找两块砖。"

小谷子飞快地窜出去。

"再把你那《三国演义》拿过来。"

小谷子犹豫了一下，忍痛让司漂将其当作固定架了。

"好了。"司漂拍拍手，"有东西抵住它就回来了。"

司漂再拿起遥控板，她随意切换了几个省台，像是邀功："你司漂姐厉不厉害？"

"布哥！布哥！我布哥！"小谷子没有回答司漂的话，而是兴奋地在他阁楼的床褥子上蹦跶。

"布哥？"

"快，小漂姐姐快倒退回去！"

见司漂还愣着，小谷子连忙从褥子上窜下来，一手拿来司漂的遥控板，往后切了三个省台，终于找到他心心念念的节目，笔直地坐在小椅子上，目不转睛地盯着电视画面。

司漂还以为他说的是什么动画片。

她随着他的目光看去，却在电视上看到了熟悉的人。沿闻屿懒散地坐在准备室里，手里拿着功能饮料瓶，四周是热情的赛场观众。

司漂这才明白过来，小谷子说的"布哥"是 Blizzard。

司漂搬了个凳子在旁边坐下来，薅了一把小谷子的头："你认识他？"

"那当然，他是我偶像！"小谷子很自豪。

司漂倒是没想到，沿闻屿在这与世隔绝的地方，还有自己的小迷弟。

"我们班没有一个男孩子不崇拜他，布哥是我们的偶像。"他说起沿闻屿的时候,眼睛里亮亮的。

"为什么?"司漂倒是好奇,"他有什么好的,让你们这么喜欢?"

"因为他不放弃,他是国际赛里开始训练最晚的人,也是 MotoTP 赛事上受伤最多的人,但是他是训练时长最长的人,他的身体条件比所有的参赛选手都要差,可是他的瞬时速度依旧在排行榜第一上,至今无人能敌。

"而且,布哥也是从小地方走出来的,他的经历说明,出身和过去根本不重要,只要你有梦想,多晚开始都不算晚!"

司漂听得哑口无言。

那些东西,她从未知道,其实只要她去搜一搜,去看看他的很多采访,应该都能知道。她从见面开始就装了太多自以为的东西,才让她都没有感知到这些。

"MotoTP 是他的目标,今天这场比赛,是他等了四年才等到的最终赛。"小谷子的眸子里像是装着天上的璀璨银河,"我相信布哥!暴风雪从不惧怕前方一切阻碍,毁灭吧!"

小谷子中二的样子让司漂也随之激动起来。

她算了算日子,现在他们看到的应该是重播。

"小漂姐姐你快看,马上开始了!"

电视那头,激动的主持人已经开了场。

"欢迎大家准时收看直播赛,今天我们看到的是本赛季最后一站,葡萄牙决战。

"我们回顾一下过去整个赛季的积分情况,积分第一的依旧是我们的蝉联冠军斯迪姆。"

镜头放到斯迪姆身上,他跨着车坐在 88 号 Blizzard 旁边,介绍到他的时候朝着沿闻屿吹了个口哨,嚣张地把车开出来,观众席上的呼声一时间此起彼伏。

"看起来斯迪姆对于上次 Blizzard 与他并列第一很不服气。"主播解释道。

小谷子在椅子上瞪着眼做鬼脸:"不服气个大头鬼,斯迪姆就是我布哥的手下败将。"

电视屏幕里传来另一位主播的讲解:

"积分榜位于第二的就是我们本届黑马,也是主播我讲解了这么多年赛事唯一遇到的进入决赛的中国选手。

"当然也是唯一的亚洲选手。

"大家都知道摩托赛这项运动一直都是北美和欧洲的运动员较为擅长,这跟他们专业的训练和更多元的摩托车文化也有关系。不过这次 Blizzard 的出现无疑是给了我们国内摩托爱好者打了一剂强心针,很多发烧友都自发联盟,请国内协会组织更多的选拔赛和友谊赛,可见 Blizzard 对摩托车文化推进的里程碑意义。

"所以不管今天 Blizzard 取得什么样的名次,我们都会恭喜他完成整个赛季的辉煌落幕。

"大屏幕上看到的是之前的排位赛和热身赛的数据。"

司漂往前抻了抻头,没看懂。她看了一眼旁边就差把脸贴到电视上的小谷子,拉了拉他的衣角:"眼睛都要贴上去了,近视了。"

小谷子这才不情不愿地往后退了两步。

"根据大数据得到的分析结果,Blizzard 的状态还是很好的,不过昨天热身赛的时候拐角出发的时候竟然打滑了,不过他医生的回答是对比赛无影响。

"事后有记者采访他为什么在拐角处出现了意外,是不是赛前有些紧张,他说是因为自己的私事,有人说是因为他女朋友?"

"是因为跟女朋友闹矛盾了吗?不过传言之后,大家更多的关注点在 Blizzard 居然有女朋友这件事上,也可以说是很奇怪了。"另一位主播自觉幽默地笑笑。

"话不多说,Blizzard 已经在赛道上做好了准备。"主持人适时地接过话茬。

司漂看到在跑道上定成一匹火狼的 88 号选手。他戴着头盔,身体俯下来,马达声一声比一声响,好像下一秒就要冲出去。

随着比赛开始,小谷子激动地在旁边大喊大叫,搞得司漂的心也此起彼伏的。

"斯迪姆和 Blizzard 今天都采取了稳妥打法,一开圈两人都潜伏了下来。"

"比赛胶着,选手差距不大。"

"斯迪姆加速,弯道是他的天堂,他当机立断迅速甩开后面簇拥的人群,拐进前三。"

"布哥呢?"小谷子趴在电视前,在人群中找着 88 号。司漂也紧张得手心里全是汗，不自觉地也跟着小谷子找寻 88 号身影。

"斯迪姆持续加速，现在已经越过年轻选手，位于第二。"

"Blizzard 今天是怎么了，状态不佳吗，还是他采取了更为保守的打法？"

"听说冠亚军的成绩不过相差几秒，网传今年 KTM 车队只想稳住前三名。"

"难道今天 Blizzard 的目标真的只是前三吗？"

"再不超车就没机会了呀，下几个连续弯道是斯迪姆最擅长的，Blizzard 这是放弃了吗？"

"不！"小谷子抱着电视机，连连晃脑，"我布哥不可能放弃的！"

"前三也很好的嘛。"司漂安慰小谷子。

"不可能的。"小谷子转过来，握着小拳头，庄重地说，"布哥说他来 MotoTP 是来拿冠军的，这是他四年前对一个人许下的诺言，他一定会做到！"

四年前的诺言？

司漂抓了几个关键字，四年前他们不天天在一起吗，他跟谁许的诺言？

"他发力了，他发力了！"电视里传来主播激动的声音。

"啊啊啊啊啊！"小谷子舞着手。

司漂看向电视，只见斯迪姆胸有成竹地进入连续拐弯的时候，沿闻屿突然加速，他的车子经过刚刚的存续和适应，已经到了最好的状态，转速迅速提高，弯道瞬时速度冲到最高。

斯迪姆还没有反应过来，Blizzard 就已经来到了他身边。

似是对前面斯迪姆挑衅的回应，沿闻屿到他身边的时候还微微减了速，与他并排出现在镜头里。

"哇！"两个主播高声鼓掌。

小谷子一抹鼻子，指着电视，转过来咧嘴笑："我偶像帅吧，小漂姐姐。"

"还不错。"司漂虽这么说，但嘴角也不住上扬。这不把别人放在眼里的举动，是他能做出来的事情。

"斯迪姆超车了！"

两个主播十分惊讶。

"是 Blizzard 的挑衅激发了他的斗志吗？"

"我说什么来着，斯迪姆果然是赛场上神一样的存在，你永远可以相信一个老将的力量。"

瞬时速度在屏幕的右上角展示，斯迪姆的确创造了新高。

小谷子紧张地攥着司漂的衣袖："怎么办，怎么办，怎么办？"

司漂倒是笑笑，打趣着小谷子："你不是说永远相信你布哥吗？"

小谷子急得满头大汗，他扯着嗓子："可是布哥最高的瞬时速度都没有达到过老斯这么高！"

小谷子："拜托拜托，一定要是冠军啊！"

司漂看着屏幕里的 88 号紧追不舍，突然在那一瞬间，感觉到了沿闻屿的内心。他的面前，是桑谭岛一望无际的海，是没有阻拦的断头路。

一如那个下着大雨的夜里，他滚落下山崖，所有人都以为搜救无望的时候，在那个司漂哭得绝望的时候，他带着满身伤痕从迷雾中走出来，风淡云轻地取笑着别人的狼狈。

司漂搭上小谷子的肩膀："他会赢的。"

电视里的主播激昂地喊道："只剩最后一个弯道了！最后一个弯道是拐弯角度最大的弯度，也是对选手技能考验最大的弯道。按照目前的形势来看，斯迪姆不出意外就是本次赛季的冠军，紧跟其后的是这次赛季的黑马，是今年成绩依旧非常突出的 Blizzard……"

司漂咂了咂嘴："言之过早。"

小谷子看了司漂一眼，又转头看向电视画面，他知道最后一个连环急转弯，是连斯迪姆都练习了不下千次的危险弯道。

斯迪姆控制的每一秒都精细到位，却没想到沿闻屿直接从外道拐进，车子和重心位置成大约七十度的角度。换句话来说，车子离地面只剩下三十度，在高速行进的画面里看起来，他整个人几乎贴在地上。

"虽然说车子压得越低，拐弯超车的胜率才越大。但这样变态的角度是不可能的，这样过分的角度只有一个结果，就是车翻人仰，车子会被向心力完全甩出去，在重力的作用下和地面来一个亲密接触，他会直接被摔出赛场外，这样暴力的拐弯救不起来的！"

所有人都没想到的是，车子侧翻的时候，Blizzard 直接膝盖顶地，手肘借力，方向盘和轮胎就像是自己的躯干一样，在他的指挥下竟然又重新站了起来。

"我的眼睛看到了什么，这种自杀式的超车方式竟然成功了。"

观众席上的所有人都不敢相信自己刚刚真的看到了反物理学知识的瞬间，Blizzard 以第一的成绩飞速冲过终点线。

赛场上的慢镜头一直回播着沿闻屿刚刚那一套逆天的救车镜头。

如果不是在比赛现场，大家都以为这是后期制作的倒放。

斯迪姆到了终点的时候不敢相信般一直摇着头。

"太强了！太强了！布哥简直就是地表最强男人！"

司漂看了看电视上显示当天的比赛时间，距离今天已经过去了两天。

也就是说沿闻屿两天前就已经拿到了世界冠军，摩托赛事最有含金量的 MotoTP 的世界冠军！

所有的粉丝、鲜花、掌声、镜头，都给到了他。司漂托着脑袋，突然有一点点遗憾，自己没有跟他去现场共同分享这样的开心。

算了算了，她又把这样的想法从自己的脑海里撵去。

先过好自己的生活，她来之前，不是就想着，梳理清自己的情绪嘛。把沿闻屿在自己的心里放得轻一点，把自己看得重一点。

司漂把板凳移得远了点，托着脑袋，陪着小谷子看他最喜欢的赛后采访。

司漂问他为什么喜欢看赛后采访，他竟然顶着冒着星星的眼说他布哥好帅。

"Blizzard，每一届 MotoTP 的世界冠军都可以在奖杯上用自己国家的文字刻上对自己来说意义最大的东西，您知道这个事情吗？"

比赛一结束，就有长相甜美的女记者拥上去。

沿闻屿脸上的肌肉还未完全放松下来，他从助理手里接过毛巾："我当然知道，我就是为了这个而来的。"

记者很惊讶："听起来您已经想好了要刻什么。"

"司漂。"他没有犹豫。

"什么？"记者没有听清楚。

沿闻屿笑了笑，解释了一下："我女朋友的名字。"

"Blizzard 还有什么想说的？"

沿闻屿接过话筒，对着镜头："她是我的初恋，也是我一直努力比赛的动力。"

司漂惊讶得忘了合上自己的嘴。

小谷子戳了戳司漂的手肘："小漂姐姐，布哥女朋友和你同名呢。"

他歪着头看着司漂跟个稻草人一样一动不动，挪了挪身体准备在她耳边说得更大声一点，手舞足蹈地回头，余光中却看到司漂身后站着一人。

他觉得有些熟悉，揉了揉眼睛定睛一看后，惊得张大嘴巴，连忙慌慌张张地拉着司漂的胳膊："小漂姐姐，快，送我去医院，我出现幻觉了。"

司漂被他咋咋呼呼的样子拉回现实，她皱了皱眉头，转过头去。只是真等她看清来人的长相时，她比小谷子还要吃惊些。

沿闻屿双手插在自己兜里，对着司漂一挑眉："小没良心的，挺拽啊，世界冠军的奖杯也不要？"

司漂觉得自己一定是在做梦，前一秒还在电视里的人，这会儿出现在了她面前。

沿闻屿走过来，直接拦腰把人往怀里带。

司漂反应过来，有些不自在，她余光瞥了瞥小谷子："还有未成年呢。"

小谷子反应了两秒，咧着嘴红着脸跑开了。

司漂被他紧紧地拥在怀里，感受着从他身上传来的暖流，他的突然出现带着惊喜。

"我什么都不用干，奖杯就是我的了？"她刚看完比赛，这话是问沿闻屿为什么。

"奖杯一直都是你的。"沿闻屿低着头看她，"我从来都是为你而战的。每一次训练的时候，每一次比赛的时候，我脑中想的，都是怎么和优秀的你般配。小漂，我跟自己说过，等我拿到 MotoTP 的奖杯，我就有资格真正地站在你身边。"

沿闻屿的每一句话都在击溃她的防线。

有资格？就像司漂一直考虑她能不能以及配不配的同时，沿闻屿也在想自己有没有资格吗？

她仰头，对上他深情的眼。他的眉眼还是那么好看，只是眼下有瘀黑显示着他的慌乱和疲惫。

司漂踮起脚，够上他薄凉的唇："沿闻屿从来都有资格。"她想治好他的慌乱，治好自己的不安。

沿闻屿没想到她会吻他，他微微愣了一下，像是反应过来，低头回碰了碰她的唇。

"嗯，小嘴这么甜，那你一走了之又是怎么回事？"他依旧不依不饶，

"我找了一圈人,把昌京都掀了一遍,你却跑到这个根本没有信号的地方来。"

司漂收回自己踮起的脚,嘟囔:"我有一点小生气。"

"那你说说,你为什么会有一点小生气?"

"因为你前几天在云家说我是你女朋友。我怕你又做戏给别人看。"

沿闻屿像是听到了什么荒唐的言论:"你怎么会觉得我是做戏给别人看的?"

"因为你之前都没有跟别人说我是你女朋友,就连凡子哥都不觉得你会喜欢我,只有遇到困难要你解围的时候你才说的,我心想,你可能没想好,我到底是不是你女朋友。"

司漂把心里的想法都说了出来:"我感觉我不太体面,我多爱你一些。"

沿闻屿这才明白了她的顾虑,她比自己感性些,情绪也比自己敏感些,也比自己更爱胡思乱想。

"是我不好,我光想着等到比赛结束拿到冠军跟所有人说,我以为我这样会让你很惊喜。"

"以后罚我多爱你一点好不好。"

司漂不知道要找到一个人有多难,但是她知道忘记一个人有多难。

既然找一个很难,忘记一个人也很难,那找到了之后就不要再失散了,爱上了之后也不要再忘记了。

第二日早晨。

司漂的拍摄行程还有半天就结束了,但她昨晚和沿闻屿决定后天再回昌京。

她昨晚哼哼唧唧的样子让沿闻屿觉得心头舒展,白天也耐心地坐在榕树上钓鱼,磋磨时光。不过过多久,司漂就听到了有人说话的声音,她抬头张望,却看到了陈译和另一位中年男人。

陌生男人提着药箱走过来,叹了口气说:"屿哥,还是早日回昌京做手术比较好。"

司漂立刻从石板上坐起来:"什么手术?"

沿闻屿责备了一眼车队医生说话太重,安慰司漂:"哪有不受伤的赛车手,他们说得太严重了,没事。"

司漂有些生气:"什么小伤啊,赛车手无小伤,我们马上回昌京。"

司漂:"这么严重你都不说,你能不能别什么事情都一个人扛,什么都不跟我说。"

陈译劝道:"司漂小姐,车子在村口,不如我们车上说。"

司漂忙收拾了东西就跟他们走。

车子直接去了机场,上了飞机之后,直接飞到昌京落地,机场外面直接就有医院的车子过来接。

这阵仗把司漂吓坏了。她偷偷问了陈译,陈译说沿闻屿救车帅归帅,可是这样对膝盖磨损和肌肉损害太大,教练都不建议他这么做。

司漂听得心都揪在一块,他还跟从前一样,还是很自以为是,觉得自己是铜墙铁壁,刀枪不入。

沿闻屿最后被安排进了司莱的医院。

司漂坐在病床前大颗掉着眼泪。沿闻屿却跟个没事人一样,最大的问题就是哄人:"不是什么大事,说得吓人,其实就是弄个小钢板,支撑一下。"

司漂抹着眼泪:"总归是要在身体里放东西,怎么会是小事。"

司漂埋怨了他几句,会诊的医生就进来了,要带着沿闻屿先去做一个术前检查。

司莱在看到司漂的一瞬间,语气就有些严肃:"你过来。"

司漂回首对沿闻屿做了个口型:我哥。

司莱在前面走着,司漂在身后默不作声地跟着。等走出了病房时,司莱把自己的口罩拉下来:"肯回来了?"

"我没有一声不响,我在家庭群里报备过消息的。"

"你还真跟这小子混在一块呢。"

"现在人家是病人,程医生。"司漂嘟囔,"私事先放一边,先治病救人嘛。"

司莱:"术前检查张医生他们在就好了,用不了那么多人。"

司莱看穿司漂的心事:"你想好了?就冲着那天的比赛?"

"你知道了咯。"

"嗯,你就感动着吧,等哪天留个后遗症,你就跟个瘸子过吧。"

"司莱!"司漂叫了司莱的全名,"哪有你这样诅咒别人的。"

"我可没有诅咒,我随便翻了一下病历报告,就知道这小子有多不爱惜自己的身体,到时候你就哭吧。"司莱留下一句,头也不回地走了。

司莱回了办公室,等到下午快下班的时候,才拿到沿闻屿的报告。

他对着报告看了一会儿,原本皱在一起的眉头终于舒展开,而后,在翻到以下几页的时候,眉头又紧锁。

他把片子放下来,背着手,看了一会儿即将垂落的夕阳,最终还是没忍住,拿了报告敲开了沿闻屿的病房。

沿闻屿看到了司莱胸前挂着的名牌:"程医生。"

司莱开门见山:"膝盖有内骨断裂,用钛合金钢板固定,要休养一段时间,算不上大手术,休养得好不会影响比赛。"

沿闻屿坐在那儿,胸前微微起伏一下,算是舒了一口气。

"不过……"司莱意有所指地指着报告上显示的另一处,"你脚踝上怎么会有这么大一颗钢钉?你小时候受过什么伤?早年要取出来的,为什么又没有取出来?现在——"

"现在已经取不出来了。"沿闻屿说了司莱要说的话,"随着骨骼的生长钢钉已经嵌在骨架里,取出来风险太大。"

"不错。"司莱有些讶异于他了解得如此清楚。

"它已经变成我的一部分了,程医生。"沿闻屿耸耸肩,轻松地笑笑。

"那你休息吧,明天一早的手术,张医生操刀,他很有经验,你放心。"司莱话说完了,拿起报告就要走。

"程医生。"沿闻屿叫住他。

"还有事?"

"我脚踝的事,能不能不告诉小漂?"沿闻屿眼神恳切。

"为什么?"

沿闻屿似是有些无奈:"她胆小,要知道了,又会哭鼻子,会天天有心事地查东查西,带我去看各种医生。事实你也知道,这玩意拿不出来,治不好,空添一个心事而已。"

司莱心里微微一怔,作为她哥,司莱当然也希望她少一些烦恼,无忧无虑保持她这种小孩心性。

"你打算瞒她一辈子?"

沿闻屿笑笑:"能晚一天知道就晚一天知道吧。"

"这么多年,她都不知道,那就继续让她不知道好了。我以后,会避免让自己受伤的,也会少让她担心的。"

司莱眼神在沿闻屿身上停留了五秒钟,从原先的冷漠变成了几分肯定。

"我知道了,我会保密的。"

"谢谢程医生。"

"不客气。"

司莱带门出去,正要关合上门的时候,脚步停留在门边。他推了推自己的眼镜:"Blizzard,私下里的时候,你应该叫我哥。"

沿闻屿的手术很成功,司漂悬着的心终于是落下来了。

从帽子村回来之后,林教授跟司漂聊起过他有个朋友在《中国国家地理》杂志工作,看到司漂拍摄的自然景观照片尤为震撼,想问问她有没有兴趣成为常驻摄影师。

沿闻屿也说,比起商业拍摄,这样的工作更适合她。司漂也辞去了圆点的工作,每天在医院和学校之间来回跑。

沿闻屿本来想让陈译开车送司漂,司漂却说自己的"小毛驴"在疯狂堵车的昌京里比什么车都快。

他看她那乐在其中的样子,也就没有坚持。

更多的时候,沿闻屿在医院养病,司漂就会端着电脑坐在他身边修着图,听他说一些他之前训练和比赛的事情,还有很多很多小时候的事情,是她不曾听过的,关于沿闻屿的过去。

那天,司漂照例骑着自己的"小毛驴",穿梭在昌京拥堵的车道里,却在红绿灯路口差点撞上一个女人。

司漂仔细一看,这不是杨谣吗?

杨谣也认出了司漂,她不由分说,想要扒开司漂的"小毛驴":"司漂,救救我,带我走,梁闯疯了,她要把我送进监狱里,我有钱,我给你一百万!"杨谣看到司漂发蒙的样子,狠了狠心,"一千万!怎么样,你快带我走。"

司漂看到不远处追来一群保安装扮的人,眼看就要追上来。

"快啊,快带我走啊。"杨谣带着哭腔,扯拉司漂的车。

"杨小姐,跟我们回去吧。"后面几个壮实的保安已经上来了,他们半架着杨谣,一边还跟司漂道歉,"不好意思小姐。"

"放开我,你们放开我。"杨谣挣扎着,拼命回头喊司漂,"救我,我有钱,我全都给你,你别走。"

直到过了一天后,昌京的大小媒体开始报道杨氏集团舞弊造假和偷税风波。

根据相关当事人报道,整件事的起因是一封出自集团内部的匿名举报信。匿名举报信洋洋洒洒接近万字,加上收集而来的证据,这下是铁证如山,如何申诉都无法受理。

杨家的丑闻不仅仅如此,媒体们更是扒出杨谣当年恶意伤人之后杨父高价买通相关人员,甚至还在国外给自己的女儿买了一个名校学历。

她本人更是因为挪用侵吞投资人款项锒铛入狱,围绕在她身边的各种朋友如鸟兽般散去。

司漂对着新闻发了好一会儿呆,联想起那天杨谣说的那番话,立刻拦了一辆出租车,直奔杨氏大楼。她在车上,给陈译打了电话,让他赶紧来杨氏大厦。

她到的时候,场面一片狼藉,里面的员工都端着一个纸箱子,连离职手续都不稀罕办了。司漂站在陌生的大厅里,不知道要去哪里找梁闯。

一定是梁闯。司漂的直觉告诉自己,这一切,一定跟梁闯有关。

她张望了一圈,周围慌张的人踩着她的鞋子往外挤,她在趔趄之间看到了消火栓那儿的小房间,出来几个人。

前面的几个男人,戾气满面。

不久,里面出来一个瘦削的身影,她捂着肚子,手扶着墙壁走。

司漂一眼就看出来了,那是梁闯。她推开人群,跑过去,扶着梁闯,拂开梁闯的长发。梁闯的嘴角和眼角又红又肿,刚刚那帮人一定是杨家的余党,报复性地对梁闯下手了。

"梁闯,梁闯,梁闯!"司漂唤了唤要失去意识的梁闯。

她眨了眨疲惫的眼睛,在看清司漂的脸的时候,勉强笑了笑:"小漂,我成功了。"她虚弱地吐出几个字。

"他们都进监狱了。"

司漂顾不得回梁闯的话,她现在只有一个念想,她要把梁闯带走,她不要这样的梁闯,不要这个戴着面罩生活的梁闯。

"我带你走。"司漂拉起她的手环在自己脖子上。

"小漂,对不起。"

"对不起什么呀,"司漂支撑着梁闯的身体,"你没有对不起任何人。"

"对不起,那个时候我选择了和解,我收了他们的钱,去国外……"

"那是你应得的,那是他们应该赔给你的。"司漂莫名地感觉到心慌,"都是你应得的,你应得的!他们那样的人,赔偿你再多你都应该拿着……"

"我这么多年,好后悔啊,我好想唱歌啊,好想我的吉他啊。"梁闯声音沙哑,像是断了弦的吉他,只能发出沉闷的音调。

"好好好,我们去唱歌,我们去找吉他。"司漂扶着梁闯,缓慢地在人群中艰难前进。

梁闯摇了摇头:"不可能了。"

"我把钱还回去了,这些年。"梁闯颤颤巍巍地从自己的口袋里拿出一份银行回单,"他们给我的钱,我终于还完了。"她笑得让人心疼,"现在,我终于可以说,我不原谅杨谣了,虽然我不能以伤人的罪名让她入狱,不过我也不遗憾了。"

司漂一咬牙,蹲下来努力地把她拴在自己背上。

梁闯眼皮越来越重:"我把他们全抓了个干净,我这算不算、算不算是……为民除害?"

梁闯觉得自己越来越困:"小漂,能叫我一声梁闯姐姐吗?

"像过去一样,抱抱我好吗?

"我只有你这么一个朋友了,你能不能别误会我和沿闻屿。"

司漂:"我知道,我知道,梁闯姐姐,你别说了,等去医院了,我们看好病了再说好吗?"

司漂最后在混乱的人群中看到了陈译的车,她觉得自己害怕极了,害怕到根本不敢再接梁闯的话,她最后火急火燎地把梁闯送到了急诊。

司莱从外科急诊室出来的时候,又看到了蜷在蓝色板凳上的司漂,他皱了皱眉头走过去。司漂刚好也看到他,连忙上去:"哥,我朋友受伤了,你能帮忙看看嘛?"

"你哪儿来的这么多伤患朋友,再说,我是神仙吗,回回都能妙手回春?"他说归这么说,却拿过助理医师的初步检查报告,有条不紊地安排,"殴打伤害?安排检查确认内部脏器是否有损伤,外部先清理伤口消炎。如果出现呼吸困难的症状,暂停一切,全力供氧。"

"好。"助理医师立刻就去安排了。

司莱这才推了推眼镜,扫了一眼床上的人,看到梁闯的脸的时候,微微愣了愣。

是她？

…………

后来，司莱跟司漂说，梁闯在国外读书的那段日子，过得并不开心。在他还是程之诺在国外实习的时候，他就认识梁闯了。

但实习期间，司莱跟梁闯也私交不深，只是那次她来医院，恰好遇上了他。偶然一次朋友聚会，他俩才从病人与医生的关系，转成普通朋友。

他听朋友介绍起梁闯，说她回回绩点都是第一。司莱侧头看了一眼她，她仰靠地坐在酒吧卡座的角落里，双脚搭在一侧的茶几上，眯着眼，神情平静地听台上的金发女歌手唱歌。

他从前在医院，在去她学校做学术交流的时候，也碰到过她几次。她穿得干干净净的，背着个书包，走在去图书馆的路上，看上去的确是能拿奖学金的学生样。不像现在，这么痞气十足。

她那天喝得酩酊大醉，跟司莱回了家，他照顾了她一晚上，晨起买豆浆时回来，却发现她不见了。后来才知道，那天虽然是周末，但她要去曼哈顿富人区带一个混血孩子。等到下午四点过后，钻进拥挤地铁站穿过好几个街区去布鲁克林的一家牛排店打工。她好像很缺钱，可是反观她的吃穿用度，完全没有大手大脚的习惯。

再有些事，是梁闯自己说的，也有些是与她相识的朋友说的。

有一个基金账户，每个月都会给梁闯的账户打入一笔钱，但得到这笔钱，并不是那么容易。

刚来美国的时候，她充满希冀，努力学习，把所有的成绩资料整理好之后，去基金公司领补助金。对方却告诉她，原来定立这个基金协议有个条件，她需要去街区拐角的那个破败公园，唱上两个小时。

她不可能再唱歌了，她知道那有多难听，那是她唯一的骄傲，现在，却成了她终生的遗憾和耻辱。

她愤懑而走，但高额的学费和生活费，以及她蹩脚的英语，几乎都成了她致命的伤害。

她没有办法，只得拿过从前那把吉他，站在美国纽约十二月的寒风里，缩在街头，扫着她那把许久不弹的吉他，旁边是冻得瑟瑟发抖的流浪汉以及双手插着口袋随时准备掏光她吉他盒的嘻哈大哥。

最重要是,她声音发出来的那一瞬间,像是断了弦的大提琴,缺了一角的坝,就让她想到了很多画面——

割了喉头垂在雪地里却还试图振翅的夜莺,以及桑谭岛夏天炙热的海风。

夜莺最后死在雪夜,她也再吹不到桑谭岛的风。

她好想回家啊……即便桑谭岛远在千里,与灯红酒绿的纽约街头差得十万八千里。她想回到离开司漂到那一日,她一定会丢下行李,紧紧抱住司漂,告诉司漂,她再也不走了。

可如今,她在异国他乡,他们答应和解,却要用这样的方式羞辱她。做错事的是他们,没有得到惩罚的也是他们,以为用钱可以解决一切的也是他们,用补助来羞辱人的还是他们。

他们觉得,她在异国他乡,孤立无援,也成不了大气候,于是就把当年的事,全部忘记了。

可是每去拿一次补助,每去公园唱一次喑哑难听的歌,她就会加深一次对他们的恨。

她开始拼命工作,开始拼命学习,她开始制定计划,她不想放过他们了。

杨氏集团在国外的子公司招聘。她凭借优秀履历入围,本来可以选择在法务部门工作,她却选择回国成为总助。

她足够优秀,也足够乍眼。

杨谣起先看到梁闯在她的家族企业里的时候还惴惴不安,但是后来发现她完全可以驾驭梁闯之后,变得趾高气扬。

梁闯知道,只要她卑躬屈膝,杨谣是不会放过这个侮辱她的机会的,但杨谣越放松,她能拿到证据的机会就越大,只要她足够忍耐,她只需要时间。

她在大学里的时候就一直对商法中的产权法、反垄断法、税法有所研究,毕业这几年来虽然接触杨家的核心资料很难,但她跟在高管后面出入那么久,也能获取一些蛛丝马迹,再结合暗地调查,果然发现杨家中标的几个项目中有猫腻。

等到这次杨家再次投标,她在准备资料的时候露出端倪,又让人提醒了现场的审计和律师,外部第三方一审查,竟然查出了那些端倪。再后来,证监会问责,查处,资本市场直接蒸发五个亿,债权人和投资人纷纷要求讨回说法,杨家一夜之间,风雨飘摇。

梁闯做了那么大的事情,不可能全身而退。这才有了司漂到现场见到的那一幕。

这样一来,司漂之前看到梁闯的低声下气就有了解释,她是想用自己的方式,蛰伏在他们身边,然后做一件年少时她没有做成的事情——让那些人,付出应该付出的代价。

手术结束,又观察了几日后,医生说梁闯已经没有生命危险了,把她转入了普通病房。

司漂有事无事就去找她说话,大多数时候,她都不说话,带着淡淡的笑,听着司漂说。听司漂说自从她走后,桑谭岛的变化,听她说她最快乐的高三时光,听司漂说沿闻屿那一场惊动世界的比赛。

她错过了他们那么多的青春,现在只想不眠不休地听上几日,最后还是司莱阻止了司漂,说梁闯需要休息,让她别老是来打扰。司漂撇撇嘴,倒也听话地去沿闻屿那儿了。

司莱嘱咐梁闯多休息,等她睡了后又来了两次。

司漂最近在学怎么熬骨头汤。

她想做好了给沿闻屿送去,也顺便给梁闯带一份。

她拿着手机百度如何做骨头汤,按照教程走了做几遍都以失败告终。司漂最后打电话给王贞求助:"妈,我记得你之前做的骨头汤可好喝了。"

司漂拖长音:"妈妈,你能教我怎么做吗?"

"你想喝回来给你做不就完了。"

"我不想劳烦妈妈,我想学会自己做。"她心虚,"那我以后就可以自己照顾自己。"

"把骨头清洗干净放高压锅里炖个二十分钟……"

她挂了电话之后,王贞怎么想怎么不对。司漂是怎么样的人——厨房灾难!怎么会突然要炖骨头汤?

莫不是谁骨折了?她给司莱打了个电话,可算知道司漂要弄骨头汤的用意。

她煲了满满一锅,带着司荒年来到了医院。

沿闻屿这些天已经开始做康复训练了,护士小姐敲了敲门,说有一对姓司的夫妻找。

沿闻屿眉心跳了跳。

王贞走在前头,脸色还算温和,倒是跟在身后的司荒年,好像有些不大自在。

"阿姨叔叔好。"沿闻屿态度倒是端正。

王贞点了点头,坐在沿闻屿对面。她把带来的保温盒拿出来,把里面炖得入味的骨头汤用勺盛了一碗,递给沿闻屿:"阿姨做的骨头汤,你尝尝。"

沿闻屿看着面前的汤,身体僵硬了一下,才接过:"谢谢阿姨。"

"小漂嚷嚷着要做骨头汤,她哪儿会做。"王贞把剩下的保温盒盖上,"谁要是吃上她做的,估计得后悔死。"

沿闻屿端着碗的手微微一颤。他本能地想到四年前的那天晚上,他在医院,王贞也是盛了一碗骨头汤。

她笑容里是十分的诚意,但眉眼里的疏远却藏不住。

沿闻屿对那样的眼神实在是太过熟悉,他七八岁时饿着肚子胆战心惊敲开邻居家的门的时候,那里面的那个女人也是这样的表情。虽然脸上满满热情,眼底却写着希望你再也别来打扰。

"如果不是你,我们可能就见不到小漂了。"四年前的她带着司荒年拿了很多很多的营养品。

沿闻屿那天一个人躺在床上,他从山谷里滚落下来,满身的伤痕。

四年前的那天王贞和司荒年跟他说了很多很多的话。

从司莱的失散讲到了司漂的转学。他们很爱自己的孩子,沿闻屿默默咀嚼着那种苦涩,世界上应该很少有不爱自己孩子的父母吧。

"你很懂事,你爸爸妈妈的事情,我们都知道。"王贞舔了舔自己干燥的嘴唇。

沿闻屿想到的是那长着长长荒草的坟冢和醉汉背影。

司荒年有些尴尬,拍了拍沿闻屿的肩膀:"没关系,男孩子志在四方,你以后好好学习,会有更好的明天的……"

王贞白了一眼司荒年,他不知道沿闻屿已经高考过一次了,也不知道他那次高考,几乎是交了白卷。

"小漂这个孩子,没什么优点,就是成绩还可以,而且你知道的,她一直想回昌京,她从小在北方生活习惯了,桑谭岛的生活她不太习惯,可能——"王贞仔细地措辞,"可能以后她就不会回来了。"

"嗯。"沿闻屿最后只是低低地这样"嗯"了一声。

王贞:"对不起啊小屿,叔叔阿姨不久后就会带着小漂离开桑谭岛。"

王贞的表情很真诚:"走之前,阿姨有一件事情想要拜托你。"

"您说。"

"你知道小漂这孩子很轴,不撞南墙不回头,不见棺材不落泪,你们是——"王贞顿了顿,"你们是很好的朋友。"她特意把"朋友"两个字咬得很重。

"我知道了。"沿闻屿出声打断了她,"我会跟司漂说清楚的,她误会了。"

王贞长舒了一口气:"你不会离开这里的,对吗?"

"不会。"他带点笑意地摇摇头,"我离开桑谭岛,活不下去。"

王贞把带来的礼物都留下,得到了沿闻屿的回答之后,带着司荒年离开了病房。

司荒年一出来就拉着王贞:"你说我们这么做,是不是太残忍,小漂知道了,会恨我们一辈子。"

"他不会和小漂说的。"王贞做着判断。

"这么确定?"

她叹了一口气:"他知道我们的苦衷,他也有自己的自尊心。"

"这孩子这么小没了妈,他爸又不管事,他遇到什么事,一定是一个人硬扛死撑,他要是做好了决定,不会轻易改变的。"

司荒年愣了愣,点了点头:"也是个苦命的孩子。"

"唉。"王贞叹了口气,"我知道小屿这孩子,其实挺好的,但是怎么说呢,他们两个之间的差距只会越来越大,我不舍得小漂受苦。"

"孩子之间的感情你插足那么多。"司荒年试图劝几句。

王贞立刻高声说道:"难道你要你女儿在这里一辈子吗?你不希望小漂找一个条件相对好一点的男孩子吗?跟着一个高中文化的男孩子,以后在社会上吃了苦,想哭都没地方哭。你就说昌京的房子多少钱一平方米,你觉得小屿这样的以后买得起吗?能在昌京站得住脚跟吗?不是我现实,爱情又不只是一场童话故事,我反正不忍心让我女儿受苦。

"他会遇到好姑娘的,但不能是咱们家漂。"

那个时候的沿闻屿,疼到坐不住,正想挪着身体出来吹干净自己那些复杂的情绪,却在门口看到了因为他争执起来的王贞夫妻俩。

"小屿,你怎么不吃,是阿姨放咸了吗?"王贞的声音把沿闻屿拉回现实。

沿闻屿把手里的碗放下来,对上王贞:"阿姨,有几句话,我想跟您和叔叔说。"

沿闻屿:"四年前,您说的话,我都记得,那个时候,我还不够成熟,也不够有能力,那个时候,我实在是不知道怎么把自己喜欢的女孩子留在身边。

"但是这些年来,我一直没有放弃过,我努力地训练,不断地鞭策自己,为的就是有一天,再见到小漂的时候,能打消叔叔阿姨对我的顾虑。我有能力也有信心可以给她更好的生活,我会用自己所拥有的一切,去守护她。

"我希望——"他咽了咽干燥的嗓子,"我希望你们能给我一个机会。"

王贞顿时就不太行,她觉得自己年纪大了,最见不得的就是这种场景。听他说着他这些年的努力,王贞不用他多说也明白他这些年的不易。

他从来都没有做错什么,一直在努力生活而已。

说到最后,王贞的泪在眼眶里打转:"是我们不好。"她抹了抹眼角,"我今天来,就是来看看你,看看你是不是小漂说的那样好。听到你这样说,我就放心了。

"当年的事,阿姨跟你道歉。"

将心比心,如果有人对着司莱说着那样的话,否定着他的人生,自己应该也会很心疼吧。只是没人替沿闻屿出头而已。

自此之后,司漂每天来,都会带着王贞熬的骨头汤。

她嘴馋,偷喝的时候被沿闻屿发现了,还咂咂嘴吃干醋:"王贞女士偏心女婿,连女儿的份都不准备了。"

沿闻屿从医院出来,后续的康复训练就要回车队做了。

司漂也把自己的东西搬到了他家。

栾筝出差回来,司漂过去跟她厮混了两天,沿闻屿天天打电话催着让她回来,她才坐着公交车晃悠悠地绕了大半个城市绕回家。

不料走到小区门口的时候,不知道从哪里冒出来几个人,不由分说地就把她拉上一辆车。

他们带着司漂来到一个中式庭院，亭台楼阁小桥流水装点得很雅致。

司漂跟着他们进了屋子："你们到底要带我去哪儿啊？"

那些人把人带到一个亭子后就停下了脚步，司漂看到庭院里放着一张椅子，上面坐着个中年男人。

男人穿了一身中山装，手里还有节奏地摇着一把扇子，见到司漂，把扇子收了起来："来了？"

司漂在云家的时候见过他，他就是沿闻屿车队的合伙人——魏老。

"魏老。"

"跟着闻屿叫我魏伯伯吧。我不知道你爱吃什么，小厨房煮了红豆酒酿圆子，还有燕窝银耳，来哪一个？"

"那就每份都来一点。"

"小鬼头，你倒不客气。"他吩咐下去，让厨房阿姨各盛了一碗。

司漂吃得满意："魏伯伯，您找我，到底是什么事？"

魏老从背后的高架上，拿了一本书，放在司漂面前。

司漂看到书的时候，脸色一变。那是她的日记本，她记得，她离开桑谭岛的那一天，明明已经把它丢在垃圾桶里了。

"这是？"她不可置信地看着魏老。

"这是闻屿的东西，被我没收了，我跟他说，只要他拿下MotoTP的冠军，我就还给他。"

"这是我的日记本，"司漂不敢相信，"怎么会……"

"我不知道他从哪儿弄的，只知道他很珍视，有时候训练太苦了累得坚持不下去的时候，就会问我讨要。我只是知道他心里住着一个人，住了好多好多年。我是在闻屿父亲的葬礼上，跟他认识的。"魏老开始缓缓道来。

司漂有些诧异："他父亲，去世了吗？"

"关于他父亲的事，他自然不愿意多说。那个时候，他二十二岁，是你离开桑谭岛的第一个除夕。

"我参加了他父亲的葬礼，不能说是参加葬礼，我是去讨钱的，原因是他父亲从我这里敲诈了一笔钱，我正寻人讨回，才知道他父亲把那笔钱一夜之间花光了，花了之后，他就死了。

"那个时候，我有一家地下赛车俱乐部，赚得虽多，却始终上不了台面。

"他在葬礼上找到我，说能帮我组建车队参加正规赛，而且，他能跟我签两年无偿比赛协议，这两年，赚的钱，都归我。

"我觉得他简直就是信口雌黄,直到看到他在俱乐部比了一场。

"我问他为什么要这么做,他说他只有一个要求,就是用我那架直升机,送他离开这里。

"那个时候,所有人离开桑谭岛都是靠船,整个岛上,只有我有直升机。

"我同意了,他很守诺言,前两年,一边组建车队,一边研究车型,一边训练,赚到的钱,他分文不要。"

司漂仿佛在听别人的故事,那样的事情,沿闻屿从来没有对她讲过。那样落魄又无助的他,不曾在司漂的记忆里。

"你知道为什么闻屿不能坐船吗?"

司漂望着自己怀里的笔记本,久久回不了神。

她坐上了回桑谭岛的船,脑海里依旧浮现着魏老说的那些话:

"他的心结,或许只有你能打开。"

碧蓝的海面上无风无浪,司漂站在甲板上,对着远处蓝天上翱翔的信天翁发呆。

拥有完整的羽翼,能搏击长空,真好。小八下一辈子,应该也是只健康的鸟了吧。

海面上开始涌现各种碎片,是魏老缓和的声音织就的画面。

年轻的女人受不了丈夫的暴力尝试逃离小岛,几次上船逃离却都失败。男人酗酒成瘾,本以为母子俩会安稳度日,直到一天夜里,女人带着孩子匆忙跑向码头,上了最后一班轮渡。

小男孩也以为噩梦都将离自己远去的时候,却发现那个男人依旧像个魔鬼一样出现在船舱里。

他喝醉了酒,面目可憎,龇牙咧嘴,痛恨他们的背叛。

在那暴雨交加的夜里,航行的船只上,女人不慎跌落海里丧生。

法庭上,孩童指认对面的男人,坚定那不是一场意外,而是一场谋杀。

而后,男孩一个人生活,一个人长大,一个人远离船只,恐惧潜伏在安静的海面下。

魏老说他有办法让沿闻屿克服心结不再害怕坐船,只要司漂回到桑谭岛。

司漂上了岸,坐在沙滩边。她不知道魏老用的是什么办法,但她现在有些后悔,她觉得有些残忍。

司漂的日记本放在一旁，晚风吹得它"哗哗"作响，她没敢打开它细细翻阅，那陈年的记忆是她不敢轻易品尝的陈酿。

夕阳快要沉到海里，那余光染得整个天空像是树莓浆果炸裂之后般殷红。

沙滩上只剩下司漂一个人的剪影。

她依稀听到轮渡鸣笛的声音，连忙起身，踮脚望去，最后一班轮渡终于来了，终于在落霞黄昏里归来。

轮渡上没下来多少人，不一会儿，那些晚归的人就提着箱子走完了。

司漂踮起的腿肚子微微打战，她有些失望，沿闻屿没有来吗？

"到了到了。"船老大检查船舱，敲了敲铁杠。

船舱里这才出来一个人，他面色不好，就连唇色都变得苍白。他扶着船身降下来的扶手，一步一步走得缓慢。

司漂连忙跑上去，冲过人群，大声喊："沿闻屿！"她挥着手，"我在这儿！"

沿闻屿听见声音，看到了挥手的司漂，他奔向她，用力地把她搂在怀里。

"你真的来找我了！"司漂被他抱得紧紧的，她拍了拍他的背。

"他们跟我说你回桑谭岛嫁人了。"

司漂反应了一会儿，魏老这办法也太毒了。

"怎么会？"她竟然一时间不知道该如何评价，"这么扯淡你也信？"

"真的，他们还给我看了照片，还有视频。"他身上还带着海风的味道，"我不敢赌。"他把司漂搂得更紧了一些，"我害怕极了，我想我无论如何都要来阻止你，四年前我没有跟你一起走，四年后我再也不要让这种事发生。"

她摸了摸他微微冰凉的脸："我没有走，我来桑谭岛找你了。

"曾经的司漂来找曾经的沿闻屿。

"你不要害怕，我一直都在你身边。"

她像是哄着小孩。

"你看，"司漂指着那归港的轮渡，"现在的沿闻屿，哪里都可以去！"

她对着沿闻屿笑："不管是陆地、海洋，还是天空，都困不住我的信天翁了。"

夕阳的最后一丝余晖在天空中炸裂，那高挺的棕榈树随风摇曳。

"小漂。

"我告诉你一个秘密好不好?
"我爱你,爱了很多年。"
…………

风吹开司漂那本日记,最后一页泛黄的纸面上是司漂稚嫩的字:

爱一个人是一场逆流而上的逃亡,总会跌倒和受伤,于是沿闻屿,我打算不喜欢你了。

后面跟的是一行遒劲字体,像是后来补充上去的:

对不起小漂,不是不爱你,而是年少时不敢爱你。

随之夹在后面的还有一张四年前的昌京大学录取通知书——收件人赫然写着,沿闻屿。

—正文完结—

番外一：遇见你真好

　　司漂跟着沿闻屿回了一趟桑谭岛。

　　西海岸边原本陈旧的民宿全部拆完了，现在被一排排白色的拥有着极简线条的几何形房子代替。

　　司漂坐在沙滩上，吹着海风，看着头顶翱翔的海鸟，听着海浪声，思绪就会不由自主地飘向很远很远的地方。

　　自从上次司漂公开分享过这座小岛的美丽之后，岛上络绎不绝地来了很多人。

　　沿闻屿问过她，他准备开在岛边的民宿，应该取什么名字比较好。司漂突然就想起了原来西边那座危楼，那出入的各式各样的游客，还有她曾经看到过的被孩童刻在门上歪歪扭扭的字迹。

　　沿闻屿唯一的亲人，他的叔叔前些日子搬出了岛去北方做生意了，走之前，跟司漂说了很久很久的话。

　　叔叔说，沿闻屿小时候最开心的时候，就是跟他妈妈一起住在那个小民宿的时候。他的名字里有个"屿"字，他妈妈就把那个小民宿取名为"岛屿日记"。他妈妈离世后，他就搬出来住到了我那个修车铺，再也没有回去过。

　　司漂恳请叔叔帮她回忆，原来那个白色屋子长什么样呢。

　　叔叔说，那屋子阳台靠海，栏杆那里种满了蓝色的鸢尾花，远远望去它们匿在海里，走近了却会被它们惊艳。

屋子里的装饰品是女主人用捡来的海鸟毛做的，还有年幼的他从沙滩上捡回来的五彩贝壳。还有木头做了一个时间面板，转动上面的按钮就可以调整时间。

沿闻屿小的时候，每天会赶在太阳升起前把时间轴转到新的一天，又会在夕阳落入海面后，关上小白屋子的木栅栏，跟岛屿上的时光说再见。

司漂知道，那是沿闻屿心里最美好的回忆。他要强，在司漂面前，从来不示弱，想到过去的时候，他只会离开一会儿，然后整理好心情回来。

司漂按照叔叔的描述，找了好几个设计师，推演了几个礼拜后，才开始动工还原。

司漂自作主张地让装修队按照她的设计图装修，在门楣上用童真又可爱的字符，挂上了"岛屿日记"四个大字。但真的装修好要带沿闻屿看的时候，司漂心里七上八下的，毕竟她没有见过沿闻屿小时候的房子，不能确定她还原的会有几分相像，再者，她也有点担心沿闻屿会不会接受她的这一番她自己都不确定，对他来说是不是"好意"的"好意。"

沿闻屿看到房子的时候，原地呆滞了好一会儿，就当司漂都觉得自己是不是太冒昧的时候，他却一把抱住了她。

"司漂，谢谢你。"他抱得很用力，他把头埋在她脖颈里，一字一句，"谢谢你，让我在桑谭岛，又有了一个家。"

司漂有片刻的迟缓，而后用手拍着沿闻屿的肩膀，像是安慰小孩一样："不用谢，"她舒了一口气，悬着的心终于落下了，"你喜欢就好。"

他起身，揉揉她的脑袋："司漂同学，遇见你真好。"

司漂学着沿闻屿的模样，踮着脚试图摸到沿闻屿的头，她咧着一口大白牙，笑成一朵向日葵："沿闻屿同学，遇到你真好。"

…………

司漂和沿闻屿不常回桑谭岛，海岸边造了一幢一楼带有露天阳台和二楼是海景房间的民宿，委托给梁闯打理生意。

那个叫作"岛屿日记"的小民宿安静地立在岸边，白天是下午茶和甜品，晚上是一家安静的小酒吧。

虽然晚上坐在台上唱歌的人不是梁闯，但是她却开始学做起了甜品，开始调起了酒，开始变成一个蜗居在小岛上但内心却自由无比的姑娘。

"司漂，"梁闯把一杯调制好的鸡尾酒递到她面前，"跟从前的口味一样。"

"嘘！"司漂轻声说，"你轻一点，我可不想让所有人都知道我就是司漂酒本漂。"

梁闯挑了挑眉，笑笑，短发利落又英气。

司漂呷了一口，皱了皱眉头："不对啊闯姐，这酒怎么这么淡？"

"我明明听那几个游客说，一定要尝尝桑谭岛特有的司漂酒，说那酒浓烈沁人，入口甘醇，却后劲无穷。"

"这是啥啊，这么寡淡，酒酿呢？"司漂一脸不满，"你是不是偷工减料了。"

"胡说什么呢。"梁闯手上调酒的姿势没停，眼神却落在司漂手里的那杯酒上，"司漂酒原先就是这个味道。"

"我可是得了屿哥的真传的，他说你酒量奇差，酒基和其他配料的比例很重要，这样才能保证你尝了点酒味又能不喝醉，至于其他客人，"梁闯用长匙搅拌着冰块，"屿哥说越烈越好。"

"只有你来的时候，才会调低浓度。"梁闯继续说道，"他也就对你这么温柔，对于别人，他才巴不得人家喝醉呢。"

"那不是很早的事情了吗？"司漂托着腮帮子，坐在吧台上，"那会儿我刚成年，那不是底子浅，喝不了嘛，我现在不一样了，梁闯姐姐。"司漂认真地说，"我经历过了社会的毒打！我的酒量，已经不是靠着小小一杯降过度数的鸡尾酒可以打发的了。梁闯姐姐，跟他们一样给我调一杯吧，我快馋死了。"

"那不行。"梁闯绝情拒绝，"沿闻屿会找我麻烦的。"梁闯早就被沿闻屿买通了，只给她喝这比饮料还要淡的东西。

司漂皱着眉头看着梁闯，而后似乎是想到了什么："哎，梁闯姐，我哥微信要不要？"

梁闯"铁面无私"的表情下露出微小的裂缝被司漂瞬间捕捉到了。

司漂仰着头，煽风点火："他前几天还向我打听你呢。"

梁闯下意识地吞了吞口水："打听我干什么？"

"他说你上次给他的那几张复古唱片还挺助眠的，托我问问你是哪儿买的。"

"真的？"梁闯将信将疑，"他真这么说？"

"那还能有假。"司漂麻利地打开微信，找到司莱，"我怕我记不住，不如你加他微信自己告诉他？"

"也、也行。"梁闯突然结巴。

"那成。"司漂手指停在"确认转发"的界面,却迟迟按不下去。梁闯挑挑眉,示意她快点的。

司漂收回了手,意味深长地说:"一杯酒一个微信,成交不成交?"司漂又信誓旦旦保证,"我发誓我就喝一杯,一杯不会怎么样的,沿闻屿不会知道的,我也不会醉的。"

梁闯想了想:"行,成交。"

司漂把微信转发给梁闯之后,喜滋滋地拿到了酒,正要喝呢,就发现原来神色轻松的梁闯突然变得紧张兮兮,低声说自己有事要离开一下。

司漂当下心中就警铃大作,一回头,果然看到了站在她身后黑着脸的沿闻屿。她不知道沿闻屿在这儿多久了,下意识地把那杯酒藏在自己的身后。

"喝酒了?"他站在半米远的地方,笑着问她。

"没、没有。"司漂撒谎都撒不利索。

沿闻屿往前走了两步,俯身下来靠近她的脖颈,闻了闻,鼻子里就传来一阵淡淡的酒香。

"不仅喝了,还学会骗人了。"

"我没有。"司漂往旁边一侧,让开了那杯梁闯刚刚给她的酒,像是证明自己,"你看到了,满的!我可没喝,你怎么冤枉人呢!"

"哦……"沿闻屿抬了抬眼皮子,"那就是'犯罪未遂',未遂也是要'判刑的'。"

"我没有——"司漂连忙解释,沿闻屿依旧笑着看着她,好像不打算放过她。

"沿闻屿,"司漂张开手,像是讨要抱抱,"不要罚我嘛,我知道错了。"

见面前的人没有说话,司漂就知道沿闻屿是吃她这一套的,她更加肆无忌惮了,往前走了一步,抱着他的腰腹,把头靠在他厚实的胸膛上。

"你生气就不帅了,就丧失魅力了。"她数着他胸腔里有力的心跳声。

第二天。

司漂和沿闻屿准备去深潜。

司漂之前学过一次潜水,不过去更深的海域潜水,司漂是第一次。

沿闻屿对于潜水,从小玩到大,司漂觉得是深海的地方,对他来说不算什么。虽然如此,但他还是叫了郭凡,怕万一司漂下水有什么不适,也好多一个人手做准备。

别看郭凡咋咋呼呼的,他家从前就是开这种水上项目的,自己也是经过专业资格认证的潜水教练。

郭凡在游艇的驾驶室,后面的船舱里坐了一群人,司漂找到了坐在甲板上的沿闻屿。

"过来。"他在甲板上置了个钓鱼用的折叠躺椅,戴着副太阳墨镜,往这一招呼。

沿闻屿把人往自己的腿上拉,手拢过她的胳膊和脖颈:"我没事。"

司漂觉得这会儿的沿闻屿已经把她看得透透的了,什么心里的小秘密都瞒不过他。

每次坐船的时候,司漂都会把沿闻屿看得牢牢的,生怕他会觉得不适应,但是又觉得自己不由自主投过去的目光显得太过明显,本来就打算躲在楼梯底下看看来着,结果被他发现了。

"晕船吗?"沿闻屿反倒来安慰司漂,"要不要给你拿点橘子?"

"不晕。"司漂摇摇头,脑袋后仰努力想要看到沿闻屿的脸。

"我们去的远海,真的有特别漂亮的珊瑚吗?"

"再往前就到了,那儿的海水清澈,水流温暖,海底的动植物也多,景色自然也好看些。"

司漂往前眺望,不远处的海域靠近一个孤岛,湛蓝的海面上反射着晴天的正好阳光,是个潜水的好日子。

同行的小伙伴们钻进船舱换了潜衣服出来,就连平日里不着调的郭凡也收拾着潜水设备,拍着胸脯保证道:"小漂,你别怕,你有潜水基础,下去别着急,慢慢适应,觉得下水速度快了就给我个手势啊……"

"好的,凡子哥。"司漂准备好了装置后,在船上热身,"沿闻屿,要是我缺氧了或者耳膜疼怎么办?"

"那你一定要给我打手势,我就带你上来。"

"可是凡子哥说有什么事要向他打手势。"

沿闻屿往司漂旁边凑了凑,算是给了郭凡一个面子,故意压低了声音:"你觉得我们教练靠谱吗?"

司漂偷偷地拿眼神瞟郭凡的样子被郭凡尽收眼底。

他忍,假装没听到就行,还好,司漂没有太大的反应,至少这个小妹妹,他没白疼。他正想过去再次检查她的设备,送上来自教练的贴心"小灶"的时候，他那乖巧可爱的小妹突然就像只鹅一样往旁边挪了挪。

接着，郭凡就听到司漂小声对沿闻屿说："我也觉得我们教练不太靠谱，要不我等会儿，还是跟着你吧。"

"喂。"郭凡出声，"尊师重道好吗，交头接耳的干啥，我都听着呢。"

"你看看你。"沿闻屿出声对着司漂说，"都把老师说生气了，老师的看家本领只能交给我了。"

"老师，你可不能偏心呢。"司漂接话茬。

这两人一唱一和的，郭凡根本就不是他俩的对手。

一行人穿戴好面罩、水肺，装上脚蹼，在水面上适应了水温之后，就开始调整压强，慢慢往下沉。

司漂身边是沿闻屿，身后是拉着她的郭凡。

随着压强的增大，司漂隐约感觉到颅腔传来的微微不适感，她示意放慢下潜速度，等到再适应一些的时候，才让郭凡把自己慢慢再放下去。

不过下潜了三五米，司漂就看到了海面下萦绕着的各色鱼群，这片海域的能见度很高，植物生长茂密，鱼群密集。司漂远远地就看到了一只大海龟慢悠悠地晃过来，她回头给沿闻屿和郭凡打了个手势，示意想去那边看看。

三人调整着方向，朝着大海龟的方向过去。

海里的海龟像是见过世面，泰然自若地看着三个奇怪的生物绕着它，依旧不改自己的速度，漂在海里。

海龟刚走，一阵蓝黄色的鱼群围绕成风暴袭来的样式席卷而来。

司漂震惊在原地，手上传来一阵力道，沿闻屿拉她往旁边退了退，给鱼群让开了一条路。

沿闻屿示意她跟他走。司漂牵着他的手，跟在他身后，摆动着自己的脚蹼，转换着方向。

他们调转了方向之后，司漂才发现，原来他们身后有一片五彩斑斓的珊瑚海。珊瑚群落之间还有来往的小尼莫，司漂一靠近，它们就缩进安全的珊瑚堡垒中，胆小如鼠。

司漂觉得它们好可爱，正想换个方向从珊瑚洞穴里瞧瞧还有没有它们的踪影，却在旁边看到了一个白色的东西。

司漂原先还以为是什么贝壳，仔细一看，却发现是一个白色的小盒子，被固定在一棵珊瑚树上。这盒子当然不会是凭空出现的，也不会是鱼群留下的，显然，应该是有人把它固定在这里的。

司漂看了看这盒子，样式精美，而且还是防水材质，她不由得心里惊喜：这是海底宝藏吗？

司漂向后挥了挥手，示意沿闻屿和郭凡过来看，沿闻屿却用手势告诉她让她摘下来。

上了岸后，什么珊瑚海、海龟都被她抛到脑后，她现在就想打开盒子，看看是不是海的国度遭遇了什么变故，向她这个天选之人发出了求救的信号，搞不好她就是什么继承人，传说中的被封印法术的海的女儿。

她一边拿着毛巾擦自己湿漉漉的头发，一边研究着这个白色的盒子，东敲敲西搞搞的，也不知道摁到了哪个开关，这盒子竟然自动开了。映入眼帘的就是一截绸缎，她把绸缎打开后，里面竟然有一枚戒指，半开合的戒指口子上镶嵌着两颗浑圆、颜色银粉的珍珠。

她当下就想到了，这或许是别人给心爱之人准备的惊喜礼物吧，怎么就被她给薅来了。她把东西包起来，忙不迭地往回跑，却一头撞上了身后的沿闻屿。

"怎么了？"沿闻屿一把扶住司漂，"莽莽撞撞的。"

"沿闻屿，完蛋了，我把别人的礼物拿过来了。"司漂慌忙向沿闻屿展示那珍珠戒指，"你看这珍珠，成色上好，戒指的设计还巧妙，这一看就是别人用心准备的礼物，搞不好还是求婚戒指，我怎么把别人的东西拿走了。快快快，我得还回去。"司漂说完就要推开沿闻屿。

沿闻屿一把拉住她："等等。"他抱着手嗤笑，"你这满脑子的泥该不会是刚刚下了水糊成糨糊了吧？"

"啊？"司漂反应了一会儿，"好端端的你怎么骂人？"

"你说这是别人的礼物，那你怎么不想想这或许就是你的礼物呢？"

"我的礼物？"司漂指了指自己。

"是啊。"沿闻屿把她怀来的绸缎中的戒指拿出来，缓缓地套在司漂的手上。

"我送给你的——想要用来换你一辈子的礼物。"他站在斜坡的下方，与司漂并肩高，司漂呆滞的眼神触及他眼里涌动的情绪，他有些忐忑不安，有些充满期待。

那戒指完美地契合在她的无名指上，司漂吃惊到说不出话来，连带着沿闻屿也有些紧张，甚至开始怀疑这样的求婚是不是太仓促了："怎么了?"

"你怎么知道我无名指的尺寸的,这戒指这么合适,像是量身打造的。"

"的确是量身打造的。"沿闻屿点点头,"四年前,我趁你午睡的时候,偷偷拿透明胶带缠的。"

沿闻屿会心一笑。

那年夏日的午后,蝉鸣声催人困乏,少女伏在教室角落的桌子上,微微发红的脸纯洁美好。她的小手枕在自己的脸下,那手指指节分明,在午后的阳光下白皙剔透。旁边一直低着头玩手机的少年无聊抬头的时候,就看到了这一幅宁静美好的画面。

他突然就有了一个莫名其妙又冲动的想法。少年拿过胶圆珠笔笔墨的胶带,轻轻地在她无名指上缠绕了一圈。

她的睫毛颤了颤。他迅速收回,看着胶带上已经留下了她手上的淡淡纹路,心跳不已,他跟做贼一样把胶带放进自己包里,那是他的秘密。

下一秒,他像无事发生一样又开了一把贪吃蛇。他算过了,那个时候她十八岁,他二十一岁。

女生的法定结婚年龄是二十岁。

他至少还有两年,两年够了,足够给她买一个戒指了,顶级的钻石他买不起,但是哪里有好的珍珠,他知道。

…………

"四年前?"司漂的出声打断了沿闻屿飘浮的思绪。

"万幸,我这四年来注意身材保养,还能戴得进去。"司漂开着玩笑,指腹轻轻地抚过戒指。

沿闻屿抓过她的手,放在自己的手心里:"结婚的戒指我定了 WOC 的蓝钻,这个是四年前我买的,虽然是个珍珠戒,算不上昂贵,但是想来想去,还是用它来求婚更有意义。"

司漂愕然:"四年前买的?怎么会,四年前,你就已经买了戒指?"

"没错。"他笃定,"四年前就已经想好了。"

"我沿闻屿这一辈子,只认这么一个尺寸,也只要你一个人。"

他眼里满是温柔:"司漂,对不起,桑谭岛虽然没有我的父母、我的亲人为我们见证——不过你仔细听,那翻涌的海浪,那温柔的海风——都在说我爱你。"

他突然单膝跪地,绅士又郑重:"司漂,你要不要考虑,嫁给桑谭岛的沿闻屿？"

那一刻，桑谭岛满目可见的蓝，被甜到晕的夕阳染成了一层比一层浓郁的粉。

司漂点点头："我愿意。"

番外二：一定要和你在一起

司漂和沿闻屿的婚礼仪式，最终定在了桑谭岛。

司漂作为自由摄影师，给很多媒体供过稿，走过世界各地的山川大河，看过冰面上斑斓的极光，踏过阿尔卑斯山脉下广袤的草原，却没有见过比桑谭岛的日落还要美的风景。

沿闻屿倒是有不一样的意见，从前他什么都没有的时候，没能给司漂拥抱，没能给司漂承诺，如今跟过去不再相同，他当然想给她最盛大的婚礼，最美丽的婚纱。他原先想把婚礼仪式定在北欧举行，找了一个小众低调却又奢侈的城堡。

司漂当时反身靠在枕头上，用手指头一下一下地戳着沿闻屿的鼻梁："欧洲太远了，亲戚朋友太多，带不上。"

沿闻屿鼻尖往她所在的方向凑了凑，握住她的手，往自己怀里带："不就是多买几张机票的事情吗？"

司漂把手抽回来："可我不想去欧洲呢。"

沿闻屿反身过来抱住她，把头埋在她的脖颈里："那你想去哪儿？"

司漂："我想回桑谭岛，想去那里。

"想去听海鸥的声音，想去看碧蓝碧蓝的大海，想去看看情人崖边的凤凰树长得好不好，还想坐在你的车子后面环绕小岛。"

沿闻屿轻轻地拍着司漂的背哄着她入睡，司漂慢慢闭上眼睛，逐渐进入梦乡，她迷糊地说道："沿闻屿，我们回桑谭岛吧，司漂想沿闻屿了。"

"好，我们回桑谭岛，沿闻屿也想司漂了。"

婚礼的前一天，岛上的朋友们都来帮忙，把海边椰林后面的草坪装点得像是舞会现场。

粉色玫瑰是梁闯自己种的，她开了民宿后平日里没事就做做咖啡种种花，现在那家"岛屿日记"的民宿后面，已经是一片花海了，不同的季节都有不同的花，吸引了许多人来打卡桑谭岛的这片"世外桃源"。

司漂不知道司莱还对植物也有所研究，在昌京的时候就经常去植物园跟那帮学者研究一些新奇的鲜花种子，研究出来之后就隔三岔五地让快递寄到桑谭岛。

司漂不太理解这两人的情趣，送到桑谭岛的快递几乎都是漂洋过海的，贼不容易，两人也不知道寄点有意思的东西，整天这个种子那个种子的，司漂都怕快递公司给送丢了。

相比之下，郭凡就直接多了。

他上次跑了一趟银行之后，银行卡被 ATM 机吞了，火急火燎地去前台找大厅经理的时候，刚一进门，就一眼万年陷进去了。

最近这几年，桑谭岛开了很多家银行，但这家银行是最不起眼的，郭凡的老爸要不是看这家银行送米送油送得多，也不会把公司的账户开在这家银行。

结果郭凡一眼就看到了万小宁，这家小银行的大堂经理。自此之后，郭凡隔三岔五就往银行跑，人家都是从银行拿米拿油，他倒好，天天往里面送这些玩意。

万小宁拒绝了，原因就是他们银行有规定，不能收受客户的东西。

这可把郭凡愁坏了，他愁得像是热锅上的蚂蚁，后来把自己的公司户迁出了，说这样，他就不是万小宁的客户了。

结果万小宁因为损失了一个对公客户，被营业经理骂了一顿，绩效扣了大几百。

郭凡觉得对不起万小宁，深夜里趁梁闯睡着了，把院子里的玫瑰偷了个精光，装了两大卡车轰轰烈烈地拉到万小宁家道歉。

万小宁被哄好了，梁闯第二天拿着扫把追着郭凡从岛的东面追到了岛的西面。

司莱听说这事，特地买了船票来了桑谭岛。梁闯看到司莱，忙不迭地把手里的扫把放下，跟他进了院子又在里面倒腾些小苗苗。

现在的粉色玫瑰，就是那些小苗苗长出来的。

白色的椅子一把又一把地放在地上，这是老刘——就是当时带过沿闻屿他们这一届，又带过司漂这一届的语文老师从学校废弃的那堆桌椅中淘出来的。他现在已经是桑谭中学的校长了，依旧是那个样子，戴着厚厚的眼镜，拿着一沓永远看不完的教材，不懂因材施教，也不懂新型教育理念，婆婆妈妈的，但就是这样一个苦行僧一样的老师，最后却成了桑谭中学的校长。

司漂都有些担心老刘这么好的脾气会在学生那里受委屈，一旁壮得跟专业相扑运动员一样的大哥起身，手里还拿着个小板凳："谁敢对刘老师不尊重？"

司漂微微后退，抱着江湖侠客的尊重："这位是？"

刘老师托了托眼镜："新来的教导主任，陈老师。"

司漂了然，难怪老刘校长位置坐得稳啊。

"瞧瞧刘老师，我刷的油漆多漂亮。"教导主任一脸自豪。

"你要注意细节啊，这木头之间的衔接处，很容易遗漏的。"老刘仔细教导。

陈老师摸了摸头："是呀，还是刘老师仔细，我都没看到。"

司漂要着手帮忙，刘老师连忙阻止："新娘子怎么干这种粗活，交给我们来就好。陈老师，你说对不对？"

"对对对。"陈老师点点头，"还有那个谁，那个新郎官，也别搞了。"陈老师指着一直在那边指挥着婚庆公司来来往往的沿闻屿。

沿闻屿听到声响，示意那群装点甜品台的人继续，自己则过来，笑笑："刘老师，陈老师。"

刘老师帮沿闻屿理了理领子："瞧你，忙坏了是吧，连衣服领子都没来得急翻。"

"是吗？"沿闻屿自己理了理领子，司漂踮着脚连忙也来帮忙。

"要我说，你别忙了，带小漂去玩吧，这儿，大伙都给你看着呢。"

"是啊。"司莱和梁闯也走上来，"闻屿，你带小漂去玩吧，这儿，哥哥替你们张罗。"

"对，保证漂亮。"梁闯也说道。

"保证敞亮！"郭凡推着一车舞台灯进来。

沿闻屿指着那灯，对郭凡说："凡子你故意的是不是，我说了别把我婚礼现场搞得跟蹦迪现场似的，你拿那么多大灯，你想干吗？"

郭凡："你放心屿哥，你的婚礼，兄弟我还没点数吗，我保证你婚礼干干净净的，这是你们进洞房之后用的，我们几个单身的，还不能借你的场地蹦个迪吗？"

"不能。"沿闻屿义正词严。

"好了好了。"司漂拉过沿闻屿，"凡子哥有数的，屿哥，我们自己去玩吧。"

沿闻屿被拉着往外走，他一步一回头："小漂，等一下，我得叮嘱叮嘱他们，别瞎搞，到时候给我搞砸了。"

"不会的，不会。"司漂宽慰沿闻屿，他最近这几天太紧张了，什么事都要亲自上手，总觉得哪里会出岔子。

"屿哥，没事，就是一场婚礼，不会有瑕疵的，就算有瑕疵，也没有关系的。"

沿闻屿站在司漂面前，微微弯腰，摸了一把她的脸："小漂，不能有瑕疵，那是我们的婚礼，我想给你最完美的。"

"嗯嗯。"司漂点头，"我知道，屿哥想给小漂最完美的婚礼，可是你知道吗，只要有你在，那就是世界上最完美的婚礼了。那些外在的东西，其实我不在乎的，其实你知道的，我决定回桑谭岛办婚礼，本就不是奔着那些仪式去的，你看天边粉色的霞光——"

司漂拉着沿闻屿的手："屿哥，我们去开摩托车好不好，我们去追赶太阳好不好！"

沿闻屿手心一痒："等着，去给你拿头盔。"

司漂先行走到海边公路，她正沉醉在那掠过椰林的夕阳即将沉到安静的海里的画面时，听到远处小电驴"嘀嘀嘀"的声音。

司漂回头，发现来人是沿闻屿，他戴着个白色的头盔，海风把他的衬衫衣角和头发吹得飞起，他明媚一笑，宛如当年少年。

"你的头盔。"沿闻屿把头盔递给司漂。

"怎么不是摩托车，怎么是小电驴？"司漂嘴上虽有不满，但身体还是很诚实地主动坐到了小电驴的后座。

"小姑娘骑什么摩托车。"沿闻屿下来，把头盔给司漂戴好。

"为什么？"

"因为——"沿闻屿指了指天边就要降落的太阳,"我怕我的速度太快,不能给你足够的时间来欣赏落日。"

他拍了拍小电驴:"它就不一样,骑着它,既能欣赏落日,又能吹吹海风,还能听到你说话的声音,听到你唱歌的声音,听到你快乐的声音。"

"好有道理哦。"司漂莞尔一笑,"那你快上来吧,我们去追赶落日吧。"

"抓紧了,我们要出发咯。"

司漂环抱过沿闻屿的腰,把头靠在他宽厚的背上:"出发吧!"

"出发咯!"

西边的粉霞慢慢被蔚蓝色的大海吞没,只剩下点点余光还依旧弥漫,像是散布在夜幕里泛着金色光芒的滚滚星河。

"沿闻屿,我们去哪里?"

"我也不知道,我们要去哪里。"

"这样吗?我们是迷路了吗?"

"是吧,我们好像迷路了。"

"那我们还往前开吗?"

"开啊,为什么不往前开?"

"去哪里?"

"不重要。"

"重要的是,一定要和你在一起啊。"